Absolut (k)ein Fangirl

Emma Grey

ABSOLUT ~~KEIN~~ ein FANGIRL

Aus dem australischen Englisch von
Stefanie Frida Lemke

PLANET!

Für Sophie
von ihrem größten Fan

Kapitel 1

»Das ist ja wohl nicht dein Ernst!«, ruft Kat und starrt auf die Handy-Nachricht ihrer Mum. Sie wurde vor zwei Stunden, um 15:36 Uhr, vom Brisbane Airport verschickt, wo ihre Mum offenbar wegen eines tropischen Regengusses stecken geblieben ist.

Kat will sie anrufen, aber die blöde Kuh (nicht ihre Mum – die Automatische-Ansagen-Stimme) sagt, sie hat kein Guthaben mehr und der Anruf kann nicht ausgeführt werden.

»Er muss aber ausgeführt werden!«, schreit Kat und schüttelt das Telefon, als würde so auf wundersame Weise noch etwas Guthaben zutage gefördert werden. *Warum* hatten sie ihren Festnetzanschluss noch mal gekündigt? Das durfte doch nicht wahr sein!

Sie liest die Nachricht erneut:

»Hänge hier fest. Schaffe es nicht rechtzeitig. Bitte fahr mit den Zwillingen zum Konzert. Du musst mit rein. Sie sind noch nicht alt genug, um allein zu gehen. Danke dir!«

Das musste ein Scherz sein.

Die zwölfjährige Annie erscheint in Kats Zimmertür, von Kopf bis Fuß mit den offiziellen Unrequited-Fanartikeln bekleidet, wie es sich für einen überzeugten Fan gehört. Tour-T-Shirt. *I-♥-Angus*-Kette. Verschiedene Anstecker. Unrequited-Schnürsenkel. Künstliche Fingernägel mit dem Airbrush-Gesicht von

Angus. Der gekünstelt-charmanten Miene und seiner Frisur widmen sich ganze Tumblr-Blogs.

Wenn Annie und ihre Zwillingsschwester Jess die leidenschaftlichsten Verehrerinnen der Boyband aus Großbritannien sind, dann ist Kat ihre größte Kritikerin. Dabei stört sie gar nichts Bestimmtes – es ist einfach die widerwärtige Kombination aus Songs, Texten, Merchandise und der ganzen Hysterie. Alles zusammen. Die Band gibt Kat absolut nichts – außer einem Grund, sie zu hassen.

Kats Montagabend ist ruiniert. Jetzt muss sie sich zu diesem Konzert schleppen, zwei Stunden lang total übertriebenen Unrequited-Hype über sich ergehen lassen und dafür ihre Verabredung mit ihren Schulbüchern, dem Sofa, Pizzaresten und einer DVD-Box *Smash* absagen!

Plötzlich fängt Annie an zu weinen. Anscheinend vor lauter Aufregung, was irgendwie süß ist.

Obwohl es schwer ist, versucht Kat, sich in ihre Lage zu versetzen, und zwingt sich zu einem Lächeln. »Ist Jess schon fertig?«

Kat ist es nicht. Sie sieht in den Spiegel: Abgeschnittene Achtziger-Jeans, ein schlichtes weißes T-Shirt, kein Make-up, die dunklen Haare in einem unordentlichen Knoten zusammengebunden – ganz anders als beim »Messy-Bun-Look«, der Stunden gedauert hätte. Und Kat hat nicht die Absicht, sich für Angus Marsden und die anderen Pappaufstell-Witzfiguren irgendwelche Mühe zu geben. Mag ja sein, dass die Jungs hot sind, aber sie sind künstlich hot. Genau wie jede andere Boygroup, deren Mitglieder sich noch nie vorher begegnet sind, bis irgendein toller Producer sie zusammen in ein Studio geworfen und sie dank des Rudeltriebs von Teenie-Mädchen unglaublich erfolgreich gemacht hat.

♫♪

Die Bahnfahrt von Revesby ist genauso schrecklich wie erwartet – nein, noch schlimmer. Für Anfang Oktober ist es im Wagen ungewöhnlich heiß, und Kat muss immer wieder die Beine vom Plastiksitz pellen. Aus diversen Handys plärrt Musik von Unrequited. Mädchen kreischen, auch Mädchen in Kats Alter und sogar drüber, was sie unfassbar findet. Sollten die nicht für ihren Highschool-Abschluss lernen? So wie Kat es tun würde, wenn sie nicht hier gefangen oder die Verlockung von *Smash* nicht größer wäre? Und was ist mit den zugekleisterten Jungs von der Band? Denen sind sie doch alle total *egal*. Sie werden diese ganzen Mädchen überhaupt nicht *bemerken*, was ja auch zum Namen der Band passt – »Unrequited« – *unerwidert*. Das hier ist nur eine weitere Legion kreischender Fans, die den Musikern ein normales Leben unmöglich machen und Leute wie Kat zu gequälten, verbitterten Anti-Fans mutieren lassen.

Verbittert zu sein ist null attraktiv, fällt Kat ein und sie versucht, ihre Anti-Haltung aufzugeben und an etwas anderes zu denken. Irgendwas.

Da fällt ihr Blick auf den Jungen ihr gegenüber. Bei ihrer schlechten Laune war er ihr bisher gar nicht aufgefallen. Was für ein Versäumnis! Er telefoniert gerade, und Kat lauscht ungeniert dem Gespräch. Er redet über ein Uni-Projekt, während Kat Notiz von seinen schönen Kiefer- und Wangenknochen nimmt – wie sie normalerweise Leuten wie Superman und Douglas Booth vorbehalten sind. Trendige Brille. Dunkle, ihm ins Gesicht fallende Haare. Auf dem Sitz neben ihm eine offene Tasche voller Lehrbücher.

Hmm. An einem Punkt seines höchst sachlich klingenden Telefonats, das er mit unglaublich warmer, tiefer Stimme führt – Kat könnte ihm den ganzen Tag zuhören –, bringt sie den Mut auf, ihn anzulächeln. Doch er sieht sie vollkommen ausdruckslos an, als wäre sie ein dreizehnjähriger Unrequited-Fan.

Großartig.

Am liebsten würde sie sagen: »Hey, ich bin siebzehn und ich hasse die Band! Das ist ein totales Missverständnis, glaub mir ...« Aber das würde wahrscheinlich nicht so charmant rüberkommen wie in ihrer Fantasie, und womöglich würde er sie für noch verrückter halten als ohnehin schon.

Was für ein schlechtes Timing für Angus Marsden und seine Jungs, ausgerechnet heute Kat und ihrem potenziellen Date mit einem Medizinstudenten in die Quere zu kommen. (Sie hat die Titel seiner Uni-Bücher überflogen und genug *Grey's Anatomy* gesehen, um eins und eins zusammenzuzählen. Und ja, *Date* ist vielleicht ein bisschen voreilig, aber im Voreiligsein ist Kat besonders gut.)

Warum nur hat sie sich die Haare nicht gemacht?

Oh, Moment! Er hat aufgehört zu telefonieren! Versuch, gelassen zu wirken. Guck aus dem Fenster. SIEH IHN NICHT – AH! Zu spät!

Der zukünftige Dr. McDreamy richtet kurz den Blick seiner dunkelbraunen Augen auf sie. Ihr Herz fängt an zu rasen. Ihr gesamtes Leben zieht an ihr vorbei ...

Oh, warte! Das passiert, wenn man stirbt, nicht wenn man sich verliebt. Bring deine Gedanken mal in Ordnung, Kat!

Passend zum Thema Ordnung fängt Jess an, Kats Handtasche zu durchwühlen, dann hält sie ihr ein Konzertticket vors Gesicht. »Das ist deins!«, ruft sie. Leider lässt Jess das Ticket in ihrer Aufregung fallen, und es landet zwischen Kat und McDreamy auf dem Fußboden.

Zu Kats vollkommener Demütigung hebt er es auf. Er unterdrückt ein Grinsen und reicht ihr das Ticket. »L26. Guter Platz.«

Bevor ihr irgendwas Schlaues – oder überhaupt irgendwas – einfällt, fängt McDreamy an, auf seinem Tablet nach der Heilung für Krebs zu forschen. Oder vielleicht ist er auch nur auf Facebook. Wie auch immer, ihr bleibt nichts anderes übrig, als mit ihrem Ticket dazusitzen und ihn sprachlos anzusehen, was nicht unbedingt dem intelligenten Gesichtsausdruck entspricht, den Kat eigentlich aufsetzen wollte.

Kat steckt das Ticket wieder ein und wirft ihrer Schwester einen finsteren Blick zu. McDreamy fängt an zu tippen, wahrscheinlich ein Status-Update: »Hilfe. Bin mit verrücktem Unrequited-Fan in der Bahn gefangen.« Dann schaltet er das Tablet aus, nimmt die Brille ab und schließt die Augen.

Er sieht sogar umwerfend aus, wenn er döst, denkt Kat. *Auch wenn es gerade nicht so wirkt, als könne er die Augen nicht von mir lassen. Aber wahrscheinlich hat er die ganze Nacht für eine sehr wichtige Klausur gelernt. Ja, das muss es sein. Der Mann braucht seinen Schlaf. Und jetzt seid alle mal ruhig und lasst ihn …*

Auf einmal schreit Annie los. Alle im Wagen zucken zusammen.

»Was ist denn in dich gefahren, Annie?«, schimpft Kat. Da

bricht Annie wieder in Tränen aus und ruft: »Ich bin nur so aufgeregt! Ich kann es nicht fassen, dass wir sie TREFFEN werden!«

Sie treffen?

»Sehen, meinst du …«

»Nein! Guck doch auf die Tickets! Es sind VIP-Tickets. Wir haben nach dem Konzert noch ein Meet-and-Greet!«

Alle Fans im Wagen fangen an zu kreischen, und von McDreamy ist ein Kichern zu hören. Kat wirft ihm einen bösen Blick zu, bevor ihr wieder einfällt, wer ihr gegenübersitzt, und schnell versucht sie, ihre Miene etwas verführerischer wirken zu lassen. Aber nicht *zu* verführerisch. Sie wird sich ja wohl nicht an den Typen ranschmeißen … Das Ergebnis ihres Mienenspiels ist für alle Beteiligten äußerst verwirrend, und außerdem muss sich Kat dringend um die Angelegenheit mit dem Backstage-Pass kümmern.

Was in aller Welt hat ihre Mutter nur geritten, diese Tickets zu kaufen? Warum hat sie Kat nicht vorgewarnt?

»Oh Gott«, presst Kat hervor. »Backstage-Pässe! Haben wir vielleicht ein GLÜCK!«

Die Zwillinge strahlen und Kat erwidert ihr Lächeln. McDreamy tut so, als hätte er nichts mitbekommen, was aber nicht stimmt, denn auch er lächelt, wenn auch nur ein bisschen – wohl mehr aus Mitleid als aus irgendeinem anderen Grund –, und für zehn unglaubliche Sekunden sind sie ganz die glückliche Familie. Dann bremst die Bahn auf einmal und bleibt abrupt stehen. Kat fliegt von ihrem Sitz und landet praktisch auf McDreamys Schoß. Der Motor geht aus.

Oh Gott.

Wo sind wir?, denkt Kat panisch.

»Wo sind wir?«, fragt sie McDreamy verzweifelt und krallt sich angesichts des drohenden Unglücks ihrer Schwestern an seinem Unterarm fest. Sie ist jetzt zu achtundneunzig Prozent auf Jess und Annie und das mögliche Platzen ihrer Unrequited-Träume konzentriert. Die anderen zwei Prozent ihrer Aufmerksamkeit sind auf McDreamys muskulösen Unterarm gerichtet. Anscheinend ist er einer dieser schlauen Typen, die auch ins Fitnessstudio gehen. Wahrscheinlich trainiert er an der Rudermaschine … wahrscheinlich in Shorts und Muskelshirt …

Obwohl sie dafür all ihre Willenskraft aufbringen muss, schafft Kat es, sanft seinen Arm aus ihren Krallen zu befreien und sich wieder auf ihren Platz zu setzen. »Tut mir leid. Aber du kannst das nicht verstehen. Ich MUSS zu diesem Konzert.«

»Großer Unrequited-Fan?«, fragt er mit todernster Miene, aber da ist ein Funkeln in seinen braunen Augen, als er sich die dunklen Haare aus der Stirn streicht. Die Temperatur im Wagen scheint auf einmal noch weiter anzusteigen.

Kat lacht los. Leider ist es kein attraktives, süßes Mädchenlachen. Mehr ein Gewieher. Inklusive Schnauben.

»Mit dem Auto sind es noch etwa zwanzig Minuten zum Stadion«, sagt er ganz sachlich.

Jess fängt an zu weinen. Annie ist ungewöhnlich ruhig, während Kat ihr Bargeld zählt. Genug fürs Taxi nach Hause, für Leuchtstäbe und vielleicht eine große Tüte Pommes.

»Kannst du uns hinbringen?«, hört Kat jemanden fragen, und dann stellt sie beschämt fest, dass sie es selbst war. Was ist nur in sie gefahren? Sie kennt diesen Typ noch nicht mal!

McDreamy sieht auf seine Uhr. Natürlich muss er woanders

hin. Guck ihn dir doch an! »Ich weiß noch nicht mal, wie du heißt …«, fängt er an.

SELBSTVERSTÄNDLICH ist er der perfekte Gentleman!

»Ich bin Kat«, sagt sie. Sich ihm vorzustellen scheint ihr ein entscheidender Schritt zur Lösung ihres Dilemmas zu sein, auch wenn sie dabei so rüberkommt, als würde sie sich an ihn ranschmeißen, und auch wenn es *überhaupt* nicht funktioniert.

Er antwortet nicht, nimmt nur sein Handy und fängt an zu telefonieren, während alle aus der Bahn steigen. Sie sind ungefähr einen halben Kilometer von der eigentlichen Haltestelle entfernt, und die Unrequited-Fans weinen alle und sind kurz vorm Nervenzusammenbruch.

»Ich brauche ein Taxi«, sagt McDreamy. »Von der Ashfield Station.«

Kat ist verwirrt. Sie dachte, er hätte ein Auto. Hat er gelogen? Vielleicht ist er ein Serienmörder. Obwohl er nicht so aussieht …

»Zum Sydney Olympic Park. Drei Passagiere. Auf den Namen Kat. So schnell wie möglich. Danke.«

»Ich hab kein Geld für …«

»Ich übernehm das, keine Sorge.«

Er zahlt fürs Taxi? Kat weiß nicht, was sie sagen soll. Sie würde gern Nein sagen, aber das hier ist ihre einzige Chance. »Ich MUSS meine Schwestern zu diesem Konzert bringen …«

Er lächelt. »Schon kapiert. Ich hab auch kleine Schwestern. Ich wohne mit einem lebensgroßen Pappaufsteller von Angus Marsden unter einem Dach. Der ekelt mich noch raus. Wirklich. Ich hab mich letztes Wochenende für einen Wohnheimplatz auf dem Campus beworben.« Er zwinkert, und Kat ist kurz abgelenkt von den Fältchen in seinem Augenwinkel. Sie stellt sich ihn mit Stethoskop um den Hals vor, wie er Menschen wieder gesund macht. *Seufz.* Ob er das mit dem Wohnheim ernst meint? Die Studentinnen, die sie kennt, können sich das nicht leisten. Vielleicht ist er ja schlau und hot *und* reich …

»Da ist es ja«, sagt er, als sie ein paar Minuten später den Parkplatz erreichen und kurz darauf zur großen Enttäuschung aller verzweifelten Fans das einzige wartende Taxi als Kats identifiziert wird. Kat öffnet die Hintertür und schiebt die Zwillinge mit ihren Fan-Postern und Handys und unaufhörlichen Freudenschreien hinein. McDreamy gibt dem Fahrer seine Kreditkarte, der sie durch das Kartenlesegerät zieht.

»Kannst du mir deine Nummer geben, damit ich dir das Geld zurückzahlen kann?«, fragt Kat dankbar (und hoffnungsvoll).

»Nicht nötig!«, sagt er. »Keine Widerrede – das Taxameter läuft …«

Sie springt auf den Vordersitz, er schließt die Tür, und das Taxi fährt los.

Und das war's.

Kat ist sich nicht ganz sicher, was gerade passiert ist oder wie es ihr damit geht, aber sie wurde wohl gerade von einem namenlosen, urbanen Ritter gerettet.

Kapitel 2

Das Taxi fährt vorm Stadion vor, und der Fahrer stoppt das Taxameter, druckt einen Beleg aus und sagt mit italienischem Akzent: »Da wären wir. Dein Freund hat schon bezahlt.«

»Ach, das ist ein Missverständnis. Er ist nicht …«, fängt Kat an zu erklären, aber dann geht ihr auf, dass den Fahrer ihr Beziehungsstatus mit McDreamy wahrscheinlich nicht interessiert. Nicht, dass sie einen Beziehungsstatus mit ihm hätte.

McDreamy würde den perfekten Partner für ihren Abschlussball abgeben. Damit wäre Problem Nr. 1 auf ihrer Liste gelöst, aber darüber hat sie jetzt keine Zeit nachzudenken, denn die Zwillinge springen aus dem Taxi und rennen einer Horde Unrequited-Fans hinterher zum Backstage-Eingang, wo sie sich wie Affen an den Zaun hängen und auf den Parkplatz gaffen. Dort befinden sich fünf schwarze SUVs mit getönten Scheiben und stämmigen Fahrern, Sicherheitsleute, ein paar Catering-Wagen und ein großer Wohnwagen, von dem Kat annimmt, dass er leer ist – nicht, dass sie gucken würde. Sie hält mehrere Meter Abstand von der Meute und schaut auf ihr Handy.

Ihre Vermutung, was den Wohnwagen angeht, stellt sich als falsch heraus. Gerade mal eine halbe Stunde später lässt sich eins der Bandmitglieder kurz blicken, und die Fans flippen aus. Als hätten sie jedes bisschen Verstand verloren. Annie sitzt inzwischen auf Jess' Schultern, hält ihr Smartphone über den Zaun und verbraucht den ganzen Akku, bevor das Konzert überhaupt angefangen hat. Wenn sie das Handy fallen lässt, bringt ihre Mum sie um. Und Kat auch, weil sie nicht ordentlich aufgepasst hat.

»Kommt, wir gehen rein!«, schlägt Kat vor, um das Handy zu retten. Sie muss die beiden geradezu vom Zaun wegzerren. Wie damals, als die Zwillinge drei waren, und vorm Affengehege im Zoo klebten.

Sie reihen sich in die Schlange vorm Stadion ein. Eine Frau vom Sicherheitsdienst kontrolliert Kats Tasche, und sie muss eine Flasche Wasser wegwerfen. Eine andere nimmt Jess und Annie ihre mit Glitzer beklebten, leuchtenden Poster weg, weil nichts Größeres als A4 erlaubt ist. Die Zwillinge sind total geknickt – sie haben Stunden für die Poster gebraucht. Wie soll die Band denn jetzt auf sie aufmerksam werden? Kat ruft ihnen zum Trost ihre Backstage-Pässe in Erinnerung, und sie springen herum, als hätten sie gerade im Lotto gewonnen. Anstrengend!

Schnell besorgt Kat den beiden Leuchtstäbe, aber an den Essensständen sind die Schlangen zu lang, und so gehen sie direkt zu ihren Plätzen, die gleich neben der Nebenbühne sind – bei dieser Entdeckung sind die Zwillinge nicht mehr zu halten. Kat setzt ihre lärmreduzierenden Kopfhörer auf und dreht die Musik laut, um von dem ganzen Wahnsinn so wenig wie möglich mitzubekommen.

Im Stadion ist es kühl, und da Kat nicht vorhat, sich während des Konzerts irgendwie zu verausgaben, ist sie froh, noch ein Langarmshirt in der Tasche zu haben. Es ist vom Musical

Legally Blonde, für das sie gerade an der Sydney-Uni probt. Pink mit Pailletten. Absolut unpassend. Egal.

Als die Band schließlich eine halbe Stunde zu spät auf die Bühne kommt, nach einer Vorband, die drohte ihnen die Show zu stehlen, sind die Jungs schwer zu ignorieren. Nein, nicht die Band, das Schreien ist schwer zu ignorieren. Kat hört sich den Opener an, schließlich ist es nicht so, dass sie nicht zugeben könnte, wenn sie sich in etwas getäuscht hat. Doch eigentlich will sie nur eine Bestätigung dafür, was sie von Unrequited hält, und die bekommt sie innerhalb der ersten paar Takte.

Ich meine, gut aussehen tun sie ja, denkt Kat. *Die Jungs wissen auf jeden Fall, wie sie das Publikum zum Toben bringen – obwohl das Publikum auch schon von ganz alleine getobt hat, als die Band noch gar nicht auf der Bühne war. Aber stimmt es, was überall zu lesen ist? »Der aufregendste UK-Import seit* One Direction«? *Wirklich?*

Das Konzert erreicht seinen Höhepunkt, als die fünf Band-Mitglieder, wie man es bereits von *One Direction* kennt, von der Hauptbühne über eine Schwebebühne durch die Luft direkt auf die Nebenbühne neben Kat und den Zwillingen gehoben werden. Können die sich nichts Eigenes einfallen lassen? Die Jungs hängen wie in einem Käfig über fleischfressenden Piranhas … jedes Mädchen im Stadion (bis auf eins) streckt schreiend die Hände nach ihnen aus.

Kat ist nicht gern unhöflich, aber sie hat nicht vor, so zu tun, als würde sie Angus Marsden toll finden. Obwohl sie zugeben muss, dass er so aus der Nähe tatsächlich ziemlich gut aussieht. Nur eben auf diese völlig kommerzialisierte, *perfekte* Art prominenter Leute.

Nach dem von allen großen Bands bereits erfolgreich erprobten Rezept wechselt die Band in den vollen Interaktions-Modus mit dem Publikum: Die Jungs lesen Tweets vor, beantworten Fragen, albern herum. Das Publikum saugt alles begierig auf. Kat kann es nicht fassen, dass ihre Mum so viel Geld hierfür ausgegeben hat. Sie wünschte, sie könnte irgendwie entkommen – aber keine Chance.

Dann bemerkt Kat etwas extrem Beunruhigendes. Sie sieht von ihrem Smartphone auf, auf dem sie während dieser ganzen Nebenbühnen-Zeitverschwendung schon ihre Playlist laufen hatte. Und … Hmm. Wenn sie sich nicht komplett irrt, dann guckt Angus Marsden sie gerade an.

Als er sieht, dass sie es merkt, lächelt er.

Dann zwinkert er.

Ja, wirklich.

Nun, wenn Angus Marsden irgendeine der anderen 95.000 Personen im Stadion zwinkernd anlächelt, fängt jede einzelne von ihnen – außer vielleicht den bulligen Sicherheitsmännern (aber vielleicht sogar die) – an zu schreien, zu weinen, fällt in Ohnmacht, zwinkert zurück oder wirft irgendeinen persönlichen Gegenstand nach ihm, als wäre es eine vorprogrammierte biologische Reaktion.

Doch in Kat ist so eine biologische Reaktion nicht einprogrammiert. Angus' einstudierte Reize wirken bei ihr nicht. Auf keinen Fall. Sie sieht wieder aufs Smartphone, bis Annie an ihrem Arm zieht, auf die Bühne zeigt und ruft: »Er guckt uns an!«

Geduldig erklärt Kat Annie, dass er alle anguckt. Das ist sein Job! Das gehört zum Auftritt!

Annie behauptet, er würde immer noch zu ihnen gucken.

»Hey, Angus! *Angus!* Wo bist du, Mann?«, fragt Zach laut ins Mikro, und Kat blickt auf und sieht, dass Angus genau da ist, wo Annie behauptet hat. Er guckt Kat an. Schon wieder. Sie lacht nervös und formt mit den Lippen die Worte: »*Was ist?*« An ANGUS MARSDEN gerichtet! Der sie anlächelt, bevor er den Blick abwendet und sagt: »Wir lieben euch, Sydney!« Und die Menge explodiert.

Eine Nanosekunde lang lässt Kat sich mitreißen, dann fällt ihr wieder ein, wo sie ist. Und wer sie ist. Und wer ER ist! Es ist alles so gekünstelt. Kat verdreht die Augen und will gerade auf Instagram gehen, aber natürlich hat sie im Notfall nie genug Guthaben!

Die Jungs steigen auf die Schwebebühne und fliegen zur Hauptbühne zurück. Kat ist erleichtert, denn das war ganz schön seltsam. Noch dazu das Timing, wo McDreamy zuvor keinerlei Interesse daran hatte, ihr seine Nummer zu geben. Und dann scheint ausgerechnet Angus – der allerletzte Typ auf Erden, bei dem sie auch nur darüber nachdenken würde, ihn kennenlernen zu wollen (wenn es überhaupt nur im Entferntesten möglich wäre) – sie tatsächlich bemerkt zu haben. Ist das zu glauben?

»Er hat dich gesehen!!!«, kreischt Jess.

»Er ist in dich verliebt, Kat!«, ruft Annie.

»Ihr seid beide VERRÜCKT!«, schreit Kat, und obwohl sie es eigentlich nicht will, kann sie der Versuchung nicht widerstehen, doch einen kurzen Blick auf die Bühne zu werfen. Natürlich ist es absoluter Blödsinn, aber trotzdem ist Kat ein kleines bisschen enttäuscht, dass Angus wieder voll in seiner Rolle ist.

Durch und durch professionell. Er hat das Publikum unter Kontrolle wie ein Marionettenspieler seine Puppen.

Wie kommt Kat darauf, dass er sie bemerkt hätte?! Himmel, wie selbstverliebt kann man nur sein?! Sie hat sie wohl nicht mehr alle!

Kapitel 3

Backstage nach einem Unrequited-Konzert = KOMPLETTER Wahnsinn. Die Sicherheitskontrollen draußen vorm Stadion-Eingang waren ja schon krass, aber hier sind sie noch schlimmer, und Kat wird langsam nervös. Sie versteht auch nicht warum. Aber irgendwas an Angus Marsdens Auftritt hat sie durcheinandergebracht – und es war nicht sein Gesang.

Als sie es schließlich schaffen, sich durch die Menge hysterischer Fans mit Backstage-Pässen in einen Raum mit Büfett und noch mehr Merchandise-Ständen und noch mehr Sicherheitsleuten zu drängen, weiß Kat gar nicht, wer aufgeregter ist. Annie und Jess – oder sie selbst.

Man lässt sie nicht lange warten, da kommen Zach und Reuben, vom Konzert noch ganz aufgekratzt. *Oder sie tun nur so, als wären sie aufgekratzt*, denkt Kat zynisch. Wie sollen die Jungs jeden Abend derart gut drauf sein? Wie auch immer, die Fans ticken total aus. Jess hyperventiliert fast.

Kurz darauf betreten auch Xavier und Alex den Raum, umarmen Fans und signieren T-Shirts und Poster. Kat lehnt höflich ab, aber die beiden unterschreiben trotzdem auf ihrem *Legally-Blonde*-Shirt. Kat hofft, die Farbe lässt sich wieder rauswaschen, sonst muss sie sich ein neues Shirt besorgen.

»Es tut uns super leid, aber Angus kann leider nicht kommen«, sagt Reuben ohne weitere Erklärung. Offenbar vertraut er darauf, dass er mit seinem guten Aussehen die Fans darüber hinwegtrösten kann.

Er kann nicht kommen? Warum?

Die versammelten Fans seufzen kollektiv, und Kat atmet hörbar auf. Sie überlegt, ob sie sich beschweren soll, immerhin hat ihre Mum eine Menge Geld hierfür bezahlt und ihre Schwestern wirken ziemlich niedergeschlagen. Doch wenn sie das tun würde, könnte es so aussehen, als wäre auch sie enttäuscht, dass Angus nicht hier ist. Will sie wegen Angus Marsden eine Szene machen? Wohl kaum!

Mistkerl! Warum ist er nicht hier?! Das gehört zum Berühmtsein schließlich dazu – aufzutauchen, auch wenn man keine Lust hat. Die ganze Angelegenheit macht es noch unwahrscheinlicher, dass Kat jemals ein Fan wird. Wie peinlich, dass sie auch nur den Bruchteil einer Sekunde denken konnte, dass Angus ausgerechnet sie angesehen haben sollte, unter *Tausenden* von weiblichen Fans, die sich alle wenigstens *etwas* Mühe mit ihrem Äußeren gegeben haben (und in vielen Fällen auch etwas *zu viel* Mühe).

Das Meet-and-Greet ist ziemlich schnell vorbei, und die Jungs verabschieden sich von ihren zugleich begeisterten und niedergeschlagenen Fans. Als sie den Raum verlassen, hört Kat einen Manager mit einem der Sicherheitsleute reden.

»Anscheinend rennt er irgendeinem Mädchen hinterher. Wir müssen ihn mal etwas besser im Zaum halten. Er scheint zu denken, für ihn gelten andere Regeln als für den Rest der Band.«

Kat zieht es den Magen zusammen. Was seltsam ist.

Denn warum sollte es ihr etwas ausmachen, wenn Angus

irgendeinem Mädel hinterherrennt?! Sie kann ihn doch überhaupt nicht *leiden*!

Inzwischen ist es schon nach dreiundzwanzig Uhr. Kat muss dringend einen Taxistand finden und die Zwillinge nach Hause bringen. Da fällt ihr die Taxifahrt vom Hinweg wieder ein und die Ereignisse, die dazu geführt hatten. Ist dieser ganze Abend vielleicht nur ein Traum? Was für ein Mädchen begegnet schon innerhalb von nur ein paar Stunden einem großzügigen Medizinstudenten und einem weltbekannten Popstar?

Jedenfalls kein Mädchen wie Kat, die ihre Samstagabende normalerweise zu Hause verbringt und entweder lernt oder ganze Staffeln von *One Tree Hill* oder *Gossip Girl* guckt und sich dabei die Augen ausheult, während das Leben an ihr vorbeizieht und sie sich fragt, ob sie jemals jemanden Tolles kennenlernen wird.

»Oh mein Gott!«, ruft Annie und hüpft auf der Stelle herum. Ausnahmsweise sieht Kat es als willkommene Ablenkung von ihrem deprimierenden inneren Monolog.

»Sieh dir an, was Angus Marsden gerade getweetet hat!«

»Ich will es eigentlich gar nicht wissen«, seufzt Kat, obwohl sie es sehr wohl wissen will, es aber nicht zugeben mag.

»Es ist super geheimnisvoll und schon Tausende Male retweetet worden!«

Kat bezweifelt das und steckt sich die Kopfhörer in die Ohren.

Annie lässt das unbeeindruckt. »Er schreibt: ›Hey, L26. Was hast du gehört?‹«

»Was soll das heißen?«, grübelt Jess. »Kat?«

Aber Kat hört nicht zu. Sie hat für ihr restliches Leben genug von Unrequited. Sollen ihre Schwestern doch so viel über Angus Marsdens Tweets reden, wie sie wollen. Sie hört *Paloma Faith*. Und zwar laut. Damit die Zwillinge es auch mitbekommen und die Botschaft verstehen.

Annie und Jess geben es auf und sehen ihre Tasche mit der Ausbeute vom Konzert durch. Leuchtstäbe, signierte Poster, ihre Tickets mit den Platznummern – L28, L27 …

Jess kapiert es zuerst, und sie will Kat schon die Kopfhörer rausreißen, um ihr unmissverständlich klarzumachen, dass ANGUS MARSDEN vor der GANZEN WELT mit ihr über TWITTER FLIRTET. Aber Annie packt ihre Schwester am Arm und hält ihr den Mund zu.

»Sag nichts! Kat wird da niemals mitmachen. Wir dürfen es ihr nicht verraten, sonst treffen wir ihn nie!«

»Was?«

»Sei still. Tu einfach so, als wäre nichts.«

Und ohne ein weiteres Wort verbringt Annie die verbleibenden fünfzehn Minuten der Taxifahrt nach Hause damit, eine E-Mail-Adresse und einen Twitter-Account für *@elle_twentysix* anzulegen, bevor sie Angus Marsdens Tweet mit zwei schlichten Worten beantwortet, die seinen gesamten Account sofort zusammenbrechen lassen:

Paloma Faith.

Kapitel 4

Es ist lange her, dass Joel Isaacson sich mal nicht auf die Anatomie-Vorlesung konzentrieren konnte, aber heute hat er richtige Probleme, und das ärgert ihn. Nachdem er für dieses Stipendium alles getan hat, will er diese einmalige Chance wirklich nicht vermasseln, vor allem nicht wegen einer flüchtigen Begegnung im Zug mit einem Mädchen, das er nie wiedersehen wird.

Blöderweise kann er sie nicht vergessen. Was hatte sie nur an sich? Sie war die Einzige im Zug, die nicht den Eindruck gemacht hat, mit Angus Marsden durchbrennen zu wollen. Vielleicht war es das. Oder dass sie die Einzige gewesen war, die nicht total zugeschminkt war. Oder lag es vielleicht daran, wie sie sich an seinen Arm geklammert und ihn um Hilfe angefleht hat?

Während der Dozent weiter vom zentralen Nervensystem erzählt, meint Joel, immer noch ihre Hand an seinem Arm zu spüren. Lächerlich. Als ob er vorher nie von einem Mädchen berührt worden wäre. Ihr ein Taxi zu bestellen, ohne ihr seine Nummer zu geben, war das Vernünftigste, was er tun konnte. Ablenkung kann er jetzt absolut nicht gebrauchen.

Er sieht auf seinen Schreibblock, der nur lückenhafte Notizen aufweist. Joel hat vielleicht jeden zehnten Satz mitbekommen. Frustriert fährt er sich mit den Fingern durch die dunklen

Haare. Als hätte sie mit ihrem hilflosen Getue seine Neuronen komplett durcheinandergebracht. Seltsam. Eigentlich ist genau der gegenteilige Typ Mädchen sein Fall.

Da leuchtet sein Handy auf. Eine Nachricht von Sarah Elliott, wie aufs Stichwort. Jurastudentin im dritten Jahr. Unglaublich clever. Wunderschön. Blond. Würde niemals ohne genug Bargeld mit dem Zug zum Unrequited-Konzert fahren. Oder überhaupt jemals mit dem Zug irgendwo hinfahren. Sie ist alles, wonach Joel suchen würde, wenn er denn auf der Suche wäre. Was er nicht ist.

»Kaffee?«, lautet ihre Nachricht.

»Bin in zehn Minuten da.«

Während er Sarah kurze Zeit später im Café dabei zusieht, wie sie sich auf einer Serviette Notizen für ihre nächste Wohltätigkeitsveranstaltung macht, fragt er sich (nicht zum ersten Mal), ob er bei Sarah nicht total danebenliegt. In all den Jahren ihrer Freundschaft hat er sie nie gefragt, ob sie mit ihm ausgeht. Das eine Mal beim Schulfest in der sechsten Klasse nicht mitgezählt, als sie ihm vor allen anderen in der Schlange am Autoskooter eine vernichtende Abfuhr erteilt hat. Er hatte *Wochen* gebraucht, den Mut aufzubringen, sie zu fragen, ob sie mit ihm gehen will. Bei der Erinnerung daran wird ihm heute noch ganz anders.

Dann war da noch das andere Mal. Noch so ein Reinfall. Der vierzehnte Februar in der Neunten. Joel hatte Sarah ein anonymes Valentinstagsgeschenk gemacht, von dem sie irgendwie annahm, es wäre von Lane Wilkinson. Lane war so eine fiese Mischung aus Sportskanone *und* Debattier-Club-Held, und er hatte keinen Anlass gesehen, das Missverständnis aufzuklären.

Stattdessen schlug er noch Gewinn daraus und wurde Sarahs erster Freund. Er war dann auch der Erste, der ihr das Herz brach, und an einem verregneten Wochenende durfte Joel die Bruchstücke wieder zusammensetzen (und gegen sein Bedürfnis ankämpfen, Lane zu verprügeln).

Joel hatte ihn nicht verprügelt. Er war einfach froh, Sarah wiederzuhaben, und hoffte nicht weiter. Sie setzten ihre Freundschaft fort, wurden älter, und irgendwann schienen sie die unausgesprochene Regel aufgestellt zu haben, niemals was miteinander anzufangen. Joel glaubt, dass auch Sarah ihre Freundschaft nicht aufs Spiel setzen will, weswegen er jetzt so entspannt mit ihr hier sitzen kann und tatsächlich darüber nachdenkt, ihr von Kat zu erzählen.

»Wo bist du heute mit deinen Gedanken, Joel?«, fragt Sarah, und da merkt er erst, dass sie schon wieder abgedriftet waren.

Er murmelt eine Entschuldigung, aber Sarah gibt sich nicht zufrieden. »Hast du wen kennengelernt?«

Mit ihrer Direktheit überrumpelt sie ihn, und er sucht nach Worten, doch umsonst. Sie kennt ihn ohnehin zu gut.

»Du *hast* jemanden kennengelernt, oder? Erzähl es mir! Ganz von vorn. Ich will *alles* wissen.«

»Es gibt eigentlich nicht viel zu erzählen«, sagt er.

»Wie heißt sie?«

»Kat.«

»Und wie weiter?«

»Keine Ahnung.«

»Und wo hast du sie kennengelernt?«

»Im Zug.«

»Im Zug?«

»Ja, Sares – es gibt Menschen, die fahren Zug!«

»Studiert sie hier?«

»Ich weiß es nicht.«

»Was studiert sie denn?«

»Keine Ahnung.«

»Wo wohnt sie?«

Er zuckt die Schultern.

»Jetzt tu nicht so geheimnisvoll! Du machst mich wahnsinnig!«

Er lacht. »Ich tu überhaupt nicht geheimnisvoll. Mehr kann ich dir nicht über sie erzählen. Wahrscheinlich würde ich sie noch nicht mal wiedererkennen, wenn sie direkt vor mir stände …«

Obwohl das gelogen ist, und das weiß er selbst. Sein blödes Gedächtnis hat anscheinend jedes kleinste Detail abgespeichert, von der Art, wie ihr das weiße T-Shirt immer von der Schulter gerutscht ist und sie es wieder hochgezogen hat, bis zu ihrem Stirnrunzeln, wenn ihr der heiße, durchs Fenster wehende Fahrtwind lose Haarsträhnen in die Augen blies. Er musste sich sehr zusammenreißen, so zu tun, als wäre er auf sein Tablet konzentriert, um sie nicht die ganze Zeit anzuglotzen.

»Wohin war sie denn unterwegs?«, bohrt Sarah weiter.

»Es ist nicht so, wie es klingt, aber sie war auf dem Weg zum Unrequited-Konzert.«

»Was?! Nicht dein Ernst! Wie alt ist sie? Vierzehn?«

»Ich hoffe nicht«, antwortet Joel viel zu schnell. Er hat keinen blassen Schimmer, wie alt sie ist. Jünger als er auf jeden Fall. Ihre Schwestern wirkten wie zwölf oder dreizehn, und sie hat sie als Aufsichtsperson begleitet, also ist sie vielleicht sechzehn oder siebzehn? Wahrscheinlich geht sie noch auf die Highschool, wird ihm mit Schrecken bewusst. »Hör zu, es ist völlig sinnlos, weiter darüber zu reden. Es war eine zufällige Begegnung. Wahrscheinlich hat sie seitdem nicht einen einzigen weiteren Gedanken an mich verschwendet. Das Thema ist erledigt.«

Sarah lehnt sich zurück und denkt darüber nach. »Das Ganze erinnert mich an etwas, was ich heute Morgen beim Friseur gehört hab. Es ging um Unrequited …«

Joel stöhnt. »Können wir einfach das Thema wechseln?«

»Nein! Es war tatsächlich ziemlich spannend. Offenbar hat der Sänger … Wie heißt er noch mal? Der mit den Augen …«

»Die Bandmitglieder haben alle Augen.«

»Ja. Aber nicht so wie er …«

»Angus Marsden.«

»Genau! Angus Marsden hat sich gestern anscheinend in ein Mädchen aus dem Publikum verknallt. Er hat ihr getweetet, indem er ihre Sitznummer verwendet hat – L26 –, und sie hat ihm wohl direkt nach dem Konzert geantwortet. Die Band ist zwar beknackt, aber das klang trotzdem ziemlich märchenhaft. Wie Aschenputtel. Die Friseurinnen waren total aus dem Häuschen. Alle wollen wissen, wer sie ist!«

Auf für sie ziemlich untypische Weise plappert Sarah weiter, und Joel erstarrt, als ihm einfällt, wie er Kats Konzertticket vom Boden aufgehoben und dabei ihre Platznummer gesehen hat.

L26. Er ist sich sicher.

Auf einmal kommt er sich wegen seiner Verknalltheit gar nicht mehr so bescheuert vor. Allerdings hält Joel sich für ziemlich bescheuert, Kat ins Taxi gesetzt und direkt in die Höhle des

Löwen geschickt zu haben. Dieser verdammte Angus Marsden! Der Typ braucht nur das kleinste bisschen Interesse zu signalisieren, und auf sein Fingerschnipsen hin würde jedes Mädchen auf der Welt sofort für ihn bereitstehen. Warum muss es ausgerechnet Kat sein? Sie hat sogar nach Joels Nummer gefragt, und er hat sie ihr verweigert. Er könnte sich in den Arsch beißen!

»Joel? Hörst du mir überhaupt zu?«

»Was?«

»Was ist los mit dir?«

Er sieht Sarah an und fragt sich, ob er ihr davon erzählen kann oder es besser für sich behält. Ob er besser vergisst, was passiert ist.

Joel wird sich wohl kaum mit dem Typen um Kat streiten. Marsden ist ein international bekannter Popstar – er ist der Traumfreund von Millionen Mädchen auf der ganzen Welt. Bei dem Gedanken zieht sich Joel das Herz zusammen, der Schädel brummt ihm vor Eifersucht – ein Gefühl, das er eigentlich nicht kennt. Kat fühlt sich von Angus wahrscheinlich angezogen wie eine Biene von Nektar. Das würde jedem Mädchen so gehen. Sogar die vernünftige Sarah ist ganz aufgeregt, als sie von ihm spricht, und so ein Verhalten ist absolut ungewöhnlich für sie.

Ein letztes Mal lässt Joel die Gedanken zu Kat abdriften und wie verzweifelt sie ihn im Zug um Hilfe angefleht hat. Der Magen zieht sich ihm zusammen, als er daran denkt, was für ein tolles Gefühl es war, ihr zu helfen. In diesem Moment hätte er alles für sie getan. Das hatte er vorher noch nie erlebt.

Was, wenn sie von der Sache total überfordert ist?, fragt Joel sich. *Was, wenn sie aus irgendeinem unerklärlichen Wunder überhaupt nicht will, dass der begehrteste Popstar der Welt in sie verliebt ist? Was, wenn auch nur die kleinste Chance besteht, dass auch sie noch an die Zugfahrt denkt …*

Hmm. Er sieht seine beste Freundin an. Soll er es darauf ankommen lassen?

»Sarah, kannst du was für dich behalten?«

Kapitel 5

Jess und Annie sitzen hinterm Naturwissenschaftstrakt und stellen taktische Überlegungen an. Der erste Tweet war noch leicht gewesen, aber jetzt wissen sie irgendwie nicht weiter. Die Internet-Identität einer Siebzehnjährigen zu fälschen, ist schwieriger als gedacht.

»Wir müssen es glaubhaft machen«, sagt Annie ganz ernst.

»Ja, wenn wir es verbocken, verliert er das Interesse, und wir werden die Band nie kennenlernen. Er muss sich in Kat verlieben!«

»Das ist er doch schon …«

»Stimmt, er hat sich schon in sie verliebt, bevor wir uns eingemischt haben. Aber wie machen wir jetzt weiter, ohne ihn zu verschrecken?«

Die Zwillinge denken intensiv darüber nach und lesen noch mal seine letzte Nachricht an *@elle_twentysix*: »Dann bist du wohl kein Fan von Unrequited?«

»Was soll sie denn darauf antworten?«, fragt Jess. »Wenn sie Nein sagt, hasst er sie dann nicht?«

»Keine Ahnung. Vielleicht stehen Popstars ja auf solche Herausforderungen?«

»Sollen wir überhaupt mit Ja oder Nein antworten? Ist das nicht langweilig? Sie muss doch richtig clever und witzig rüberkommen, was sie ja auch ist. Aber wie machen wir das?«

Annie überlegt, und dann leuchten ihre Augen auf. »Ich hab's! Es ist etwas gewagt, aber ich glaube, wir können es schaffen. Wir könnten Lucy fragen.«

Lucy ist Kats beste Freundin und ein großer Fan von Unrequited. Eigentlich hätte Lucy mit den Zwillingen zum Konzert gehen müssen, aber sie war schon beim Konzert am Abend davor, und ihre Mum ist drauf und dran, sie zur Psychotherapie zu schicken, weil sie die Besessenheit ihrer Tochter mit der Band für ›nicht normal‹ hält. Unrequited ist das Einzige, worin Lucy und Kat sich nicht einig sind. Ach ja, und Lucy kann Kats Begeisterung für Secondhandläden nicht verstehen. Jess runzelt die Stirn. »Wird sie es Kat nicht sofort verraten?«

»Nicht, wenn sie Kat mit Angus Marsden zusammenbringen kann. Für Kat würde sie doch alles tun! Weißt du noch, als sie bei einem Preisausschreiben ein Glätteisen gewonnen und es Kat geschenkt hat, weil sie so wilde Haare hat? So was tun nur echte Freundinnen!«

»Aber will Lucy Angus nicht für sich selbst?«

»Nee, Lucy steht auf Reuben«, sagt Annie. »Sie fährt doch total auf blond und blaue Augen ab. Und wenn sie uns hilft, kann sie durch Kat Reuben kennenlernen UND ihrer besten Freundin ein Blind Date mit dem süßesten Typen der Welt verschaffen! Der Plan ist perfekt! Was kann schon schiefgehen, Jess?«

Darüber will Jess lieber nicht nachdenken, denn ihrer Meinung nach könnte jede Menge schiefgehen.

Annie ist bei solchen Plänen schon immer die Anführerin gewesen. Sie schreibt Lucy bereits und vereinbart ein geheimes Treffen. Sie schreibt, dass es sich um eine Überraschung für Kat handelt und Lucy nichts verraten darf.

♫♪

»*Kat* ist *@elle_twentysix?*«, wiederholt Lucy, nachdem Annie ihr das Geheimnis anvertraut hat. Sie muss sich tatsächlich setzen, um nicht umzukippen. »*Unsere Kat?* Kat, die – Zitat: – Unrequited *hasst* wie die Pest? Ausgerechnet in sie hat Angus Marsden sich verliebt?«

»Guck, hier ist der Beweis«, sagt Annie und zeigt Lucy Kats Konzertticket, woraufhin Lucy beinah die braunen Augen aus dem Kopf fallen.

»Oh mein Gott! Jetzt verstehe ich, was los ist!«, ruft Lucy.

»Was denn?«

»Was sie mir heute beim Mittagessen erzählt hat! Ich wusste, irgendwas stimmt nicht, wo sie den ganzen Vormittag nur physisch anwesend war. Ich hab sie gefragt, was los ist, aber sie wollte nichts verraten. Und dann hab ich sie so lange bearbeitet, bis sie schließlich nachgegeben hat und meinte: ›Ich hab gestern wen getroffen.‹«

»*Hat sie?*«, rufen die Zwillinge einstimmig und hängen jetzt total an Lucys Lippen. »Was hat sie noch erzählt?«

»Na ja, sie war ziemlich komisch. Sie sagte, sie könne mir eigentlich überhaupt nichts über ihn erzählen. *Und jetzt wissen wir warum!*«

Die Zwillinge nehmen diese Information begierig auf.

»Sie meinte, sie hätte sich alles bloß eingebildet. Warum jemand wie er sie überhaupt angucken solle. Und sie meinte, er hätte gar nicht schnell genug von ihr wegkommen können. Sie war ziemlich am Boden zerstört.«

»Natürlich! Die Backstage-Pässe!«, ruft Annie. »Er ist nicht aufgetaucht! Wir haben gehört, wie einer der Sicherheitsleute meinte, er würde irgendeinem Mädchen hinterherrennen …«

»Ja, im Frühstücksradio hieß es, er hätte im Zuschauerraum nach ihr gesucht. Ich kann es nicht glauben, dass er tatsächlich nach KAT gesucht hat!«, sagt Lucy, die immer aufgeregter wird. »Und dann hat sie ihm gestern Abend noch auf Twitter geantwortet! ANGUS MARSDEN! *Und sie hat mir nichts davon erzählt!*«

Annie und Jess wechseln einen Blick. »Ähm, Lucy. Genau darum wollten wir mit dir reden. Kat weiß nichts davon …«

»Weiß nichts wovon?«

»Wir haben den Tweet verfasst.«

»Was?! IHR wart das?! Warum?«

»Na ja, wir haben gedacht, sie würde ihm garantiert nicht antworten. Also haben wir es für sie getan. Wir wussten nicht, dass sie ihn wirklich mag. Sie hat so getan, als könnte sie ihn nicht ausstehen, obwohl er absolut perfekt ist!«

»So verhalten sich Leute eben manchmal, wenn sie jemanden toll finden«, erklärt Lucy. »Und was habt ihr jetzt vor? Sie hat mir beim Mittagessen erzählt, dass sie den Typ vergessen will. So schnell wie möglich. Was bestimmt nicht leicht wird, weil sie natürlich jedes Mal, wenn sie Unrequited hört, an ihn erinnert werden wird.«

»Offensichtlich!«

»Ach, und dann hat sie noch gesagt, dass sie erleichtert ist, dass er nicht an ihr interessiert ist, weil es ihr Angst gemacht hat, wie intensiv es sich angefühlt hatte, besonders weil alles so schnell ging. Wenn irgendwas weiter passiert wäre, wäre sie wohl weggerannt.«

»Oh.«

»Wir dürfen ihr also nichts davon erzählen.«

»Genau.«

»Und genauso wenig dürfen wir zulassen, dass er sie vergisst – allein um ihretwegen …«

»Du hilfst uns also, Lucy?«, fragen die Zwillinge.

»Hmm … lasst mich kurz überlegen. Mich auf Twitter als Kat ausgeben? Angus Marsden schnappen und ihr genug Zeit geben, sich darauf einzulassen?«

»Machst du mit?«, betteln Annie und Jess.

Lucy lächelt. »Dafür sind beste Freundinnen schließlich da, oder?«

Kapitel 6

Mitten im Soundcheck zieht Michael, der Bandmanager, Angus den Stecker. Wortwörtlich.

»Angus! Was ist los mit dir? Du hast schon wieder deinen Einsatz verpasst. Du vergisst deine Texte. Dein Timing ist daneben. Und jetzt tu endlich dein verdammtes *Handy* weg!«

Angus schüttelt den Kopf, wie um die Gedanken zu vertreiben, und versucht, sich zu konzentrieren. »Tut mir leid. Passiert nicht wieder.«

Aber es passiert wieder. Gleich beim nächsten Song. Michael ist so auf hundertachtzig, dass ihm die Worte fehlen, und während sie schweigend dastehen, geht mit einem Pling die nächste Nachricht auf Angus' Handy ein. Das Handy macht den ganzen Nachmittag schon diese Geräusche. Michael starrt ihn an.

»Ich mach's aus, okay?« Aber Angus will es nicht ausschalten. Sie könnte tatsächlich endlich auf seine Nachricht antworten, und er will online sein, wenn es so weit ist.

»Es geht um das Mädchen, oder? Schreibt sie dir etwa gerade?«

»Ich hab seit ihrem Tweet gestern Abend nichts von ihr gehört.« Was ihn total fertigmacht, aber das sagt Angus nicht.

»Ohhh … Angus ist verliieebt!«, lacht Reuben, springt auf seinen Freund zu, rauft ihm die dunklen, lockigen Haare und reißt ihn mit sich zu Boden. »Und ausnahmsweise muss er mal dem Mädchen hinterherlaufen!«

Angus findet es gar nicht lustig, und Michael ist kurz davor zu resignieren. »Jungs! Ihr benehmt euch wie Anfänger. Wir haben in drei Stunden ein Konzert. Es ist mir *egal*, ob Angus verliebt ist.«

»Ich bin nicht *verliebt*«, stellt Angus klar, auch wenn er sich gerade lieber nicht an einen Lügendetektor anschließen lassen würde. Er weiß noch nicht mal, wie sie heißt. Es macht ihn verrückt, an sie zu denken – das Mädchen in dem pinken Shirt, das sich im Publikum zu einem ganz anderen Takt bewegt hat. Zuerst dachte er, sie hätte einfach absolut kein Rhythmusgefühl. Dann sind ihm die Kopfhörer aufgefallen und wie sie während des Konzerts ganz entspannt ihr Handy gecheckt hat, und er musste sich eingestehen, dass sie sich null für das Konzert interessierte. Was irgendwie verdammt hot war. Er muss sich sonst nie solche Mühe geben.

Gerade will Angus das Handy ausschalten, doch in dem Moment sieht er die Benachrichtigung über einen Tweet von *@elle_twentysix* aufploppen. »Sorry. Ich muss nur kurz diese Nachricht lesen …«, sagt er abwesend.

Michael setzt kopfschüttelnd eine fünfminütige Pause fest. »Das ist doch zum Verzweifeln! So hab ich ihn noch nie erlebt«, sagt der Manager zu den Beleuchtern und stürzt seinen inzwischen kalten Kaffee runter.

»Hat sie geantwortet?«, fragt Zach. Er sieht Angus neugierig an und legt ihm einen Arm um die Schultern.

»Dieses Mädchen treibt mich noch in den *Wahnsinn.*« Angus reicht ihm das Handy, und Zach liest den Tweet laut für alle vor.

»Okay, Angus hatte geschrieben: ›Dann bist du wohl kein Fan von Unrequited?‹ Und sie antwortet: ›Von wem?‹«

»Eine Frau, die dich mit nur zwei Silben vernichten kann!«, sagt Reuben gedankenversunken. »Die gefällt mir.«

Angus war, seit sie als Band zusammen angefangen haben, noch nie eifersüchtig auf irgendeinen der Jungs, aber jetzt fängt sein Kiefer an zu mahlen.

Schnell sagt Reuben: »Hey, beruhig dich! Sie gefällt mir natürlich nicht *so*.«

Seit der Veröffentlichung ihrer ersten Single haben die Bandmitglieder noch nie Probleme gehabt, Mädchen kennenzulernen. Meistens geht es eher darum, sich die Mädchen vom Hals zu halten. Doch sie sind nicht mehr lange in Sydney und Angus läuft die Zeit davon.

»Was antwortest du ihr?«, fragt Zach.

»Ich weiß es noch nicht! Sie macht es mir nicht gerade einfach.«

Das ist das Beste daran, wird Angus bewusst. Es hat etwas Berauschendes, wie sie ihn herausfordert, und trotzdem hat er keinen Anhaltspunkt dafür, dass sie auch nur im Geringsten an ihm interessiert ist. Und als ob es nicht schon schlimm genug wäre, dass die Band und die Crew ihn damit aufziehen, explodiert jetzt auch noch die ganze Twittersphäre mit Retweets und Kommentaren. Alex lacht laut auf und zeigt ihm das erste Instagram-Meme ihres ›Von wem?‹-Kommentars. Jetzt schon.

Zach nimmt das Mikrofon, gibt Schlagzeug und Bass den Einsatz und fängt an zu improvisieren.

I never have to work this hard …

»Zach, nein!«

Angus stöhnt. Aber zu spät. Sie sind schon voll dabei. Warum muss eigentlich immer alles zu einem Song werden?!

Alex: *With just a single word you caught me off-guard*
I'm not asking much, just a little smile
Zach: *Just a little smile*
Reuben: *Whatever you want me to do.*

»Du nicht auch noch, Reuben!«

Xavier: *You know I'll do it, anything for you*
But don't keep me waiting, you're driving me wild!
Zach, Xavier, Alex, Reuben: *You're driving me wild!*
Flirt with me!

Okay, denkt Angus. *Ich kann sie sowieso nicht mehr aufhalten.* Er verdreht die Augen, nimmt das Mikro und schmettert einen spontanen Refrain.

Angus:
Oh mystery girl, please
You got me down on my knees
You deadpan anti-fan, you make me so mad,
But it's so hot, and I got it bad
Flirt with me!

Michael ruft den Soundtechnikern zu, sie sollen es aufnehmen. Es ist zwar Angus' Leben, aber der Erfolg der Band. Diese öffentliche Liebesgeschichte, wenn man sie so nennen kann, gerät total außer Kontrolle! Angus seufzt. »Ich wünschte, ich könnte nur EINEN Tag lang mal ein normaler Mensch sein. Wir können *nirgendwo* hin.« Das Schlimmste ist, er wollte es so. Er hat darum gebeten. Angus ist selbst für seine momentane Situation verantwortlich, schließlich wollte er, schon seit er sechs war, Popstar werden. Und er liebt sein Popstar-Dasein. Meistens jedenfalls.

»Nur jetzt gerade nicht«, murmelt Angus leise, und er weiß, dass er das Ganze erst mal zur Seite schieben und sich ganz aufs Konzert konzentrieren muss. Für seine Fans. Irgendwie schafft er es, das Handy auszuschalten.

Kapitel 7

Neuer Tag, neue Zugfahrt. Diesmal zur Sydney-Uni, wo Kat eine Probe mit der Theatergruppe hat. Sie nimmt während der Zwölften an einem Uni-Vorbereitungskurs ›Darstellende Kunst‹ teil, und so durfte sie für den Chor vorsingen, der in *Legally Blonde* mitwirkt. Die Proben fallen mit ihrem Lernplan zusammen, was aber nur für ihre Mum ein Problem darstellt. Angela Hartland wollte ihre Tochter eigentlich nie bei etwas unterstützen, das sie vom Lernen für ihre ›ernsthaften‹ Unterrichtsfächer abhält, vor allem nicht, wenn es sich bei der Ablenkung um Musik handelt. Sie und Kat haben wochenlang darüber gestritten, ob Kat an dem Musical teilnehmen darf. Es war nicht schön, aber letztendlich hat Kat den Streit erstaunlicherweise gewonnen.

Es führt kein Weg daran vorbei: Musik erinnert Angela an Luke. Kats Dad. Kurz nachdem die Zwillinge geboren waren, wurde seinem Traum vom Musikerleben ein jähes Ende bereitet, als er bei einem Verkehrsunfall ums Leben kam. Er und sein Produzent und Manager waren die ganze Nacht über im Studio gewesen, wie so oft. Luke war besessen davon. Dann war er erschöpft nach Hause gefahren und …

Angela ist immer noch nicht darüber hinweg. Seitdem hat sie keine Musik mehr gehört.

An jenem Tag war für Kat eine Welt zerbrochen. Sie hatte

nicht nur ihren Dad verloren, sie hatte die Musik in ihrem Leben verloren. Und ohne Musik kann sie einfach nicht … Musik ist wie *Atmen.* Jedes Mal, wenn sie eine Melodie summte, fing ihre Mum an zu weinen und bat sie aufzuhören. Eigentlich kein Wunder, dass Kat sich bei *Frozen* die Augen aus dem Kopf geheult hat. Die arme Elsa! Eingesperrt zu sein und dann auch noch ihre Lieblingsbeschäftigung nicht ausüben zu dürfen! Kat kann sie so gut verstehen!

Sie sieht nach, welche Haltestelle als Nächstes kommt. Noch drei. Genug Zeit, eine Packung getrocknete Mangos zu essen. Sie und Lucy leben praktisch von dem Zeug.

Kat hat ziemlich viel von ihrem Dad, aber das würde sie ihrer Mum gegenüber nie erwähnen. Da ist es einfacher, ihr Songwriting für sich zu behalten, wie sie es schon seit Jahren tut, und sich das Singen fürs Musical und unter der Dusche aufzusparen – was ihre Mum zumindest toleriert. Wie sie darauf reagieren wird, dass Kat Komposition studieren will, darüber denkt Kat lieber nicht nach. Sie weiß einfach nur, dass sie es *will.*

An jeder Haltestelle blickt Kat von ihrem Skript auf und guckt, wer einsteigt. Und jedes Mal ist sie enttäuscht. Obwohl sie natürlich weiß, wie unrealistisch es ist, dass McDreamy an zwei Tagen hintereinander mit ihr im selben Zug sitzt. Und selbst wenn, wie würde das aussehen? Als wäre sie sein Groupie. Und was sollte sie überhaupt zu ihm sagen?

Schließlich fährt der Zug in die Redfern Station ein, und Kat läuft die zehn Minuten zum Campus. Die Proben finden in einem Studio im Seymour Center statt. Kat geht durch den Bühneneingang, nimmt sich vom Wasserspender einen Becher Wasser mit und dann gesellt sie sich zu den anderen Chormitgliedern, um mit ihnen gemeinsam auf die Hauptdarstellerin zu warten.

Als Sarah Elliott hereinkommt, blicken alle auf, hauptsächlich weil sie einfach unglaublich hübsch ist. Sie könnte Model sein, aber mit Jura-Studium, ehrenamtlicher Arbeit und Schauspielerei hat sie schon genug um die Ohren. Kat hat ihr gegenüber Minderwertigkeitskomplexe, die jedes Mal, wenn sie sie sieht, noch schlimmer werden: Nie wird sie so hübsch und so selbstbewusst sein und so laufen können, selbst wenn sie eine Million Jahre üben würde. Kat hatte gedacht, Sarah wäre wahnsinnig distanziert, doch sie ist das genaue Gegenteil. Das ganze Ensemble hat sich sofort in sie verliebt.

Wie immer fangen sie gleich an zu proben, und Sarah ist einfach umwerfend. UMWERFEND! Niemand kann den Blick von ihr wenden. Kat fühlt sich zunehmend privilegiert, dabei sein zu dürfen, wo sie außer ein oder zwei Highschool-Musicals, bei denen ihre Mum ihr nach viel Betteln erlaubt hatte mitzumachen, kaum etwas vorweisen kann. Als Sarah sie nach der Probe anspricht, ist sie ganz aus dem Häuschen.

»Du warst toll heute, Kat! Ich bin so froh, dass du dabei bist. Und du bist schon die zweite Kat, die mir heute unterkommt! Musst du gleich nach Hause?«

»Meine Mum holt mich ab«, antwortet Kat und fühlt sich wie zwölf. Hätte sie doch nur etwas Interessanteres gesagt. Sie sieht zu, wie Sarah aus dem Raum schwebt, genauso wie sie hereingeschwebt ist, und draußen einem Typen begeistert die Arme um den Hals wirft, der unter einem Baum auf sie gewartet hat.

Ihr Freund? Bestimmt. Es wäre komisch, wenn Sarah keinen hätte.

Wäre Kat doch nur so selbstbewusst, was Jungs angeht. Nachdem sie von dem Typen im Zug eine Abfuhr erhalten hat und dann auch noch von Angus Marsden auf der Jagd nach einem anderen Mädchen links liegen gelassen wurde, fühlt sie sich gerade so attraktiv wie eine von Aschenputtels Stiefschwestern.

♫♪

»Was ist eigentlich mit den Zwillingen los?«, fragt ihre Mum, als sie vom Parkplatz fahren. »Die führen doch irgendwas im Schilde – sie sind schon den ganzen Abend am Tuscheln.«

»Keine Ahnung. Für diese Woche hab ich meine Pflichten als große Schwester erfüllt. Ich kann es nicht fassen, dass ich mit ihnen zu diesem Konzert musste.«

»Fängst du schon wieder damit an, Kat? Du hast gestern Abend beim Nachhausekommen deutlich genug gesagt, wie du darüber denkst! Ich bin dir sehr dankbar, dass du mit ihnen hingegangen bist. Es hat ihnen eine Menge bedeutet.«

Eigentlich hat Kat auch keine Lust, wieder damit anzufangen. Es ist spät, und nach einem anstrengenden Tag will sie einfach nur ins Bett und schlafen. Sie schaltet das Radio ein, und der Moderator kündigt einen Sonderbeitrag an.

»Und jetzt kommen wir zu unserem Interview mit den Jungs von Unrequited, die heute bei uns im Studio waren, um über ihre Konzerte in Sydney, ihr neues Album und natürlich das Thema des Tages zu sprechen – Angus Marsdens aufblühende Romanze mit einer unbekannten Twitter-Userin namens …«

Schnell stellt Kat einen anderen Sender ein. Sie hat genug von Angus Marsden und seiner aufblühenden Romanze mit einem anderen armen Mädchen, das auf seinen Charme hereingefallen ist und nicht blickt, dass das alles in Wirklichkeit nur eins ist: fake.

Als sie zu Hause ankommen, haben die Zwillinge mal wieder Kats Laptop benutzt. Super nervig! Sie schlafen beide schon, und Kat aktualisiert den Gastzugangsbildschirm, auf dem natürlich Angus Marsdens Twitter-Seite geöffnet ist.

»Lies es bloß nicht!«, sagt sie sich, aber das Bedürfnis zu erfahren, worum es bei der ganzen Aufregung geht, ist stärker.

Kichernd liest Kat die letzten Tweets von Angus und einer 26-jährigen Elle, die ihn anscheinend schon um den kleinen Finger gewickelt hat.

Und einen guten Musikgeschmack hat sie auch: Paloma Faith! Tut so, als hätte sie noch nie von Unrequited gehört. Der Klassiker.

Und seine Antwort: »Sei nicht so hart zu mir! Du machst mich noch verrückt …«

Der letzte Tweet ist ziemlich süß, denkt Kat. Diese Elle hat ihn genau da, wo sie ihn haben will. Oder auch nicht. Schwer zu sagen. *So viel Macht über einen Typen wie Angus Marsden zu haben.* Kat gibt es nur ungern zu, aber die Vorstellung ist schon ein wenig verlockend.

»Und vielleicht ein bisschen außerhalb deiner Liga, Kat«, murmelt sie, bevor sie merkt, dass sie es laut zu Angus Marsdens Twitter-Seite gesagt hat, was eindeutig einen neuen Tiefpunkt in Bezug auf Interaktionen mit dem anderen Geschlecht darstellt.

Kapitel 8

Als Sarah endlich ins Bett geht, ist es schon ziemlich früh am Mittwochmorgen, und sie ist unendlich müde. Gar nicht so sehr von ihrem großen Tag, sondern vom ständigen sich Verstellen.

Jura ist einfach nicht ihr Ding. Sie studiert es bloß ihrem Dad zuliebe, der, seit sie in der Vorschule als ›begabt‹ bezeichnet wurde, schon immer das Sagen hatte, was ihre Bildung angeht. Als wäre er ihr Karrieremanager. Ganz sie selbst sein kann sie eigentlich nur auf der Bühne. Absurd, denn auf der Bühne spielt sie ja immer wen anders.

Und dann ist da noch Joel. Bei ihm fühlt sie sich auch wohl. Ihrem besten Freund. Dem Bruder, den sie nie hatte. Ihrem Pro-forma-Partner beim Abschlussball in der Zwölften, als sie keine Lust auf ein richtiges ›Date‹ hatte. Der sie zum Lachen bringt, bis sie weint. Der Typ, an dem sie alle anderen misst, weswegen sie wahrscheinlich immer Single bleiben wird.

Sie macht das Licht aus, dreht sich um und steckt die Decke fest. Joel hatte ein paar Freundinnen in den letzten Jahren, und für Sarah waren das immer Tiefphasen in ihrer Freundschaft. Es kommt ihr jedes Mal vor, als müsste sie dann zur Seite und in den Schatten treten, während das andere Mädchen im Rampenlicht steht. Natürlich halten Joels Beziehungen nie lange. Er lässt sich nie richtig darauf ein. Seine Freundinnen sind von seiner Nähe zu Sarah irritiert, und schon ist es vorbei. Sarah sammelt dann vorsichtig die Scherben auf, und sie intensivieren ihre Freundschaft wieder. Es gibt Kaffeedates, gemeinsame Abendessen, DVD-Abende, Wohltätigkeitsbälle ... Er ist immer für sie da, auch wenn er eigentlich gerade ›vergeben‹ ist.

Zumindest ist es bisher so gelaufen. Doch irgendwas beim gemeinsamen Kaffeetrinken und später nach der Probe heute hat Sarah ziemlich beunruhigt. Zuerst dachte sie, seine neue Verliebtheit wäre bloß eine weitere vorübergehende Schwärmerei. Sie hat davon schon einige bei ihm mitbekommen, und dieses Mädchen aus dem Zug kennt er noch nicht mal. Sie hatten – wie viel? – vielleicht zehn Minuten zusammen verbracht, und auf einmal ist er in sie verliebt? Das passt überhaupt nicht zu Joel!

Aber dieses Mal ist es anders, und Sarah kann nicht sagen, warum. Genauso wenig, wie sie sagen kann, warum sie etwas ganz anderes fühlt als die übliche leichte Genervtheit, wenn Joel mal wieder wegen eines neuen Mädchens vom Radar verschwindet. Könnte es Eifersucht sein? Nein, oder? Warum sollte sie eifersüchtig auf ein schlecht organisiertes Schulmädchen sein, das keinen Plan B hatte und einen Fremden um Hilfe anflehen musste? Joel steht nicht auf unselbstständige, hilflose Mädchen. Stand er noch nie. Er mag starke, unabhängige Frauen, das war sogar in der Highschool schon so.

Sarah wirft sich im Bett hin und her, und schließlich setzt sie sich auf und macht das Licht wieder an. Dann fällt ihr die andere Hälfte der Geschichte ein. Sie konnte es kaum glauben, als Joel ihr die Sache mit dem Konzertticket erzählt hat und dass das Mädchen aus dem Zug nicht nur ihm innerhalb von zehn Minuten den Kopf verdreht hat, sondern dann auch noch niemand anderem als Angus Marsden höchstpersönlich, der ihr jetzt verzweifelt im Cyberspace hinterherstolpert.

»Was ist denn so besonders an ihr?«, hat Sarah ihn gefragt, auch wenn sie die Antwort eigentlich nicht hören wollte.

»Das ist es ja, Sares. Ich weiß es nicht! Sie ist ein ganz normales Mädchen. Sie war nicht aufgetakelt wie die ganzen anderen. Sie war einfach sie selbst. Sie hat nicht versucht, irgendwas zu verstecken. Ich glaube, sie ist einfach der authentischste Mensch, dem ich je begegnet bin. Ergibt das irgendwie Sinn?«

Ja.

Und während er das sagte, wurde Sarah ganz schwer ums Herz, weil ihr klar wurde, dass Joel genau das Gegenteil von ihr beschrieb. Sie war immer chic angezogen und geschminkt. Sie versuchte immer, jemand anderes zu sein als sie selbst. Sie versteckte *immer* etwas. Sie war nie ›authentisch‹ – genau wie tausend andere Mädchen auch. Und wie garantiert neunzigtausend andere Mädchen im Publikum beim Konzert von Unrequited, weswegen Angus Marsden natürlich Kat auserwählt hat.

Wie soll sie gegen so eine ankommen?

Und warum denkt sie überhaupt darüber nach? Sarah hat noch nie mit irgendeinem Mädchen in Joels Leben konkurriert. Normalerweise tritt sie immer großzügig beiseite. So ist Sarah. Jedes Mal. Warum fühlt sie sich also jetzt alles andere als großzügig?

♫♪

Nach einer unruhigen Nacht mit viel zu wenig Schlaf wird Sarah um sieben Uhr morgens von einem Klopfen an der Tür wach. Mit kaum mehr als einem T-Shirt bekleidet stolpert sie aus dem Bett. Vor der Tür steht im Licht der hellen Morgensonne Joel, wie üblich in Jeans und blauem Hemd, und sieht genauso übermüdet aus, wie sie sich fühlt.

Stirnrunzelnd sieht Joel sie an. »Gehst du immer halbnackt an die Tür? Ich hätte sonst wer sein können!«

Ja, denkt sie, *aber er ist nicht sonst wer. Und warum kümmert ihn das überhaupt?* Sie sind praktisch zusammen im Schwimmbad aufgewachsen, es ist nicht so, als hätte er sie noch nie im Bikini gesehen. *Es ist nur Joel.*

Vielleicht liegt es daran, dass sie erst halbwach ist und noch nicht klar denken kann, aber mit einem Schlag wird ihr bewusst: Er ist nicht einfach ›nur‹ Joel! Er ist viel mehr als das! *Sieh ihn doch an!* Wo war sie nur die letzten zwölf Jahre ihrer Freundschaft?

»Ich mach uns mal Kaffee«, sagt er. »Du siehst aus, als könntest du welchen gebrauchen.«

Sie braucht viel mehr als Kaffee.

Sarah sieht zu, wie Joel an ihr vorbeigeht und sich in ihrer Küche zu schaffen macht, als wäre er hier zu Hause. Ihr wird zunehmend bewusst, dass sie lange, lange Zeit etwas sehr unterschätzt hat.

»Hast du genug Milch?«, fragt er, als wäre nichts weiter.

Milch? Wirklich? Merkt er überhaupt nicht, dass sich in ihrem Gehirn gerade alles verschoben hat? Er geht in ihrer Küche umher, als wäre es ein ganz normaler Tag, und auf einmal bekommt sie entsetzliche Angst, dass alles zu spät ist …

»Ich geh mal schnell duschen«, sagt Sarah, als er das Wasser aufsetzt. Sie nimmt ein Bündel frischer Klamotten und geht ins Bad, um seiner selbstverständlichen Art und der hässlichen

Wahrheit dieser Gesamtsituation für wenigstens fünf Minuten zu entkommen. Das heiße Wasser hilft nicht. Es verstärkt nur alles, und dann passiert etwas, was Sarah sonst nie passiert. Nie. Sie fängt an zu weinen!

Stolpernd steigt sie aus der Dusche und trocknet sich ab, schlüpft taumelnd in ihre Jeans und eine Designer-Bluse, stöpselt das Glätteisen ein, kramt nach ihrem Schminkzeug und ist völlig aufgelöst. Jetzt, wo die Dusche nicht mehr läuft, wird noch nicht mal mehr ihr Schluchzen übertönt, und es dauert nicht lange, da klopft es zaghaft an der Badezimmertür.

»Alles okay bei dir?«, fragt Joel. Er fragt nie, ob alles okay ist. Bei ihr ist immer alles okay, auch wenn das Gegenteil der Fall ist. Und genau das ist das Problem.

»Ich komme rein, ja? Hast du was an?«

Trotz der Tränen muss Sarah lächeln. *Gott, er ist ein Gentleman. Ich liebe ihn.*

Und das ist der Moment. Genau jetzt. In genau der Sekunde, als er die Tür öffnet und ins dunstige Bad kommt und ihre Kaffeetasse aufs Waschbecken stellt und sie ohne ein Wort fest in die Arme nimmt … Genau da wird Sarah mit bittersüßer Klarheit bewusst, dass sie Joel Isaacson liebt. Sie *liebt* ihn.

Und dann heult sie richtig los.

»Alles ist gut«, sagt Joel beruhigend. »Alles ist gut …«

Er streichelt ihr über die nassen Haare, während sie das Gesicht an seiner Brust vergräbt und seinen Geruch einatmet, den sie schon tausendmal vorher eingeatmet hat, ohne sich jemals *so* gefühlt zu haben. Angestrengt blinzelt sie, aber die Tränen hören nicht auf, und sein Hemd wird ganz nass und sie braucht eigentlich ein Taschentuch, aber ihm scheint es nichts auszumachen. Er hält sie nur noch fester und sagt gar nichts mehr, während sich um sie herum der Dampf verflüchtigt. Und Sarah weiß, dass er sich irrt.

Alles ist sehr, *sehr* weit davon entfernt, gut zu sein …

Kapitel 9

Joel weiß nicht, was in sie gefahren ist, als Sarah anfängt zu weinen. Sie weint *nie.* Das ist eine der Eigenschaften, die er am meisten an ihr schätzt. Ihre Freundschaft ist seit Jahren so schön einfach, weil Sarah gefühlsmäßig derart zurückhaltend ist. Es ist alles immer angenehm frei von Drama …

Als Sarah im Badezimmer losheult, haut es Joel daher ganz schön um. Was ist nur mit ihr los? Und wie seltsam ist es, hier zu stehen und ausgerechnet Sarah zu trösten? Er hat sie schon öfter umarmt, ziemlich oft. Sarah ist eine, die einen gerne umarmt. Nur *klammert* sie sonst nie. Es ist ziemlich beunruhigend.

Er fragt sie, was los ist, und sie sagt ›Nichts‹. Was eindeutig gelogen ist. Sie ist total aufgelöst! Aber sie weigert sich, ihm davon zu erzählen. Was ihm Sorgen macht. Normalerweise erzählt sie ihm alles.

»Bist du krank?«, fragt Joel, und die Vorstellung macht ihm jetzt richtig Angst. Sie ist genauso niemals krank, wie sie nie traurig ist, und der Gedanke, sie eventuell verlieren zu können, ist erschreckend.

Sie ist nicht krank.

»Ist irgendwer anders krank? Deine Eltern? Dein Bruder?«

»Nein. Niemand ist krank«, sagt sie beschwichtigend, und Joels Herz schlägt beinahe wieder normal.

»Steckst du in irgendwelchen Schwierigkeiten?« Sie antwortet nicht sofort. »Sarah. Was ist los? Geht es um einen Typen? Hat dich jemand verletzt? Oh Gott, du bist doch nicht schwanger, oder?«

»Joel! Hör auf!« Bei der letzten Frage lacht sie fast.

»Ich bin nicht krank, nicht schwanger, nicht verletzt, und ich stecke auch nicht in Schwierigkeiten. Können wir jetzt das Thema wechseln?«

Nichts wäre ihm lieber. Das hier ist eine Qual! Aber Joel kann nicht einfach ausblenden, was gerade passiert ist. Sarah so aufgelöst zu sehen, macht ihn fertig. Vielleicht öffnet sie sich ihm ja doch noch in ihrem eigenen Tempo.

Ein paar tiefe Atemzüge und mehrere Taschentücher später sieht sie fast normal aus. Eine rote, verquollene Version von normal jedenfalls. Irgendwie süß. »Was machst du hier eigentlich so früh?«, fragt Sarah.

Er ist sich unsicher, ob er es ihr sagen soll. Was, wenn sie dadurch wieder die Fassung verliert? Joel will sie nicht aus der Fassung bringen, er ist es aber auch nicht gewohnt, sie wie ein rohes Ei zu behandeln. Vielleicht kann seine Suche nach Kat noch einen Tag warten. Vielleicht ist es gerade wichtiger, für seine beste Freundin da zu sein.

»Ich dachte, wir verbringen vielleicht den Tag zusammen. Wir könnten 'ne Radtour machen. Oder picknicken. Oder einen Film sehen. An den Strand gehen? Worauf du Lust hast.«

Sarah wirkt hin- und hergerissen. Was sie sonst nie tut. Es kommt Joel vor, als würde er über einen Metalldetektor mit ihr kommunizieren und müsste erst mal ihre Kalt- und Warm-Signale herausfinden; fast als würden sie sich gar nicht kennen.

»Komm schon. Du weißt doch, dass du es willst«, neckt Joel sie und stößt Sarah lächelnd mit dem Ellbogen an. Er könnte schwören, dass sie tatsächlich rot wird. Sarah Elliott? Sie wird sonst *nie* rot. Er weiß nicht, was in sie gefahren ist oder wie er damit umgehen und was er als Nächstes tun soll.

»Was ist mit Kat?«, fragt sie mit ungewöhnlichem Stocken in der Stimme.

»Sie kann warten«, erklärt Joel und hofft, dass es stimmt.

Sarah zögert immer noch, aber sie entspannt sichtlich, und Joel ist erleichtert. Als hätte er es gerade geschafft, sie zu überzeugen, vom Fenstersims wieder ins Zimmer zurückzukehren.

»Komm, wir frühstücken«, sagt er. »Hast du Eier? Ich mach uns ein Omelett.«

Sarah sieht ihn an, als hätte er ihr gerade angeboten, ihr eine Million Dollar zu schenken. Dabei geht es doch nur um Frühstückseier! Nichts Besonderes. Kurz glaubt er, sie fängt gleich wieder an zu weinen. Joel nimmt das Kissen neben sich und wirft es nach ihr, um sie aus ihrer Trance zu holen. Zuerst sieht sie ihn schockiert an, doch das ist nur ein Trick. Keine Sekunde später greift Sarah nach dem Kissen und wirft es zurück. Kräftig.

Joel rächt sich mit zwei Kissen, und sie versucht, ihn mit den Füßen abzuwehren. Ein Manöver, bei dem sie schon immer gescheitert ist, seit sie sieben war und sie bei einem gemeinsamen Filmabend bei Sarah zu Hause ihre erste Kissenschlacht hatten. Das war das Mal, als sie völlig über die Stränge schlugen und die antiquarische Figur ihrer Mutter zu Bruch ging, und sie beide daraufhin in blöden Sommerferienjobs arbeiten mussten, um es wiedergutzumachen.

Wie üblich nimmt er ihr mühelos mit einer Hand das Kissen ab und hält mit der anderen ihre Beine fest, und dann lehnt er sich zu ihr vor, sieht ihr tief in die Augen und sagt: »Sarah Elliott! Das ist keine Art, den Mann zu behandeln, der gerade angeboten hat, dir ein Omelett zu machen.«

Jetzt lacht Sarah, richtig. Die alte Sarah ist zurück, und das ist gut. Wenn die Welt eben noch für ein paar Minuten auf ihrer Achse geschwankt hat, ist sie jetzt wieder im Lot.

Genug gekämpft. Joel steht vom Sofa auf, krempelt die Ärmel hoch und übernimmt für zwanzig Minuten die Küche, während Sarah auf ziemlich Sarah-untypische Weise auf dem Sofa rumliegt, was er gar nicht so schlecht findet. Er hat schon lange gedacht, dass Sarah das Leben manchmal viel zu ernst nimmt.

Sie schaltet die morgendliche Talkshow an. Normalerweise guckt sie die nie, weil es darin nur um Klatsch und Tratsch über Prominente geht, was Sarah null interessiert. Außer an diesem Morgen, wie es aussieht. Das Fenster hinter den Moderatorinnen im Studio ist voller Teenie-Mädchen, und das kann nur eins bedeuten. Doch jetzt ist es zu spät, auszuschalten, denn Sarahs Aufmerksamkeit ist bereits voll in Anspruch genommen.

Unrequited. Joel will einfach nur, dass sie endlich das Land verlassen, was sie bald tun werden, aber für ihn kann es gar nicht schnell genug gehen. Offenbar haben sie neben ihren Konzerten auch noch ein bisschen Urlaub in Sydney, bevor es dann weiter nach Tokyo geht. Er hat es gegoogelt. Joel tut so, als würde er nicht hinsehen, aber es ist, wie an einem Autounfall vorbeizufahren und zu versuchen, nicht hinzugucken. Er kann einfach nicht anders und findet es gleichzeitig schrecklich.

Angus Marsden sieht ziemlich gut aus dafür, dass es acht

Uhr morgens ist und er gestern Abend noch ein Konzert hatte. Joel hat keine Ahnung, wie er beschreiben sollte, was er anhat – er weiß nur, dass es die Art von Kleidung ist, die er selbst nie trägt. So viele Schichten. *Was ist an diesem Typen so besonders?* Die Augen? Stahlgrün. Die Haare? Braun. Und dick. Müssten dringend mal wieder geschnitten werden …

Angus beantwortet die Fragen der Moderatorinnen über die Musik und die Tour und ihre Fans höchst professionell. Ganz offensichtlich hatten die Bandmitglieder Medientraining. Und dann wird er natürlich nach dem Mädchen gefragt. *@elle_twenty-six*. Und Joel sieht zu, wie der Sänger sich innerhalb von Sekunden von einem routinierten Künstler in einen stammelnden Schuljungen verwandelt. Erstaunlich. ›Elle‹ ist sein Verderben, und Joel versteht voll und ganz warum.

»Die Geschichte wird schon mit dem Märchen von Aschenputtel verglichen«, sagt die Moderatorin. »Irgendwo da draußen ist ein Mädchen mit einem Konzertticket, das beweist, dass sie diejenige ist, in die du dich beim Konzert verliebt hast. Ist das wirklich keine PR-Nummer?«

Joel spitzt die Ohren. Da er Kat selbst begegnet ist, hat er die Geschichte sofort geglaubt. Er hat nie darüber nachgedacht, dass es bloß gespielt sein könnte.

Jetzt antwortet der Blonde, denn Angus bringt keinen Ton mehr raus.

»Ich hab Gus in all den Jahren, die wir jetzt schon zusammen auf Tour sind, noch nie so erlebt«, erklärt er mit seinem Londoner Akzent. »Das ist die große Liebe. Wir müssen dieses Mädchen finden. Sehen Sie ihn sich doch nur mal an! Er ist völlig fertig. Wir leiden alle!«

Angus lacht, aber es ist das beinah verschämte, liebeskranke Lachen eines Schuljungen. Er hat überhaupt nichts von einem Popstar an sich, wenn er über Elle redet, und das beunruhigt Joel am meisten. Denn Kat fand den Popstar gar nicht toll. Sie war sein Anti-Fan. Und der Junge, der ihr jetzt hinterherrennt, wirkt null wie ein Popstar. Er ist einfach ein normaler Typ, der einem normalen Mädchen hinterherläuft. Klar, er benutzt dafür ziemlich öffentliche Kanäle, aber laut Aussage aller Mädchen um Joel herum ist der ›neue Angus‹ offenbar ziemlich entzückend.

Sarah schaltet seufzend den Fernseher aus.

Siehst du!, denkt Joel. *Sogar Sarah ist wegen dem Typen schon ganz hin und weg. Es sieht nicht gut aus.*

Schließlich steht sie vom Sofa auf, geht in die Küche, nimmt ihm den Schneebesen ab, legt ihn weg und nimmt seine Hände in ihre. Kurz bekommt Joel Panik. Was macht sie? Hat sie etwa vor, ihn zu küssen?!

»Joel«, sagt sie mit fester Stimme. »Du magst dieses Mädchen sehr, oder?«

Er holt tief Luft. »Ja.«

Sie nickt. »Okay – ich meine das wirklich nicht böse, aber alleine wirst du es nicht schaffen, Kat für dich zu gewinnen. Als Angus noch ein unerreichbarer Popstar war, war es was anderes, aber diese Nummer im Fernsehen gerade? Er ist so verletzlich! Das ist unglaublich attraktiv. Er hat damit noch mal einen draufgelegt, und du, mein Freund, musst dasselbe tun.«

Noch einen drauflegen? Wie? Wovon redet sie?

»Du weißt nicht, wovon ich rede, oder?«, fragt Sarah aufgebracht. »Deswegen brauchst du hierfür eine Assistentin.«

Joel lächelt, als ihm der alte Insider-Joke zwischen ihnen wieder einfällt. Als Kinder haben sie gern gespielt, er wäre der Geschäftsführer einer großen Firma und sie seine Assistentin. Bis Sarah die Machtdifferenz zwischen ihnen aufgegangen ist, und sie ihn bei einer feindlichen Übernahme gefeuert hat.

»Lass mich raten, Sarah. *Du* bist meine Assistentin?«

Kurz wirkt sie etwas aufgewühlt, aber sie hat sich so schnell wieder unter Kontrolle, dass er denkt, er hat es sich bloß eingebildet. Er gibt nur ungern zu, ihre Hilfe zu brauchen, doch wahrscheinlich ist es so.

»War ich doch schon immer«, sagt sie leise. »Weißt du noch?«

»Du hast mich gefeuert. Wie soll ich dir da vertrauen?«

»Du hast keine andere Wahl.« Und dann erklärt sie ihm, dass er keine Zeit verschwenden darf, denn, falls es Joel noch nicht aufgefallen ist: Er ist ein abgerissener Student mit einem Übermaß an blauen Hemden, und er konkurriert mit einem Typen, der auf dem Cover der *Teen Vogue* war. Sie müssen also eindeutig shoppen gehen.

Kapitel 10

Die Band hat ausnahmsweise mal einen Tag frei. Die Jungs haben bei Rose Bay eine Luxus-Jacht gemietet, und der Plan ist, den Tag auf dem Schiff zu verbringen, weit weg von allem, und einfach mal nichts tun. Der Skipper ankert die Jacht in einer einsamen Bucht mit Blick auf die Harbour Bridge und die Oper. Es ist warm, die Jungs liegen auf dem Deck in der Sonne und hören Musik anderer Bands. Entspannen einfach komplett.

Zumindest vier von ihnen. Angus hat ein paar Telefonate zu erledigen. Zuallererst mit dem Ticket Office. Er hofft, die Verkaufsperson überreden zu können, ihm eine E-Mail-Adresse oder Telefonnummer zu geben. Etwas, *irgendwas*, womit er das Mädchen vom Konzert erreichen kann.

»Wer ist da?«, fragt die Frau, nachdem sie der Warteschleifen-Musik, die er fast eine halbe Stunde lang ertragen musste, endlich ein Ende bereitet hat. Sie klingt wie siebzig. Er hatte gehofft, eine um ein paar Jahrzehnte jüngere Frau dranzuhaben, die vorzugsweise auch noch in ihn verschossen ist … Jetzt muss er seine Taktik komplett neu überdenken!

»Angus Marsden«, erklärt er. »Von Unrequited.«

»Unrequited? Ich glaube, wir haben ein paar Tickets für ein Konzert mit einer Band mit dem Namen verkauft …«

»Ja, genau. Das ist meine Band. Ich bin einer der Sänger. Ich weiß, es ist etwas ungewöhnlich, aber ich hoffe, Sie können mir helfen …« Er legt ihr seine Notlage detailliert dar und erklärt die Situation mit Elle und Twitter. Doch dann fällt ihm auf, wie unglaubhaft das alles klingen muss, selbst für eine Person, die Social Media versteht, und erst recht für diese Frau, die anscheinend keinen blassen Schimmer hat, wovon Angus redet.

Sie sagt, es ist ihr egal, wer er zu sein behauptet. Sie arbeitet im Ticket Office, seit es 1979 eröffnet hat, und geht nächste Woche in Rente. Nicht ein einziges Mal in ihren fünfunddreißig Jahren als Ticketverkäuferin ist sie von den Vorschriften des Unternehmens abgewichen. »Warum sollte ich das tun?«

»Wegen der Liebe?«, versucht er sie zu bezirzen.

»Ach, ihr jungen Dinger! Ihr seid viel zu ungeduldig! Ihr wollt alles sofort. Ihr könnt auf nichts warten, oder?«

Nein. Kann er nicht. Er hat keine Zeit. Deswegen ruft er ja an!

»Warten Sie mal ab«, sagt die Frau. »Wenn dieses Mädchen Sie wirklich mag, wird es Sie finden. Und wenn es sein soll, wird es passieren.«

Angus weiß nur nicht wie. Doch einen kurzen Moment lang genießt er den Trost, der in ihrem Ratschlag mitschwingt. Doch dann erklärt sie ihm, dass sie ihn in ihrem Computersystem auf die schwarze Liste gesetzt hat, genauso wie alle anderen zukünftigen Fragen die Sitznummer betreffend. Es klingt ganz so, als ob diese ›wenn es sein soll‹-Begegnung eindeutig nicht durch ihre Hilfe passieren wird.

Bevor Angus noch irgendetwas sagen kann, beendet sie das Gespräch, und er hat das Gefühl, von einer bald verrenteten Frau überlistet worden zu sein, die ihn ziemlich an seine Großmutter zu Hause in England erinnert. Die sagt nämlich immer genau das Gleiche: »Zur richtigen Zeit wird schon die Richtige kommen, Angus! Sei nicht so ungeduldig.«

Aber er *ist* ungeduldig. Sie ist die Richtige! Und er hat Angst, dass sie ihm davonläuft und er mit fünfzig immer noch traurige Liebeslieder über sie schreiben wird!

Und dann – großartig! – macht Xavier sie darauf aufmerksam, dass eine ganze Jacht-Ladung voller Fans sie entdeckt hat und auf dem Weg zu ihnen ist. Der kurze Moment der Privatsphäre ist vorbei.

♫♪

Laut Zach, ihrem selbst ernannten Chef-Ausgucker, schwenken die nur mit Bikini bekleideten Mädchen auf der anderen Jacht eine Flasche Sekt und ein Megafon. *Tödliche Kombination*, denkt Angus und lässt sich wie die anderen drei auf seinem Sonnenstuhl tiefer sinken, um nicht gesehen zu werden.

»Hey! Zach! Reuben! *Angus!*«, ruft eine Mädchenstimme.

Dann hören sie noch mehr Stimmen. Kreischen. Die Mädchen rufen unaufhörlich die Namen der Jungs durchs Megafon, in der Hoffnung, einen Blick auf sie zu erhaschen. Angus will sich einfach nur verstecken. Selbst an ihren freien Tagen haben sie nie richtig frei.

Eins der Mädchen ist besonders hartnäckig. Sie nimmt ihrer Freundin das Megafon ab. »ANGUS MARSDEN!«, lallt sie. »ANGUS! Heirate mich!«

Immer noch sichtgeschützt blickt er seine Bandkollegen an und zieht eine Grimasse. *Die sollen abhauen.*

»Die Blonde meint es ganz schön ernst, Gus!«, bemerkt

Zach. »Und sie ist auch ganz schön fit. Sie klettert gerade auf den Bug der Jacht … Was glaubt sie, was das hier ist? *Titanic*?«

Angus weiß nicht, was er machen soll. Er ist kein Leonardo DiCaprio. Er wird ihr garantiert nicht das Leben retten, wenn sie …

»Sie ist ins Wasser gesprungen!«, ruft Zach. »Oder vielleicht ist sie auch *gefallen*!«

Jetzt sitzt Angus kerzengerade auf seinem Sonnenstuhl und blickt auf das Wasser zwischen den beiden Jachten. Er sieht das Megafon auf der Oberfläche tanzen, aber sonst nichts. Nichts! Die Mädchen auf dem Boot werden regelrecht hysterisch. *Bitte, lass die anderen nicht noch hinterherspringen*, denkt Angus. Wo ist sie? Wo sind alle anderen? Die Wasserpolizei? Das Jacht-Personal? *Leonardo DiCaprio*?

Verzweifelt ruft Angus nach dem Skipper ihrer Jacht, der etwas von Arbeitnehmerschutzvorschriften murmelt. Und dass es ja eigentlich die Verantwortung des Skippers auf der anderen Jacht sei … Angus kann es nicht glauben! Wertvolle Sekunden vergehen, und sie ist immer noch nicht wieder aufgetaucht. Er darf keine Zeit verlieren! Komplett auf Adrenalin reißt Angus sich das T-Shirt vom Oberkörper.

»Angus! Das ist nicht deine Verantwortung …«, sagt Xavier bestimmt.

Irgendwie scheint es niemandes Verantwortung zu sein! Angus wird nicht einfach zugucken, wie ein Fan vor seinen Augen ertrinkt. Nicht, wenn ihre letzten Worte ›Heirate mich!‹ waren.

Er stellt sich an den Bootsrand und springt.

♫♪

Es ist *kalt* im Wasser, und Angus sieht, wie sie kämpft. Sie ist eindeutig keine gute Schwimmerin. Oder sie hat zu viel getrunken und weiß überhaupt nicht, was sie da tut. Als Angus sie erreicht, schlingt er ihr schnell einen Arm um die Taille und zieht sie nach oben. Sie ist zwar leicht, aber es ist trotzdem ziemlich anstrengend, weil sie so strampelt. Nach Luft schnappend durchbrechen beide die Wasseroberfläche.

Das Mädchen zappelt wie verrückt, klammert sich an Angus und zieht ihn immer wieder runter. Er redet beruhigend auf sie ein. Dann blickt er hoch zu ihrer Jacht – voller kreischender und johlender Mädchen, die die Rettungsaktion alle mit dem Handy filmen.

Auf keinen Fall wird er sich ihnen nähern! Er wird das Mädchen zu seiner eigenen Jacht und an Land bringen, bevor noch mehr passiert. Schwimmend erreichen sie die Stahlleiter und Angus hilft ihr auf die Sprossen. Reuben steht oben, bereit, sie hochzuziehen. Das Mädchen ist kaum in der Lage, die Füße richtig auf die Sprossen zu setzen. Natürlich trägt sie keine Rettungsweste. Angus fragt sich, ob sie eine Ahnung hat, dass die ganze Sache nur knapp gut ausgegangen ist.

Immer wieder tritt das Mädchen daneben, und schließlich legt Angus ihr eine Hand auf die Taille, während sie mit den Füßen nach Halt sucht. Noch mehr Kreischen und Johlen und Fotos vom anderen Boot. Endlich hat sie es so weit geschafft, dass Reuben sie hochziehen kann.

Sicher an Deck wirft Angus ihr ein Handtuch zu. Sie zittert, genau wie er. Wahrscheinlich ist es immer noch der Schock.

»Mach das NIE wieder, okay?«, sagt er, kaum fähig, seine Wut zu verbergen. Sie bricht in Tränen aus, die Mascara läuft ihr übers Gesicht, und Angus fühlt sich mies, sie so angefahren zu haben. Aber sie hat gerade ihr Leben aufs Spiel gesetzt! Wegen *ihm*! Sie hätte sterben können! So etwas ist ihm noch nie passiert. Erst jetzt realisiert Angus, wie knapp das gerade war.

Reuben gibt dem Skipper Anweisungen, dass er sie zurück in den Hafen bringen soll, während Angus sich ein Handtuch nimmt und die Brust abtrocknet. Das Mädchen will nach ihrem Handy greifen, bevor sie bemerkt, dass es nicht da ist. Wahrscheinlich liegt es zusammen mit ihren anderen Sachen auf der Jacht. Auf dieses Foto wird sie wohl verzichten müssen.

Als sie ein paar Minuten später anlegen, ist der Hafen schon voller Medienleute. Die Mädchen auf dem anderen Boot müssen die Information in Windeseile gestreut haben.

Angus wirft einen Blick auf das Mädchen im Bikini, das mit nassen blonden Haaren und schwarzen Mascara-Streifen im Gesicht betrunken auf einem der Sonnenstühle liegt. Dann sieht er wieder zu den Medienfuzzis im Hafen, die nach einer Geschichte gierend die Kameras auf die Jacht richten. Wie sollen sie das bloß erklären? Die Band wird bei dieser Geschichte definitiv nicht gut wegkommen, aber daran sind sie gewöhnt. Doch das Mädchen können sie in diesem Zustand auf keinen Fall den Paparazzi ausliefern.

»Wo wohnst du?«, fragt Angus und hilft ihr, sich aufzusetzen.

Lallend nennt sie die Adresse eines Wohnheims in der Nähe der Sydney University. Xavier telefoniert, um sicherzustellen, dass eins ihrer Autos bereitsteht, während Angus sich sein T-Shirt anzieht und dem Mädchen das karierte Hemd reicht, das er darüber getragen hatte. Reuben gibt ihr noch ein nasses Handtuch, damit sie sich das Gesicht säubern kann – doch das macht die Mascara-Streifen nur noch schlimmer. Das Mädchen zieht das Hemd über, schafft es aber nicht, es zuzuknöpfen, also lässt sie es offen. Hilfsbereit macht Angus ein paar Knöpfe für sie zu und sagt: »Kein Wort zu den Journalisten, okay? Wir gehen einfach direkt durch. Kannst du laufen?«

Er zieht sie auf die Beine, und sie klammert sich schwankend an ihn. Dann hilft Angus ihr vom Boot und schirmt ihr Gesicht ab, während sie von Sicherheitsleuten durch die Kameras zum wartenden SUV begleitet werden. Das Mädchen stolpert hinein, und Angus wirft die Tür hinter ihr zu und läuft auf die andere Seite.

Er kann sie nicht einfach in ein Auto verfrachten und gut ist, auch wenn die anderen ihm genau das geraten haben. Er muss sicherstellen, dass sie gut zu Hause ankommt, bevor die Band mit noch Schlimmerem in Verbindung gebracht wird als den erfundenen Geschichten, die zweifellos ohnehin schon im Umlauf sind.

Kaum dass das Auto losgefahren ist, schläft das Fangirl auch schon ein, und ihr Kopf sinkt an Angus' Schulter. *Das glamouröse Leben eines Popstars*, denkt er voller Ironie. Er checkt sein Handy, um den Schaden besser einzuschätzen. Es ist ziemlich schlimm. Fotos aus allen möglichen Winkeln von ihm und dieser ›mysteriösen Blonden‹ im Wasser, auf der Leiter, auf dem Boot. Oh, großartig – ein Teleobjektiv hat ihn dabei festgehalten, wie er ihr das Hemd zugeknöpft hat, nur sieht es so aus, als würde er es *aufmachen*. Das ist genau die Art von Medieninszenierung, die er *hasst*.

Nachdem sie das Mädchen nach Hause gebracht haben, beschließt Angus, sich noch etwas Zeit für sich zu nehmen, bevor er zurück ins Hotel geht und sich schon wieder mit Fans und Medienleuten rumschlagen muss, die dauerhaft draußen vorm Hotel campen. Er hat sechs verpasste Anrufe von ihrer Pressesprecherin und drei von ihrem Manager Michael. Angus ist jetzt wirklich nicht in der Stimmung. Für nichts davon.

»Ich brauche nur zwanzig Minuten, Kev«, murmelt er seinem Bodyguard zu und zieht sich die Mütze tiefer ins Gesicht. Er schlendert über das Unigelände und stellt sich vor, er wäre ein normaler Student – eine seiner Lieblingsfantasien. Niemand weiß, dass er tatsächlich Student *ist*. Er studiert im Fernstudium Englische Literatur in London, aber das ist einfach nicht dasselbe, wie wirklich *dort* zu sein.

Es gibt Tage wie diesen, da würde Angus am liebsten alles aufgeben. Den Ruhm. Den Erfolg. Alles. Das Beste, was ihm bisher in seinem Leben passiert ist – Unrequited –, kann manchmal auch eine ganz schöne Qual sein. Wenn er die Musik nicht so lieben würde …

»Hast du den Instagram-Post vom *Who* Magazine gesehen?«, schreibt Reuben. »Falls nicht, sieh ihn dir an.«

Nein, hat er nicht. Und er interessiert ihn auch nicht.

Ein paar Minuten später kommt Angus am Zentrum für Darstellende Künste vorbei und sieht durchs Fenster im Foyer einen Getränkeautomaten. Es ist niemand da, also geht er rein, wirft ein paar Münzen in den Schlitz, zieht sich einen Softdrink und genießt kurz die Stille.

Gedankenverloren nippt er an der Dose und betrachtet die Plakate an den Wänden. *Legally Blonde* wird demnächst aufgeführt. Das Logo kommt ihm bekannt vor, aber er weiß nicht woher.

Irgendwo im Gebäude übt ein Mädchen einen Song. Obwohl, nein. Sie übt ihn nicht. Sie schreibt ihn. Das erkennt er an der Art, wie sie mit den Akkorden und Melodien experimentiert, immer wieder aufhört und neu anfängt.

I've got the major role in a stick figure theatre
My very own papier mache puppet show
I'm just a cardboard cutout cartoon character
Progress through this plastic world is slow.

And I'm living in two dimensions
And it's just not right
I need shadow and light in my life
I'm living in two dimensions
In black and white
Show me the light.

Dieser Text.

Kann sie seine Gedanken lesen? Sie hat eine ziemlich gute Stimme, obwohl Angus sogar aus der Entfernung hört, dass sie selbst noch nicht daran glaubt. Er kann sich noch gut daran erinnern, sich früher selbst so gefühlt zu haben, und auch wenn das niemand glauben würde, ist das gar nicht so lange her. Angus folgt dem Klang ihrer Stimme die Treppen hinauf, bis er vor einer geschlossenen Tür ankommt. Lauschend lehnt er sich an die Wand daneben, und hört ihr einfach nur zu. Der Song ist wirklich gut.

I'm a faded photograph on the shelf
In a family portrait with strangers
Sitting here in the dust all by myself
Never trying new things, so I'm never in danger.

Nach ein paar weiteren Takten lässt Angus sich an der Wand hinabgleiten und setzt sich auf den Boden. Er ist wie gebannt. Je mehr er hört, desto mehr wird ihm klar, dass dieser Song *richtig* gut ist. Das Mädchen hängt an einem Akkord fest, und er weiß genau, in welche Tonart sie wechseln müsste, genau an dieser Stelle … Und überhaupt, würde der Song sich nicht perfekt für ein Duett eignen?

Angus muss sich sehr zusammenreißen, nicht hineinzuplatzen und ihr den Tonartwechsel und eine zweite Perspektive auf den Text vorzuschlagen, schließlich will er sie nicht erschrecken. Entweder ist sie eine in sich zurückgezogene Studentin, die noch nie von ihm gehört hat (was toll wäre!), oder sie erkennt ihn sofort, und dann war es das mit seiner Deckung. Er braucht heute eindeutig nicht *noch* ein Mädchen, das Social-Media-Posts über ihn verbreitet.

Nach dem Fiasko im Hafen hat Angus ohnehin nicht mehr die Energie, eine Anfängerin bei ihren Versuchen im Songwriting zu bestärken. Er sollte sich auf Elle konzentrieren und darauf, wie er ihr auf Twitter erklären soll, dass die Situation mit dem blonden Mädchen auf der Jacht gar nicht so war, wie es auf den ganzen Fotos im Internet aussieht.

♫♪

Ein paar Minuten später trifft Angus Kev draußen vorm Eingang. Der Bodyguard musste den Wagen in einem Parkhaus die Straße runter parken.

»Singst du jetzt für *Legally Blonde* vor?«, spottet er, als Angus aus dem Gebäude kommt.

»Da war ein Mädchen …«

Kev lacht. »Kannst du eigentlich gar nicht mehr ohne, Angus? Was für ein Mädchen ist es denn jetzt schon wieder?«

»Eine Songwriterin. Und es geht dabei nur um die Musik. Ich hab noch nicht mal mit ihr geredet.«

Kev sieht Angus aufmerksam an. »Vielleicht hättest du mit ihr reden sollen.«

Hat sein Bodyguard sich jetzt selbst zu seinem Chef-Berater in Sachen Liebe ernannt? Angus wird keine Beziehungsratschläge von jemandem annehmen, der den ganzen Tag im Auto Krimis liest und Online-Pferdewetten abgibt. Selbst wenn Kev recht hat.

Vielleicht hätte Angus die Sängerin ansprechen sollen. Schließlich hat er immer noch ihren Song im Kopf. Er kann ihn einfach nicht vergessen und er hätte ihr sagen müssen, dass sie *gut* ist. Und dass sie *loslassen* und die Musik richtig genießen soll.

Am liebsten will er mit ihr zusammen Musik machen! Nicht nur Musik spielen, sondern sie mit ihr zusammen schreiben.

Das Bedürfnis ist tatsächlich fast noch größer als der Wunsch, durch ganz Sydney zu laufen in der leisen Hoffnung, zufällig auf Elle zu treffen, obwohl diese Stadt viereinhalb Millionen Einwohner hat. Er wünschte, er könnte ihr ›Mission Bikini‹ persönlich erklären.

»Notfall-PR-Meeting. Vier Uhr. In deiner Suite«, erscheint eine Nachricht auf seinem Handy, und Angus stöhnt laut auf. Was hätte er denn tun sollen? Das Mädchen ertrinken lassen?

Während sie zum Hotel fahren, beobachtet Angus die Passanten draußen. Ganz normale Menschen. Die einfach die Straße entlanggehen können, ohne belagert zu werden. Die Hotels betreten und verlassen können, ohne von Sicherheitsleuten begleitet werden zu müssen. Die ganz unauffällig jemandem das Leben retten können, ohne hinterher die Spanische Inquisition fürchten zu müssen. Was würde er darum geben, wenn sein Leben ein paar Tage lang mal nicht so kompliziert wäre!

Und jetzt kommt ihm auch noch dieses bescheuerte PR-Meeting in die Quere, dabei würde Angus so gern an dem Song von diesem Mädchen weiterarbeiten. Er geht ihm einfach nicht mehr aus dem Kopf! Angus will ihr den Song gar nicht wegnehmen. Er will mit ihr zusammen daran arbeiten. Oder eigentlich doch ohne sie. Heimlich. Und dann will er ihn ihr irgendwie zurückgeben. Als so eine Art Geschenk.

Geht es eigentlich noch lahmer? Was ist eigentlich los mit ihm?

»Ich hoffe, dieses PR-Meeting geht schnell«, sagt Angus genervt zu Kev. »Ich brauche ein Klavier.«

Kapitel 11

Kat träumt schon seit Jahren vom Abschlussball in der Zwölften, aber als sie jetzt auf die hinter den Spiegel in ihrem Zimmer geklemmte Einladung blickt, ist sie etwas ernüchtert von der Sache mit der ›Begleitung‹. Doch dann geht auf einmal die Fantasie mit ihr durch und stürmt den ganzen Weg zum Parkplatz an der Ashfield Station, wo sie das ganze Chaos vor dem Unrequited-Konzert noch mal durchlebt.

Nur, dass McDreamy ihr in ihrer Fantasie seine Nummer gibt.

Natürlich wartet sie zwei Tage, bevor sie ihn anruft, und selbst als sie ihn anruft, ist sie supercool, trotz ihrer inneren Aufregung. Kat verabredet sich mit ihm, um ihm das Taxigeld wiederzugeben, und diesmal wäscht sie sich die Haare und glättet sie mit dem Glätteisen, das Lucy bei einem Preisausschreiben gewonnen und ihr geschenkt hat, weil sie meinte, Kat würde es dringender brauchen als sie. Autsch …

Statt Shorts, T-Shirt und Docs wird Kat sich ihr Lieblings-Siebziger-Jahre-Sommerkleid und Sandalen anziehen, und vielleicht legt sie sogar etwas Make-up auf, aber nur so viel, dass er noch nicht mal sicher sagen könnte, ob sie überhaupt welches trägt. Tatsächlich ist sie so hoffnungslos untalentiert, was Make-up angeht, dass sie wahrscheinlich auf dem Weg noch in der Kosmetikabteilung von Myer vorbeischaut. Dort wird sie sich professionell, aber irgendwie umsonst, schminken lassen, denn schließlich ist Kat ziemlich pleite, bis auf das Geld, das sie von ihrer Mutter bekommen hat, damit sie es McDreamy zurückgeben kann.

Und sie ist *witzig*. Oh, der Witz sprudelt bei ihrem Fantasie-Wiedersehen mit McDreamy nur so aus ihr heraus – mit jedem Satz hat sie ihn mehr am Haken, bis sie ihn ganz an Land gezogen hat und er sich gar nicht erklären kann, wie er überhaupt darüber nachdenken konnte, ihr seine Nummer *nicht* zu geben. Was wäre ihm nur entgangen!

Er wird vorschlagen, Kaffee trinken zu gehen, und sie wird kurz zögern, aber nicht zu lange, und dann irgendwas Tolles wie einen Macchiato bestellen, und bis dahin wird sie auch gelernt haben, wie man den richtig ausspricht. Sie wird über seinen trockenen Humor lachen und dabei nicht schnauben wie in der Bahn, sondern sie wird ein richtig attraktives Lachen haben, das zu ihrem Outfit passt.

McDreamy wird noch einen zweiten Kaffee vorschlagen, und Kat wird Wasser nehmen, weil sie von zu viel Kaffee immer aufs Klo muss und das total unromantisch ist. Außerdem will sie nicht zu bedürftig wirken, also wird sie auf die Uhr sehen, als hätte sie noch was Wichtiges vor. Das wird ihn traurig machen, denn *er* will nichts anderes als mit *ihr* zusammen sein. Natürlich.

Ach, in ihrer Vorstellung ist alles so perfekt. Und es ist alles so weit von der Realität entfernt, in der Kat sich auf einmal wiederfindet. Die Einladung zum Schulball, ohne Begleitung. Ach, und ein halbfertiger neuer Song. Den darf sie nicht vergessen. Musik ist das Einzige, was sie gerade davon abhält, verrückt zu werden. Wie immer. Wenn sie an dieser einen Stelle nur weiterkäme …

Um ein bisschen zu prokrastinieren, checkt sie Instagram und Twitter und sagt sich, dass es überhaupt nicht peinlich ist, Angus Marsden zu stalken, denn schließlich findet sie diese Elle interessant, nicht ihn. Doch ausnahmsweise hat der Sänger Elle überhaupt nicht erwähnt. Was auch nicht nötig ist. Die Seiten sind voll mit Posts von Fans, die ihn mit einem blonden Mädchen auf einem Boot fotografiert haben. Und dieses blonde Mädchen macht sich ganz schön an Angus ran. Ist das Elle? Oder ist es schon wieder eine Neue, die durch die Drehtüren seines Liebeslebens befördert wird?

Seltsamerweise verliert Angus kein Wort darüber. Nicht ein einziger Kommentar von ihm. Stattdessen schreibt er über seine Arbeit. Offenbar befindet er sich gerade in einer Art ›selbstverordneter Kreativ-Klausur‹, was auch immer das ist, um einen neuen Song zu schreiben. Vollidiot. Kat wirft ihr Handy in die Tasche und beschließt, sich mit Lucy auf einen Milchshake zu treffen.

♫♪

»Kat!«, ruft Lucy. »Ist es nicht unglaublich, wie wenig Zeit nur noch bis zum Schulball ist?«

»Total!«

»Mit wem gehst du hin?«

Kat zuckt mit den Schultern. »Mit dir?«

»Mit mir als deinem *Date*?«

»Was? Nein!« Kat lacht. »Weißt du schon, mit wem du hingehst?«

»Nee, aber ich habe einen Vorschlag …«, sagt Lucy verschwörerisch und streicht sich den hellbraunen Pony aus den Augen. »Ich dachte, wenn du wirklich nicht weißt, mit wem du hingehen sollst, könnte ich ein Blind Date für dich arrangieren.«

Kat kreischt: »Was? Auf keinen Fall!«

»Ich verspreche dir, er wird dir gefallen! Ich bin deine beste Freundin, Kat, ich würde dich doch nicht mit einem Loser verkuppeln.«

Kat schüttelt entschieden den Kopf. Sie würde nie im Leben einem Blind Date zustimmen! Natürlich ausgenommen einem mit McDreamy, aber dann wäre es ja auch kein Blind Date, sondern ein normales. Wenn auch eine besonders spektakuläre Version von normal.

»Okay, was hältst du von einem Kompromiss?«, schlägt Lucy vor. »Wenn du bis vierundzwanzig Stunden vor dem Ball niemanden gefunden hast, arrangiere ich ein Date mit dem Typen, den ich für dich im Kopf habe. Vertrau mir, es wird was ganz Besonderes. Du wirst mir dankbar sein!«

Kat denkt kurz darüber nach. Sie muss sich sowieso jemanden suchen, vielleeeiiicht könnte sie sich darauf einlassen. Aber nur als ALLERLETZTE NOTLÖSUNG. Nur wenn sie VÖLLIG verzweifelt ist, was, in Anbetracht ihrer Dating-Historie, durchaus im Bereich des Möglichen liegt. Tatsächlich hätte sie bei ihrer bisherigen Rate wohl größere Chancen, mit ihrem neuen Song einen Hit in den Charts zu landen.

Kapitel 12

»Entspann dich, Joel, es ist kein Vorstellungsgespräch. Wir gehen nur shoppen!«, sagt Sarah, als sie ihn von der Market Street durch die schweren Türen zu David Jones hineinzieht – und direkt auf die Designer-Abteilung für Männer zusteuert. Joel weiß noch immer nicht, wie sie es geschafft hat, aber irgendwie hat sie ihn überzeugt, sich von einem Teil seines Geldes zu verabschieden, das er mit Aktienhandel an der Börse verdient hat. Das ist ein Hobby, dem er nachgeht, seit er mit sechzehn im Sommer bei Sarahs Vater ein freiwilliges Praktikum gemacht hat. Eigentlich reinvestiert er seine Gewinne immer – er gibt sie definitiv *nie* für teure Kleidung aus. An einem Ort wie diesem shoppen zu gehen, ist Joel völlig fremd. Er will es einfach nur hinter sich bringen.

Und als ob das Ganze nicht ohnehin schon schlimm genug wäre, fängt Sarah auf der Rolltreppe vor allen Leuten an zu singen. Irgendwas von wegen, wie gern sie für Männer Klamotten einkaufen geht? Was?

Er hält ihr die Hand vor den Mund. »Was *soll* das? Hast du völlig den Verstand verloren?«

Sarah zieht seine Hand weg und sagt: »Ich übe! Das ist aus *Legally Blonde*! Das Leben imitiert doch wirklich die Kunst. Kennst du die Szene, wo Elle Woods ihren Tutor Emmett Forrest in ein Kaufhaus schleppt, um ihn neu einzukleiden?«

»Wer ist Emmett Forrest?«

»Der Freund«, erklärt Sarah, »den sie am Ende heiratet. Streng dich an, Joel! Wir haben den Film tausendmal gesehen!«

Joel sieht sie argwöhnisch an. »Okay, können wir das kurz klären? Wir gehen nur shoppen, richtig? Du gehst nicht gleich auf die Knie und machst mir einen Antrag, oder?«

Er will sie nur foppen, aber sie protestiert »Nein« und »Sei nicht albern!« und »Natürlich nicht!«, und Joel findet, sie protestiert ein bisschen *zu* viel. Andererseits verhält Sarah sich in letzter Zeit sowieso recht komisch, also denkt er nicht weiter darüber nach.

Als sie in der richtigen Abteilung angekommen sind, schiebt Sarah ihn in eine Umkleide und legt los. Es ist niemand anderes da, also wirft sie ihm Jeans und T-Shirts und Hosen und eine lächerlich teure Lederjacke über die Umkleidetür, als würde sie Löwen im Zoo füttern. Zwischendurch singt sie immer mal wieder eine Strophe aus dem *Legally-Blonde*-Lied, nur um ihn völlig fertigzumachen.

»Hör damit auf, Sarah – ich warne dich. Ich rufe den Sicherheitsdienst.«

Sarah ist total merkwürdig. Was ist nur los mit ihr? Sarah Elliott unplugged in der Herrenmoden-Abteilung bei David Jones?

»Okay, es reicht!« Joel kommt mit halboffenem Hemd und Boxershorts aus der Umkleide.

Sarah verstummt und starrt ihn an. Nach einer Sekunde Schweigen fragt sie ihn: »Kann ich nicht einfach leise singen, Joely?«

Joely? So hat sie ihn nicht mehr genannt, seit er zehn war.

»Magst du meine Stimme nicht?«

Ist das ihr Ernst? »Deine Stimme ist toll. Nur der Zeitpunkt ist gerade schlecht! Wenn diese Elle Woods in eurem Musical auch nur halb so nervig ist wie du heute, kann ich wohl nicht zur Aufführung kommen.«

»Das solltest du aber besser! Du hast noch nie einen Auftritt von mir verpasst. Noch nie! Du warst sogar bei *Sound of Music*, obwohl du es hasst!«

»Ich *hasse* es nicht«, erklärt Joel, aber sie sieht ihn nur finster an. »Okay, ich hasse es. Aber du hast eine sehr überzeugende, äh … wie hieß die, die du gespielt hast, noch mal?«

Sarah funkelt ihn an. »Liesl von Trapp.«

»Genau. Fast siebzehn, absolut nervtötend und …«

»Wie auch immer. Was ist das überhaupt für ein komisches Outfit?«, unterbricht sie ihn und guckt, als würde sie Joel jeden Moment mit einem Kleiderbügel schlagen. Da fällt ihm wieder ein, dass er nur halb bekleidet ist, entschuldigt sich, verschwindet in der Umkleide und betet, dass Sarah am Ende ihres Repertoires angekommen ist. Normalerweise ist sie nicht so anstrengend.

Die letzten Sachen, die er anprobiert, sind wohl ziemlich gut, wenn er sich auf Sarahs Gesichtsausdruck verlassen kann. Sie wirkt erst erstaunt und dann verhalten beeindruckt. Wenn Joel sogar Sarah beeindrucken kann, dann kann er sicher jedes Mädchen beeindrucken. Ganz besonders eins, hofft er.

»Zufrieden?«

»Du siehst gut aus«, sagt sie.

»Dann lass uns das nehmen und abhauen, Mary Poppins oder wer auch immer du heute bist.«

»Elle Woods.«

»Stimmt«, sagt Joel mit einem Stirnrunzeln, und es ist kein Wunder, dass er verwirrt ist. Sarah ist schon immer eine tolle Schauspielerin gewesen, aber wie sie sich im Moment verhält, ist nicht normal. Er ist einfach nicht daran gewöhnt, dass Sarah launisch ist. Er ist nicht daran gewöhnt, dass sie spontan ist. Und es kann ja sein, dass er sich täuscht – tatsächlich ist die Wahrscheinlichkeit, dass er sich täuscht sehr hoch – aber er ist auch nicht daran gewöhnt, mit Sarah zu *flirten.*

♫♪

Der zukünftige Dr. Joel Isaacson in Designer-Klamotten könnte glatt Model sein, denkt Sarah, als er schließlich in Calvin-Klein-Jeans und weißem T-Shirt aus der Umkleide kommt. Er sieht aus, als wäre er sein eigenes bestgehütetes Geheimnis. Oder als hätte sie den größten Teil ihres Lebens Scheuklappen aufgehabt. Bisher hatte sie eigentlich gedacht, sie hätte eine ziemlich gute Intuition. Doch jetzt versetzt Sarah der Anblick ihres besten Freundes in eine Art Schockstarre – sie hat sogar so etwas wie Lampenfieber! Keine einzige Zeile kommt mehr über Sarahs Lippen, dabei hatte sie den ganzen Nachmittag Freude daran, Joel mit ihrem Gesang zu nerven.

Himmel. Sie ist noch mehr in ihn verknallt, als ihr bewusst war. »Reiß dich zusammen, Sarah.«

»Was?«, fragt Joel.

Oh. Sie hatte es eigentlich nicht laut aussprechen wollen.

»Ist alles okay?«, hakt er nach.

Nein, ist es nicht. »Ja, alles gut!«

Joel sieht sie mit demselben gequälten Gesichtsausdruck an,

den er immer hat, wenn er sich mit einer besonders komplexen chemischen Gleichung abplagt. Was ja auch passt, schließlich geht es hierbei um besonders komplexe Chemie, wenngleich auf ziemlich unausgeglichene Weise.

»Hast du mir nicht mal erklärt, wenn Mädchen sagen, dass alles ›gut‹ ist, ist normalerweise das Gegenteil der Fall?«, fordert er sie jetzt heraus.

»Ja, das gilt aber nur für andere Mädchen. Oder für mich bei anderen Typen. Nicht bei dir. Mädchen sind so nur bei Typen, die sie wirklich mögen.«

»Oh, danke auch!« Joel lacht.

»Komm schon, du weißt, was ich meine!«, sagt Sarah und hofft sehr, dass er es nicht weiß. Diese ganze Situation ist eine einzige Qual. Sie will wirklich nur das Beste für ihn, auch wenn das nicht gerade das Beste für sie ist … und das macht sie fertig.

Joel setzt Sarah für die Probe am Theater ab. Sie ist fast erleichtert, eine Pause von ihm zu haben. Gleichzeitig macht sie sich Gedanken, wohin er jetzt fährt und was er dann macht und mit wem – und sie wünschte, er würde dabei nicht so aussehen, wie er gerade aussieht. Über so etwas hat sie sich vorher *nie* Gedanken gemacht. Wenn das so weiter geht, wird sie noch verrückt!

Kat, die Neue, ist bereits im Proberaum und spielt etwas auf dem Klavier. Es ist wunderschön. Als Sarah reinkommt, hört sie sofort auf. Doch Sarah ermuntert sie weiterzuspielen.

»Der Song ist erst halb fertig«, entschuldigt sich Kat. »Es ist noch eine Rohversion.«

»Nein, es ist richtig gut!«, sagt Sarah lächelnd und meint es auch so. Das Mädchen hat Talent. Außerdem hat sie eine offene Art an sich, die ziemlich erfrischend ist. Und die Retro-Klamotten. Total cool. »Wie heißt das Stück?«, fragt Sarah.

Kat wird rot. »Two Dimensions«, murmelt sie. Sie arbeite noch am Text. Und an der Melodie. »Es geht um das Gefühl, sich zurückhalten zu müssen. Kennst du das, wenn du dein Leben nicht richtig leben kannst?« Sie sieht Sarah an, als würde sie bereuen, was sie gerade gesagt hat. »Wahrscheinlich nicht. Ich war wegen einem Jungen komisch drauf«, sagt Kat, und es ist ihr offensichtlich peinlich.

»Einem, den du kennst?«

»Na ja. Ich hab nur zehn Minuten mit ihm verbracht. Wir haben uns im Zug getroffen, und er hat mir aus der Patsche geholfen. Dann war er auch schon weg.«

Sarah starrt sie an.

»Ist das keine gute Inspiration für einen Song?«, fragt Kat unsicher. Sarah ist wie erstarrt. »Ich meine, ich kann ihn immer noch überarbeiten. Wahrscheinlich ist es albern. Ich wollte den Zug irgendwie reinbringen. Und die flüchtige Begegnung. Nur … Kennst du das, wenn du jemanden triffst und ihr seid sofort auf einer Wellenlänge, und du kannst es nicht erklären oder vergessen …«

Oder ihr seid sofort auf einer Wellenlänge, und du schnallst es nicht, bis es zu spät ist, denkt Sarah verzweifelt. Sie kann nicht glauben, dass das hier passiert. Sie kann nicht glauben, dass es so *schnell* passiert. Und was noch schlimmer ist, sie kann nicht glauben, in was für einer Position sie sich auf einmal befindet. Sie war entschlossen, Joel bei seiner Suche nach Kat zu helfen. Wirklich. Aber tief in ihr drinnen hatte sie auch gedacht, die Chancen auf Erfolg seien ziemlich gering. Sarah dachte, letztendlich würde er aufgeben, das Mädchen vergessen und ein anderes Mädchen, das ihm sehr viel näher ist, bemerken.

Und jetzt ist Kat hier. *Hier.* Eine junge, unaufdringlich schöne, talentierte, vertrauensvolle, verletzliche Kat. Perfekt für ihn.

»Entschuldigung«, sagt Sarah, während sie aus dem Raum geht. »Mir ist schlecht.«

Sie schafft es gerade eben zur Toilette.

Kapitel 13

Es ist nach zwei Uhr morgens, als Angus den Song des Mädchens fertig hat. Er hat den Anfang aus dem Gedächtnis niedergeschrieben, noch ein paar eigene Textzeilen hinzugedichtet, im 24-Stunden-Business-Centre des Four Seasons Hotels eine Kopie der Notenblätter gemacht und das Ganze in blaues Seidenpapier gewickelt und mit einer weißen Schleife versehen. Er findet, das ist eine ganz nette Geste. Es wie ein Geschenk aussehen zu lassen und nicht wie das Zurückgeben von etwas Geklautem. Geklaute Musik. Angus fragt sich, wie sie die Sache wohl sieht …

Sogar um diese Uhrzeit ist Angus noch immer hellwach vom Nervenkitzel, etwas zu komponieren, was so ganz anders ist als das, was er normalerweise schreibt. Er nimmt einen Stift und den Hotel-Briefblock und geht auf die Dachterrasse. Die Band hat das Dach für die gesamte Dauer ihres Besuchs gemietet, um Aufnahmen für ein Musikvideo zu machen. Es ist eine warme Nacht, und die Lichter der Stadt funkeln über dem Hafen von Sydney. Angus liebt es hier oben. Es ist so schön abgeschieden. Er ist zwar weit weg von zu Hause, aber an diesen Ort könnte er sich gewöhnen. Schnell.

Noch immer hat er den Song des Mädchens im Kopf. Erstaunlich, wie sehr der Song Angus' eigenen Erfahrung entspricht. Die erste Hälfte des Texts war bereits so bedeutsam –

die Leere eines nur halb gelebten Lebens. Das Verlangen nach mehr … Es hat sich absolut natürlich angefühlt, den Song zu Ende zu schreiben.

Angus legt den Briefblock auf den Dachsims und fängt an zu schreiben.

An das Mädchen, das Mittwochnachmittag an diesem Song gearbeitet hat: Ich weiß nicht, wie du das hier aufnehmen wirst, aber ich stand eine Weile draußen vor dem Studio des Seymour Centres, während du diesen Song komponiert hast, und ich habe mich total darin wiedergefunden. Noch Stunden später hat er mich nicht losgelassen.

Du kannst das hier natürlich gern komplett ignorieren, aber ich habe deinen Song, so wie er bisher war, aufgeschrieben und mit meinen eigenen Ideen ergänzt. Ich weiß, du hast um kein Duett mit einem Wildfremden gebeten, von daher verstehe ich, wenn du das hier wegwirfst, aber ich wollte es trotzdem versuchen. Ich glaube, wir würden ein tolles Team abgeben!

Außerdem wollte ich dir sagen, dass du eine wunderschöne Stimme hast. Du bist wirklich gut. Glaub daran, und eines Tages wirst du ein Star sein. Es sind schon ganz andere Dinge wahr geworden …

Wenn du mit mir Kontakt aufnehmen willst, kannst du mir am Ticketschalter im Seymour Centre eine Nachricht hinterlassen. Ich erwarte es nicht, aber ich würde mich sehr freuen, deine Gedanken dazu zu hören.

Viel Erfolg!

Ein dich bewundernder Musiker

Angus wird Kev bitten, das Päckchen am Seymour Centre abzugeben, und ist jetzt schon gespannt, wie sie reagieren wird.

Bei der Probe am nächsten Morgen ist Angus ziemlich müde, und alle gehen fälschlicherweise davon aus, dass er die halbe Nacht auf war, um dem Mädchen vom Konzert hinterherzulaufen. Oder vielleicht dem Mädchen vom Hafen. Oder irgendeinem anderen Mädchen … Niemand hält es für möglich, dass er eine intensive kreative Session hinter sich hat, wo kaum etwas anderes zählt, als Musik zu machen.

Angus nimmt sich vor, nach dem Konzert früh ins Bett zu gehen, vergisst dabei aber die Promi-Party, auf der die Band nach dem Konzert erwartet wird. Sich mit anderen Promis zu unterhalten ist das Letzte, wonach ihm gerade ist, und seine Motivation sinkt noch weiter in den Keller, als er von ihrer Pressesprecherin erfährt, dass Cassidy Moore da sein wird. Das wird nur auf noch mehr Paparazzi-Bilder hinauslaufen. Noch mehr Gerüchte und noch mehr Lügen … von denen Cassidy wahrscheinlich die Hälfte glauben wird. Wie immer.

Seit sie vor ein paar Jahren zusammen die Teen Choice Awards moderiert haben, ist die Situation mit ihr einfach unerträglich. Und so was von anstrengend.

Inzwischen hat Angus die Telefonnummer vom Ticketschalter des Seymour Centre in seinem Handy gespeichert, damit er auch rangeht, wenn man ihn anruft. Er rechnet entweder mit gar keiner Nachricht von ihr oder der Nachricht, dass er sie in Ruhe lassen und aufhören soll, sich wie ein Geistesgestörter zu verhalten, auch wenn es hierbei *nur* um ihre Musik geht. Er hat ihr keinerlei Hinweise darauf gegeben, wer er oder wo er ist. Es ist nur ein bisschen kreative Spielerei.

»Hey, Angus! Rate mal, wen ich gerade im Fitnessraum getroffen hab!«, sagt Zach, ein Grinsen unterdrückend. »Sie wohnt die nächsten Tage auch im Four Seasons. Cassidy Moore! Wahrscheinlich hat sie Wind von deiner Twitter-Romanze mit Elle bekommen und will ihr Territorium markieren!«

Angus beißt die Zähne zusammen. Zach wird recht haben. Nicht, was Cassidys Territorium angeht, sondern ihre Motive. Sie ist schon seit Jahren hinter ihm her und hat sogar einen Song geschrieben, von dem alle vermuten, dass er über ihn ist. Jedes Mal, wenn Angus ihn hört, zuckt er innerlich zusammen.

Es ist so typisch, dass das Mädchen, das er sucht, unerreichbar ist und diejenige, der er aus dem Weg gehen möchte, viel zu nah. Da muss doch noch ein anderer Song drin sein!

Kapitel 14

Als Kat am Seymour Centre ankommt, telefoniert sie gerade mit ihrer Schwester Annie, die sie zu überreden versucht, mit ihr shoppen zu gehen.

»Kat, komm schon. Du musst dir ein Ballkleid kaufen. Und uns mitnehmen! Es ist einfach nicht normal, das Kleid deiner Oma zum Schulball zu tragen! Das macht niemand!«

»Ich trage ja keins ihrer aktuellen Kleider, Annie. Es ist ein Retro-Klassiker!«

Kat hört Annie weiter zu und übersieht dabei beinahe den Zettel an der Tür des Proberaums. Darauf steht: »Hey! Hast du hier Mittwochnachmittag an einem Song geschrieben?«

Was? »Annie! Ich muss aufhören.«

Sie beendet das Telefonat und steckt das Handy weg. Auf dem Zettel steht, sie soll sich für weitere Infos am Ticketschalter melden. Wie seltsam! Kat hat hier tatsächlich Mittwochnachmittag an ihrem Song gearbeitet … aber sie kann sich absolut nicht vorstellen, worum es hier geht.

Irgendwie kommt sie sich albern vor, doch sie fragt trotzdem nach.

»Hi, ähm, dieser Zettel. Ich glaube, der ist für mich. Ich meine, wenn es niemand anderes war …«

Der Junge hinterm Schalter lächelt. Er greift unter den Tisch und zieht etwas hervor, das aussieht wie ein Geschenk. Es ergibt überhaupt keinen Sinn, aber Kat nimmt es trotzdem neugierig entgegen.

Im Proberaum liest sie zuerst den handgeschriebenen Brief.

... ich habe deinen Song, so wie er bisher war, aufgeschrieben und mit meinen eigenen Ideen ergänzt ...

Was?!

Ich weiß, du hast um kein Duett mit einem Wildfremden gebeten, von daher verstehe ich, wenn du das hier wegwirfst ...

Aber hallo! JA! Das wäre gerade eine total normale Reaktion! Das hier ist absolut verrückt. Absolut außerhalb ihrer Komfortzone. Und äußerst interessant ...

Das Geschenk auszupacken wird wohl nicht schaden. Wenn der Inhalt zu seltsam ist, kann sie immer noch dem Personal vom Ticketschalter Bescheid geben und die Polizei rufen. Und es ist ja nicht so, dass das Päckchen ticken würde oder mit weißem Puder bestäubt wäre – darauf hat Kat extra geachtet.

Sie reißt das Seidenpapier von den Blättern, stellt sie auf den Notenständer des Klaviers und holt tief Luft.

Die ersten Takte sind ihre. Die Hälfte des Songs ist tatsächlich von ihr, bis ...

And then you come along
I see things as they really are
Technicolour brightness
Psychedelic stars
Third fourth fifth dimension
All perspectives on a par
We dance to the pulsations
Of the brightest shining star!

Wow.

Wow.

Sie muss eine Pause machen, während sie das Ganze verarbeitet. Die Melodie ist gut. Besser als das Original. Irritierend gut …

Wer hat das geschrieben??

Es ist niemand da, um den männlichen Part zu singen, aber Kat kann ihn im Kopf hören. Es ist perfekt. Als hätte ein professioneller Musiker ihren amateurhaften Versuch genommen und verzaubert, und das ist irgendwie großartig und traurig zugleich …

Außerdem wollte ich dir mitteilen, dass du eine wunderschöne Stimme hast.

Echt?

Glaub daran, und eines Tages wirst du ein Star sein.

Sie wird so was von überhaupt kein Star sein. Seien wir doch mal realistisch!

Wenn du mit mir Kontakt aufnehmen willst …

Äh … mit einem Wildfremden? Aber der Song *funktioniert.* Mehr als das. Er funktioniert auf eine Weise, dass sie kurz denkt, sie könnte beinah ganz nah an etwas Wirklichem dran sein. Doch mal ehrlich, einen Song zu schreiben – selbst einen guten – ist eine Sache. Doch damit aufzutreten? Sie wollte schon immer komponieren, aber im Rampenlicht zu stehen ist einfach nicht ihr Ding. Wenn Kat allerdings wirklich ehrlich ist, wollte sie das *auch* schon immer, nur hatte sie bisher Angst davor.

Sie ist nun mal keine Sarah Elliott. Sie ist einfach nur Kat, Chorsängerin in einem Uni-Musical, die der Hauptdarstellerin solche Übelkeit verursacht, dass sie fluchtartig den Raum verlassen muss. Ein Mädchen, das Männer an Bahngleisen vergrault und Popstars in die Flucht schlägt. Eine Schülerin ohne Partner für den Schulball, die verzweifelt genug ist, das Angebot ihrer Freundin anzunehmen, ein Blind Date für sie zu arrangieren, was absolut nicht das Gleiche ist, wie ein Glätteisen von ebendieser Freundin anzunehmen. Haare und Dates sind nicht vergleichbar. Nicht im Entferntesten.

Wenn du mit mir Kontakt aufnehmen willst, kannst du mir am Ticketschalter im Seymour Centre eine Nachricht hinterlassen …

Echt? Will sie diesem Typen *wirklich* eine Nachricht hinterlassen?

Kat lehnt sich auf dem Klavierhocker zurück und klimpert mit der rechten Hand die Melodie, und dann kann sie nicht mehr widerstehen – die Melodie zieht sie einfach rein und sie spielt das Ganze noch mal von vorn. Und singt es. Beim zweiten Mal, als sie es nicht vom Blatt spielt, ist es noch besser. Es muss nur *beendet* werden.

Kat probiert ein bisschen herum …

You brought me into the next dimension
We got it right
We found our shadow and light
In you I finally found perfection
No more black and white
It's all colour and light.

DAS ist es.

Aber was soll sie mit diesem Song machen, jetzt wo dieser Typ involviert ist? Kat kann ihn nicht mehr als ihren eigenen ausgeben. Irgendwie muss sie eine Lösung finden.

Widerwillig nimmt sie ein Blatt Papier und fängt an, dem Unbekannten zu schreiben.

Kapitel 15

Es ist Freitag spät am Nachmittag und achtundvierzig Stunden her, seit Sarah im Proberaum die Puzzleteile zusammengefügt hat. Ihr ist immer noch schlecht. Als wäre sie richtig krank. Und sie ist *nie* krank.

»Du bist doch *nie* krank«, sagt Joel am Telefon, und dann besteht er darauf, vorbeizukommen. Sarah argumentiert aus offensichtlichen Gründen dagegen, nur hat sie nicht die Kraft, etwas zu sagen, das ihn tatsächlich aufhalten würde. Wahrscheinlich, weil sie ihn in Wirklichkeit unbedingt sehen will.

Argh! Wann ist sie nur zu dieser bemitleidenswerten Kreatur geworden, die derart lächerlich von jemand anderem abhängig ist? Sie ist nicht sie selbst!

Als Joel bei ihr ankommt, lässt er sich selbst mit dem Schlüssel rein, den Sarah ihm für Notfälle gegeben hat. Vor heute hat er ihn noch nie benutzt. Besorgt hört sie, wie die Tür aufgeht. Einerseits will Sarah ihm sofort erzählen, dass sie Kat gefunden hat und sie ihn gleich zur nächsten Probe mitnehmen kann. Andererseits will sie einfach nur noch fünf Minuten oder zehn Minuten oder zehn Stunden oder zwanzig Jahre mit ihm zusammen verbringen, ohne dass er davon weiß.

»Tut mir leid, aber du siehst schrecklich aus«, sagt Joel, als er reinkommt und sie auf dem Sofa zur Seite schiebt, um sich neben sie zu setzen. Die gesamte Energie des Apartments verändert sich, kaum dass er da ist. Warum ist ihr das noch nie vorher aufgefallen?! Er nimmt die Häkeldecke von ihrer Oma und breitet sie über ihren Beinen aus, dann legt er ihr ganz entspannt den Arm um die Schultern – so wie er es oft macht. Wenn dieser Moment doch nur ewig dauern würde. Eine selige Fantasie schleicht sich an, dass das hier *echt* ist. Dass sie *zusammen* sind. Und Sarah versucht, sich einzureden, dass es okay ist, das Thema Kat noch nicht anzubringen, so schlecht wie es ihr geht, auch wenn sie sich dadurch nur *noch* schlechter fühlt.

Nach einer Weile, die sie einfach nur so mit ihm dagesessen hat, muss sie eingeschlafen sein, denn als Sarah wieder aufwacht, ist es mindestens eine Stunde später. Joel ist immer noch da.

»Wie fühlst du dich?«, fragt er, und sie mag ihn gar nicht ansehen, denn sie muss furchtbar aussehen. Sarah ist es nicht gewohnt, sich mit ihm so unsicher zu fühlen, aber die Umstände haben sich geändert und sie hat hiermit keine Erfahrung. Andererseits weiß sie gar nicht, warum sie sich überhaupt Gedanken macht, wie sie aussieht, denn das Spiel ist eh aus. Kat ist gefunden. Jetzt ist es nur noch eine Frage der Zeit – der Zeit, die sie braucht, um den Mut zusammenzunehmen und es ihm zu sagen. Sie sollte es ihm jetzt sagen, was für eine Freundin wäre sie denn sonst?

»Joel, ich muss dir was sagen«, fängt Sarah an. Ihr Kopf dröhnt, sie braucht dringend Schmerzmittel.

»Hey, was auch immer es ist, es kann warten«, sagt Joel. »Komm schon. Dir geht's nicht gut. Du brauchst überhaupt nichts zu sagen. Du bleibst hier auf dem Sofa liegen und ich hole uns was zu essen, okay? Wir können auch irgendeinen Frauenfilm gucken, wenn du willst. Worauf hast du Lust? *10 Dinge, die ich an dir hasse*?«

Sarah weiß, dass es zehn Dinge gibt, die er an dem Film hasst. Er hat sie ihr einmal beim gemeinsamen Abendessen aufgeführt, nachdem sie ihm erzählt hatte, dass es ihr Lieblingsfilm ist. Trotzdem ist Joel dazu bereit, ihn sich ihretwegen noch mal anzutun. Sie würde ihn super gern sehen, auch wenn die Hauptfigur Kat heißt. Er dauert, wie lange, neunzig Minuten? Das wären noch anderthalb Stunden mehr Zeit. Nur sie und er auf der Couch. Dann wird sie's Joel auf jeden Fall sagen.

Kurz vorm Ende des Films liest die Hauptfigur, Kat, vor der Klasse ihr Gedicht vor und weint. Sarah heult sich die Augen aus. Dabei heult sie *nie* bei Filmen. Jedenfalls nicht vor Joel.

»Ich meine es ernst, Joel. Ich hab dir was richtig Wichtiges zu sagen«, sagt sie schluchzend. Jetzt oder nie.

»Sarah. *Nicht jetzt!* Egal, was es ist. Es geht dir nicht gut. Wir verbringen das komplette Wochenende zusammen, okay? Das ist jetzt unsere gemeinsame Zeit!«

Unsere. Gemeinsame. Zeit. Hatten sie jemals offiziell ›gemeinsame Zeit‹ zusammen? Sarah glaubt nicht. Und sie findet seinen Vorschlag großartig. Wenn sie nur nicht so ein schlechtes Gewissen dabei hätte.

»Was auch immer du mir zu sagen hast, kann bis Sonntagabend warten, okay? Lass uns einfach Zeit zusammen verbringen. Und dann kannst du's mir erzählen.«

Sarah denkt kurz darüber nach. Die nächste Probe für das Musical ist Montag, Kat könnten sie vorher sowieso nicht kontaktieren. Was wäre also so schlimm daran, es ihm erst Sonntagabend zu sagen? Es eher zu erzählen würde ihnen nur das Wochenende ruinieren, weil Joel dann viel zu abgelenkt wäre, um irgendetwas anderes zu tun.

»Okay«, sagt Sarah widerwillig. »Sonntagabend.«

Sie fühlt sich ein klein wenig besser, jetzt wo der Druck nicht mehr da ist ... Und sie hat noch ein ganzes Wochenende allein mit Joel ... bevor die Axt fällt.

Kapitel 16

Cassidy Moore lässt sich in der Deluxe Royal Suite im Four Seasons auf die Couch fallen und bestellt beim Zimmerservice einen Obstteller. Die Aussicht auf den Hafen ist ein Traum, aber sobald Cassidy sitzt, nimmt sie die Fernbedienung und schließt die Vorhänge. Dafür hat sie keine Zeit. Sie ist aus einem ganz bestimmten Grund in Sydney: um Angus Marsden ein für alle Mal vom Dating-Karussell zu zerren.

Eine Suite in seinem Hotel zu buchen war schon mal ein guter Anfang. Jeder Cent des unverschämten Preises würde es wert sein. Die Party heute Abend ist der nächste Schritt. Cassidy hat sich von diversen australischen Top-Designern Kleider in die Suite schicken lassen, und jedes einzelne würde umwerfend sein. Nachdem Cassidy sich bei einer Hot-Stone-Massage entspannt hat, hat sie einen Termin bei einer Hairstylistin in The Rocks, die sich um ihre rote Haarmähne kümmern wird.

Entspannung ist wichtig. Cassidy ist sehr aufmerksam und hat mitbekommen, dass Angus es nicht mag, wenn Frauen gestresst sind. Leider ist Cassidy gern mal gestresst, besonders wenn es um Angus geht und ganz besonders seit diesem kleinen Flirt mit irgendeinem gesichtslosen Fan aus dem Unrequited-Publikum – ein Mädchen, mit dem er noch nicht mal gesprochen hat, er hat nur ein paar Tweets mit ihr gewechselt. Mal ehrlich! Er hatte doch etwas Besseres verdient!

Und damit meint sie nicht das blonde Mädchen im Bikini, das gestern am Hafen rumgehopst ist! Cassidy kennt Angus gut genug, um seine Körpersprache auf den Fotos zu lesen. Es war komplett einseitig. Davon ist sie überzeugt.

Sie checkt die Mails auf ihrem goldenen Smartphone und sieht, dass ihr Manager den Entwurf eines Werbevertrags für eine neue Kosmetiklinie geschickt hat. Er ist ziemlich lukrativ, und der Manager bittet sie in Großbuchstaben, ihn ›GRÜNDLICH ZU LESEN‹, als ob er denkt, sie hätte nicht eine einzige businessmäßig funktionierende Gehirnzelle. Die hat Cassidy sehr wohl, und das beweist sie, indem sie direkt runter ins Business Centre marschiert und sich das seitenlange Dokument ausdruckt. Während sie auf den Ausdruck wartet, kramt sie in der Auffangschale herum, und … *Hallo!* Was ist denn das? Eine Kopie von einem handbeschriebenen Notenblatt. Die Handschrift kennt sie doch!

Bingo! Es ist ein Duett! Was für ein Zufall, dass Angus einen Song für sich und eine Sängerin geschrieben hat, wo er wusste, dass sie in der Stadt sein würde! Cassidy hatte ihre Pressefrau natürlich angewiesen sicherzustellen, dass er es mitbekam.

Der Zufallsfund stimmt sie zuversichtlich. Glücklich schnappt sie sich ihre Ausdrucke und die Noten und läuft zum Fahrstuhl. Sie muss den Song üben, damit sie glänzen kann, wenn Angus sie damit überrascht. Ach, das wird absolut romantisch!

Der Fahrstuhl kann für Cassidy gar nicht schnell genug in die oberen Etagen fahren. Sie hat den Text bereits verschlungen und ist inzwischen überzeugt, dass es dabei sogar um sie gehen könnte. Diese unechte Welt, die er beschreibt … wie jede dieser Promi-Partys, auf denen sie immer zusammen rumstolzieren. Begegnungen für einen kurzen Moment, während die Medien alles verschlingen und eine »aufblühende Romanze« daraus machen. Cassidy sieht sich den Text noch mal an. Sicher, dieser Song könnte genauso gut von seinem Schmachten über das blöde Mädchen aus dem Publikum handeln. Aber die ist schließlich keine Sängerin, oder? Sie mag Unrequited noch nicht mal – und mit wem sonst sollte Angus ein Duett singen, außer mit Cassidy?

Aufgeregt betritt sie ihre Suite. Sofort setzt sie sich ans Keyboard und spielt den Song. Er ist viel besser als alles, was sie je von Angus gehört hat. Cassidy wusste gar nicht, dass Angus so musikalisch ist. Natürlich ist er talentiert, aber im Moment ist er nicht mehr als ein Fünftel einer Boyband. Cassidy ist überzeugt, dass er als Solo-Künstler viel besser wäre, und genau da will sie ihn auch hinsteuern, sobald sie sich nähergekommen sind. Boybands halten nicht ewig. Früher oder später verlässt immer irgendwer die Band, und wer zuerst geht, ist üblicherweise der, der es schafft.

Als Cassidy den Song durchgespielt hat, ist sie sich sicher: Das wird ein HIT. Das Lied hat ganz offensichtlich Grammy-Potenzial. Ob Angus eigentlich weiß, wie gut er ist? Vielleicht ist der Song nur das Ergebnis einer Herumspielerei mit den anderen Bandmitgliedern im Tourbus, so wie sie auf dem Parkplatz immer einen Fußball durch die Gegend kicken, als wären sie ein Haufen alberner Highschool-Jungs. Obwohl das Lied ganz anders ist als die Sachen, die Unrequited normalerweise spielt.

Und wenn sie den Song einfach ihrem Manager zeigt, der

bekanntermaßen super professionell und viel erfahrener ist als das gesamte Unrequited-Team zusammengenommen? Er wird genau wissen, was damit zu tun ist. Wahrscheinlich wird er das Ganze mit Angus' Manager besprechen und schließlich auch mit Angus selbst, der, ehrlich gesagt, etwas vorsichtiger sein sollte, was er in Hoteldruckern so liegen lässt.

Kapitel 17

Es ist Samstagnachmittag, als Kat anfängt zu schreiben:

Werter mich bewundernder Musiker,
vielen Dank für das unerwartete Geschenk. Sehr unerwartet, um genau zu sein. Du hast schon richtig festgestellt, dass ich um kein Duett mit einem Fremden gebeten habe – und das niemals tun würde.

Dir ist schon klar, wie extrem arrogant es ist, jemandes Arbeit zu belauschen und mit deinen großen Stiefeln darüberzutrampeln und deine Spuren zu hinterlassen, oder? Ich meine, machst du so was öfter? Würde mich mal interessieren …

Allerdings habe ich den Song gespielt. Mehr als einmal. Inzwischen wahrscheinlich ungefähr zwanzigmal, denn trotz deines seltsamen Stalkens ist das, was du geschrieben hast, ziemlich gut. Aber das weißt du bereits, oder?

Für den Fall, dass dein Ego jetzt total außer Kontrolle ist: Ich habe in der zweiten Hälfte noch ein paar Änderungen vorgenommen. Jetzt, wo ich das getan habe, bin ich – zu meiner großen Verärgerung – gezwungen, dir den Song noch mal zu geben und außerdem einzugestehen, dass wir vielleicht tatsächlich ein gutes Team abgeben würden.

Wer bist du überhaupt?

Ich bin Kat.

P. S.: Danke für das Kompliment zu meiner Stimme. Du scheinst ein bisschen Ahnung von Musik zu haben, von daher bedeutet mir das echt was.

Zu viel? Nein, der Typ muss wissen, wie nervig er ist. Und auch wie gut er ist. Aber Letzteres darf man natürlich nicht übertreiben. Er ist ohnehin schon viel zu eingebildet.

Kat steckt den Song und den Brief in einen Umschlag und bringt ihn zum Ticketschalter, wie angewiesen. Der Schalter ist unbesetzt, also schiebt sie den Brief durchs Gitter, als würde sie eine Art Undercover-Aktion durchführen. Innerlich verdreht sie die Augen, aber gleichzeitig lässt die Aktion ihr Herz schneller schlagen.

Da fällt Kat das Gespräch von Mittwoch mit Sarah wieder ein. Es war einfach so merkwürdig, wie Sarah im einen Moment noch ganz normal war und im nächsten kreidebleich aus dem Raum gelaufen ist. Vielleicht hatte sie einen Infekt? Kat hofft nur, dass sie nichts Falsches gesagt hat … aber sie kann sich nicht daran erinnern, etwas gesagt zu haben, was auch nur im Geringsten beleidigend gewesen wäre.

Hilfe! Ich brauche einen Partner für den Schulball!, denkt Kat plötzlich, auch wenn sie inzwischen so oft am Tag daran denkt, dass man eigentlich nicht mehr von ›plötzlich‹ sprechen kann. Eigentlich denkt sie die ganze Zeit daran. Sie ist total nervös wegen des Balls, und dann sind da noch die bevorstehenden Prüfungen und das Musical und seit Neuestem die Sache mit Sarah und McDreamy – und das Einzige, was ihr gerade einigermaßen Halt gibt, ist ihr Song. Insgeheim fühlt Kat sich sehr sicher damit – nicht, dass sie das irgendwem gegenüber zugeben würde. Was will sie überhaupt mit dem Song anfangen, wenn er fertig ist? Sie hat keine Agentur, und ganz bestimmt braucht sie auch keine, schließlich hat sie nur diesen einen Song. Na ja, eigentlich nur einen halben. Der Rest ist *sein* Werk.

Da kommt Becky vom Ticketschalter aus ihrer Pause zurück. Sie sieht den Umschlag auf dem Tresen und lächelt.

»Du machst es wirklich, Kat? Dem Typen etwas zurückschicken?«

»Das ist verrückt, oder?«

»Vielleicht ein bisschen. Aber mach's trotzdem! Es geht ja nur ums Songwriting.«

Kat zögert kurz, und Becky lacht: »Man lebt nur einmal.« Sie hat recht. Kat muss diese Gelegenheit beim Schopf packen.

♫♪

Während Kat draußen in der Sonne einen Cappuccino trinkt, checkt sie wie auf Autopilot Twitter und ertappt sich selbst dabei, auf der offiziellen Unrequited-Seite einen Austausch zwischen Reuben und dem Megastar Cassidy Moore zu lesen. Es geht um irgendeine große Party, auf die sie heute Abend alle gehen, und Cassidy gibt sich übelerregend kokett wie immer, sogar Reuben gegenüber. Cassidy weiß, dass Angus ihre Tweets lesen wird, und die ganze Welt weiß bereits, dass sie die Augen auf ihn geworfen hat.

Nicht, dass es Kat interessieren würde, mit wem Angus Marsden auf irgendeine Party geht. Was macht sie eigentlich schon wieder auf der Twitter-Seite von Unrequited? Kat schließt sie und dann checkt sie ihren Kalender, als ob auf magische Weise irgendein spannendes Event dort eingetragen worden sein könnte. Aber nein. Nichts. Sie ist die einzige Person, die heute Abend nichts Besseres vorhat, als sich vor den Fernseher zu hauen und sich alberne Fotos auf Snapchat reinzuziehen. Obwohl es tatsächlich mehrere Partys gibt, auf die sie sogar eingeladen ist – genau wie alle anderen auch. Aber, mäh – Kat war schon auf einigen solcher Partys, und die sind nie so gut, wie man denkt. Mit Sicherheit sind sie längst nicht so gut wie die Party, auf die die Superstars heute Abend gehen …

Und dann gibt Kat sich einem tollen Tagtraum hin, in dem sie tatsächlich auf einer Promi-Party ist, aber nicht als irgendjemandes Begleitung. Sie selbst ist dort eingeladen, und zwar absolut verdientermaßen. Davon hat Kat schon immer geträumt, aber sie hat noch nie gedacht, dass es wahr werden könnte. Nicht bis zu dieser Woche. Nicht bis zu diesem *Song*. Sie wollte nie an die Möglichkeit glauben, um ihrer Mum nicht unnötig wehzutun. Wie könnte Kat eine ständige Erinnerung daran sein, was sie alles verloren haben, als ihr Dad gestorben ist? Bisher dachte sie immer, deswegen könnte sie ihre Musik nie richtig verfolgen.

Aber kann sie das wirklich nicht?

Es geht ihr gar nicht um den Ruhm und die Partys und die glitzernden Kleider und Schuhe auf dem roten Teppich. Es geht ihr darum, etwas zu tun, das ihr Herz explodieren lässt. Das zu tun, was ihr vor Aufregung Übelkeit verursacht. Und es geht darum, etwas zu erreichen – es allen zu beweisen und sagen zu können: »Das habe *ich* geschafft!«

Kat nimmt den Teelöffel und malt Milchschaum-Wirbel in ihre Tasse. Vielleicht kann sie es ja für sich *und* für ihren Dad tun, der nie die Chance hatte, zu beweisen, wie großartig er war. Sie weiß noch, wie er sie jeden Abend, bis sie sechs war, in den Schlaf gesungen hat. Nach seinem Unfall musste sie sich selbst in den Schlaf singen – leise, damit ihre Mum sie nicht hörte. Kat und ihr Dad hatten früher immer selbst Lieder erfunden, wenn sie mit dem Auto irgendwohin unterwegs waren. Sie waren immer irgendwohin unterwegs gewesen. Er war immer irgendwohin unterwegs. Vielleicht könnte sie das auch sein – in Erinnerung an ihn.

Dann trifft es Kat wie aus heiterem Himmel. Sie hat gar keine Wahl. Sie *muss* es machen. Die ganze Zeit hat sie immer nur an ihre Mum gedacht und sie davor beschützen wollen, aber was ist mit ihrem Dad? Was würde *er* wollen? Schuldet sie es ihm nicht, es wenigstens zu versuchen?

Kat sieht sich unter den Schülerinnen und Schülern um, die in der Sonne vorm Café sitzen. Sie gehen alle ihrem ganz normalen Leben nach, unterhalten sich und lachen, hören Musik, schreiben auf ihren Laptops – und Kat fragt sich, wie sie einfach so weitermachen können, wo direkt neben ihnen Kats Gehirn explodiert.

Zusammen mit der Erkenntnis, dass sie diese Idee verfolgen *muss*, kommt gleich eine weitere. Es ist egal, was alle anderen denken, sogar ihre Mum – denn es ist *Kats* Leben. Was ist, wenn sie genau jetzt entscheidet, dass Schluss ist mit dem Verstecken? Was ist, wenn sie sich mit ganzem Herzen dazu entschließt? Sie spürt, wie die Energie, die sie so viele Jahre unterdrückt hat, auf einmal freigesetzt wird. Hier zu sitzen und ihre Zeit mit Social Media zu verschwenden, erscheint ihr plötzlich nur noch sinnlos! Es gibt so viel zu tun! Fühlt es sich so an, getrieben zu sein? Etwas so sehr zu wollen, dass sie es beinah schmecken kann, selbst wenn es unendlich viel Arbeit und weitgehenden Verzicht auf ein soziales Leben bedeutet? Ihren Traum zu verfolgen?

Mit klopfendem Herzen sieht Kat auf ihr Handy. Zumindest ihr Kalender ist bereit.

Kapitel 18

Angus ist wie geplant auf der Party. Er steht draußen auf einem beeindruckenden Balkon mit Blick auf die Oper und wünscht sich, er wäre woanders. Hoffentlich findet Cassidy ihn hier draußen nicht. Wenn doch, sitzt er in der Falle. Angus hat extra mit Zach vereinbart, dass er im Notfall einen wichtigen Anruf vortäuscht. So wie er Zach kennt, lässt er Angus allerdings bestimmt einfach mit Cassidy stehen, nur damit er was zu lachen hat.

Da leuchtet Angus' Handydisplay auf. Er lächelt. Ein Anruf von Neala! Seine erste Freundin aus der Highschool. Und tatsächlich auch seine beste Freundin. Von allen Meinungen, die ihm wichtig sind, zählt ihre am meisten. Sie haben im Schultheater zusammen *Romeo und Julia* gespielt, und eine Weile war es ins echte Leben übergeschwappt. Bis sie ihn sitzen gelassen hat.

Jetzt erdet sie ihn immer wieder. Er vermutet, deswegen ruft sie an …

»Hey, Schöne«, sagt Angus, lehnt sich über die Brüstung und blickt auf den Hafen.

»Nenn mich nicht ›Schöne‹, Romeo«, antwortet Neala lachend. »Du steckst so schon in genug Schwierigkeiten!«

»Es ist nicht so, wie es aussieht, Neals!«

»Ist es doch nie, oder?«

»Es gibt nur Eine für mich! Elle. Ich schwöre es dir! Ach, und dann ist da noch die Songwriterin …«

»*Was?* Was für eine Songwriterin? Haben wir – und mit ›wir‹ meine ich mich und die zwanzig Millionen anderen, die jeden einzelnen deiner Tweets lesen – schon irgendwas über eine Songwriterin erfahren?«

»Noch nicht«, murmelt Angus. Und mit perfektem Timing kommt gerade eine SMS von Kev an, der schreibt, dass im Seymour Centre ein Umschlag für ihn abgegeben wurde. Angus' Herz macht einen Satz. Er muss hier raus, bevor …

Zu spät, da kommt sie schon! Groß, cool, perfekt zurechtgemacht wie immer, in einem schimmernden silbernen Kleid. Jeder kann sehen, dass Cassidy einfach toll ist. Von außen. Angus traut ihr nicht über den Weg.

»*Angus!*«, ruft Cassidy und schürzt die Lippen wie auf praktisch jedem Instagram-Selfie von ihr – nicht, dass der Tag genug Stunden hätte, dass man sie sich alle ansehen und es überprüfen könnte. »Versteckst du dich etwa hier draußen?«

»Ist das Cassidy Moore? Was *machst* du?«, fragt Neala.

Angus versucht, sich wie ein Gentleman zu verhalten. »Cassidy. Du siehst bezaubernd aus wie immer. Ich telefoniere nur gerade.«

»Ist das Kleid nicht wunderschön?« Cassidy ignoriert die Tatsache, dass er telefoniert, und dreht sich um sich selbst, wie um zu zeigen, dass sie recht hat. Er könnte schwören, dass sie kurz stehen bleibt, damit er ihren Rücken bewundern kann. Gekonnt wirft sie die roten Haare zurück wie in einer Shampoo-Werbung. Wer so gut aussieht wie sie, muss sich eigentlich nicht so ins Zeug legen.

Neala meldet sich wieder zu Wort. »Ich lass dich mal machen, Casanova. Wollte nur mal deine Stimme hören. Und dir sagen: Hör auf, dich wie ein VERDAMMTER IDIOT aufzuführen. Wenn du diese Elle wirklich beeindrucken willst, muss sie die Einzige sein. Die *Einzige*, okay? Lass Cassidy stehen. Sofort. Und keine Mädchen auf Schiffen mehr. Ich weiß nicht, wer diese Songwriterin ist …«

»Ich auch nicht«, sagt Angus geheimnisvoll. »Aber ich kann jetzt nicht darüber reden …«

Neala lacht. »Mit dir Schluss zu machen war die beste Entscheidung, die ich je getroffen habe, Angus. Nur, dass das klar ist.«

»Völlig klar«, sagt er grinsend. »Bis bald, Schöne. Die Pflicht ruft.«

Cassidy zuckt merklich zusammen.

Da bemerkt sie die sich nähernde Party-Fotografin und hakt sich innerhalb einer Millisekunde bei Angus unter, um ihn mit Fragen zu bombardieren. Es ist offensichtlich, dass seine Antworten sie nicht interessieren, Hauptsache, es sieht so aus, als würde Cassidy an seinen Lippen hängen. Alles fake, es ist so anstrengend. Verdammter Zach! Absolut hoffnungslos an der SOS-Front. Wahrscheinlich hat er Cassidy überhaupt erst auf den Balkon geschickt und jetzt versteckt er sich irgendwo und lacht sich ins Fäustchen.

»Hör zu, Cassidy, ich hab einen wichtigen Anruf zu erledigen.«

»Was, jetzt?! Du hast doch gerade erst aufgelegt!«

»Jap. Sorry. Hat mich gefreut, dich zu sehen. Viel Spaß noch auf der Party. Zach ist bestimmt irgendwo in der Nähe.«

Angus weiß ganz genau, dass sie einen Kuss auf die Wange erwartet, aber er weicht ihrer Umarmung aus und winkt mit dem Handy, um die Dringlichkeit zu betonen.

»Nur noch schnell ein Selfie?«, bettelt Cassidy. »Komm schon, Angus. Wir sehen toll aus zusammen. Das ist gute PR!«

»Angus! Da bist du ja«, sagt sein Bandmanager Michael. »Hör zu, ich muss dich jemandem vorstellen. Ach, hi Cassidy! Schön, dich zu sehen.«

»Michael, ich hab Angus gerade um ein gemeinsames Foto gebeten. Das ist doch eine tolle Gelegenheit, oder? Super PR für uns beide!«

Michael nimmt Cassidys Handy, und bevor Angus entkommen kann, wirft sie ihm einen Arm um den Hals. Angus blickt ziemlich finster drein, er hat nicht vor, besonders sexy rüberzukommen, aber manchmal ist es erstaunlich, was die Fans sexy finden.

Großartig. Das perfekte Foto, um noch mehr Spekulationen zu befeuern.

»Ich muss jetzt wirklich telefonieren«, sagt Angus und stürmt davon, bevor Michael oder Cassidy ein Wort sagen können. Nicht, dass es jetzt noch einen Unterschied machen würde. Der Schaden ist angerichtet.

Als Angus sich durch die Menge zur unteren Etage vorgearbeitet hat, hält Reuben ihm sein Handy hin und zeigt ihm Cassidys Instagram-Post, auf dem sie das Foto mit einem rosa Herzchen in der Ecke und zwei Küssen versehen hat. Das Bild hat jetzt schon mehr als 25.000 Likes. In weniger als fünf Minuten.

»Und einen Haufen Hass-Kommentare«, sagt Reuben.

»Deine Fans sind ganz schön besorgt um dich. Ich hoffe, Cassidy hat extra Security!«

Das ist genau die Art von Komplikationen, die Angus jetzt überhaupt nicht gebrauchen kann, und er hat das Gefühl, das Ganze entfernt ihn nur noch mehr von Elle. Wenn sie das Foto sieht, wird sie genau das Gleiche annehmen wie alle anderen auch. Argh! Cassidy und ihre ständige Selbstdarstellung!

Sekunden später schreibt Neala: »IDIOT! xo«. Er schüttelt den Kopf.

Und dann macht Angus, frustriert wie er ist, ein Selfie mit gelangweilter Miene, postet es und schreibt dazu: »Holt mich hier raus!«, was sofort gelikt und retweetet wird.

Als Nächstes ruft er seinen Bodyguard an.

»Kev! Mach den Umschlag auf und guck nach, ob ein Brief drin ist«, ruft Angus über die laute Musik hinweg. Er geht raus auf den Gang, wo es etwas stiller ist. Am anderen Ende hört er Papierrascheln.

Dann fragt Kev: »Soll ich es vorlesen?«

»Ist es schlimm? Wie hat sie reagiert?«

»Na ja. Es fängt an mit: *Vielen Dank für das unerwartete Geschenk …*«

Das ist doch eigentlich ein guter Anfang, oder?

»Du hast schon richtig festgestellt, dass ich um kein Duett mit einem Fremden gebeten habe – und das niemals tun würde.«

Oh-oh.

»Dir ist schon klar, wie extrem arrogant es ist, jemandes Arbeit zu belauschen und mit deinen großen Stiefeln darüberzutrampeln und deine Spuren zu hinterlassen, oder? Ich meine, machst du so was öfter? Würde mich mal interessieren …«

Angus kann nicht anders als zu lächeln. »Kev, könntest du bitte aufhören zu lachen?«

»Tut mir leid. Aber sie hat recht.«

»Meinetwegen! Was schreibt sie noch?«

»Oh, das ist gut …«, murmelt Kev und liest leise weiter.

»Was schreibt sie noch?«

»Sie schreibt: *Allerdings habe ich den Song gespielt. Mehr als einmal. Inzwischen wahrscheinlich ungefähr zwanzigmal, denn trotz deines seltsamen Stalkens ist das, was du geschrieben hast, ziemlich gut. Aber das weißt du bereits, oder?*«

»JA! Ich meine, ja, es gefällt ihr!«

Kev kichert wieder. Es ist ein verstörendes Geräusch für einen muskelbepackten Bodyguard wie ihn.

»Für den Fall, dass dein Ego jetzt total außer Kontrolle ist: Ich habe in der zweiten Hälfte noch ein paar Änderungen vorgenommen.«

Hat sie? »Das ist alles?«

»So ziemlich. Ach, und sie hat unterschrieben mit ›Kat‹.«

Das ist eine bessere Antwort als er sich erhofft hat. Zumindest ignoriert sie ihn nicht … jedenfalls *noch* nicht. Und sie hat ein paar Änderungen vorgenommen? Angus muss es sich ansehen. Er hätte auch nichts dagegen, *sie* zu sehen, wenn der Gedanke daran, das zu organisieren, nicht ein logistischer Albtraum wäre. Wenn sie schon trotz der räumlichen Entfernung beim Songschreiben so eine Verbindung haben, was könnten sie nur zusammen im selben Raum machen … vorausgesetzt, sie sucht nicht das Weite, sobald sie herausfindet, wer er ist.

Kapitel 19

Joel ist das Unmögliche gelungen: Er hat Sarah beruhigen können. Und das ist eine ganz besondere Leistung, denn er hat Sarah noch nie vorher beruhigen müssen – außer das eine Mal, als sie auf eine Jura-Hausarbeit nur ein »befriedigend« bekommen hatte und einen Wutanfall kriegte, weil sie damit nicht mehr auf ein »sehr gut« kommen konnte. Er fand es ziemlich lustig, auch wenn er sich das natürlich nicht anmerken ließ. Sarah hätte wahrscheinlich mit Gegenständen nach ihm geworfen, wenn sie ihn auch nur hätte grinsen sehen.

Doch dieses Mal ist überhaupt nichts lustig. Sie quält sich, und zwar mit etwas viel Wichtigerem als einer Hausarbeit, und Joel wird das Gefühl nicht los, dass er lieber nicht wissen will, was es ist.

Ein anderer Gedanke, der vollkommen aus heiterem Himmel kam, lässt ihn genauso wenig los. Wahrscheinlich ist es überhaupt nichts, aber etwas an dieser neuen, nicht perfekten Sarah, die sich mal nicht völlig unter Kontrolle hat, die ausnahmsweise mal kein Make-up trägt und tatsächlich Gefühle zeigt, ist irgendwie … attraktiv? Natürlich ist sie das, aber sie ist seine beste Freundin. Joel hat sie sich schon immer als Trauzeugin bei seiner Hochzeit vorgestellt. Ja, Sarah ist umwerfend. War sie schon immer. Aber abgesehen von damals, als sie praktisch noch Kinder waren und seine Fantasie mit ihm durchgegangen ist … hat er sie immer nur als seine beste Freundin angesehen. Er hat schon vor langer Zeit verstanden, dass etwas anderes keinen Zweck hat.

Er muss übergeschnappt sein. Jetzt ist nicht die Zeit, sich von Sarah ablenken zu lassen. Joel muss sich darauf konzentrieren, Kat zu finden und herausbekommen, ob der Funke an jenem Tag tatsächlich echt war und sie auch nur das geringste Interesse an ihm hat. Wenn er es nicht wenigstens versucht, wird er es auf jeden Fall bereuen.

Sarah ist auf dem Sofa eingeschlafen und Joel breitet die Häkeldecke über ihr aus. Die Bewegung lässt sie leicht zusammenfahren. Als sie sich umdreht, fallen ihr die blonden Haare ins Gesicht, und Joel würde sie ihr am liebsten zurückstreichen. Was ist nur los mit ihm? Sie ist seine beste Freundin. Er muss hier weg.

Joel schreibt ihr einen Zettel, dass er ein paar Stunden weg ist, nimmt sein Portemonnaie und die Schlüssel und geht. Draußen fühlt er sich sofort besser und weniger gestresst. Er läuft ein bisschen auf dem Campus umher, kauft sich in der Nähe des Stadions bei einem Kaffee-Van einen Kaffee. Dann fällt ihm ein, dass Sarah gesagt hat, sie habe ihre Bibliotheksbücher neulich, als ihr plötzlich schlecht wurde, im Seymour Centre vergessen und sie liegen jetzt am Empfang.

Kurz entschlossen geht Joel hinein und entdeckt am Ticketschalter ein Schild: »Gleich wieder da.«

Um sich die Zeit zu vertreiben, sieht er sich die Poster und Fotos in den Schaukästen im Foyer an. Sie zeigen verschiedene Theaterstücke, von denen er die meisten gesehen hat, weil Sarah in fast allen die Hauptrolle gespielt hat. Sie ist einfach die Beste!

In einem der Räume hört Joel ein Mädchen musizieren. Sie spielt ein paar Takte auf dem Klavier und singt dazu, immer und immer wieder dieselbe Stelle, wobei sie die Melodie jedes Mal leicht verändert. Sie ist gut, aber offenbar frustriert, weil sie nach mehreren Versuchen das Klavier zuknallt und ruft: »Streng dich an, Kat!«

Und in dem Moment vergisst Joel, warum er eigentlich hergekommen ist. Er kennt die Stimme. Es ist *sie*. Direkt im Nebenraum.

Was tut man in einer solchen Situation? Reingehen? Viel zu schräg. Hier warten, bis sie geht? Genauso schräg!

Und dann wird Joel die Entscheidung abgenommen, als die Tür neben ihm auffliegt und gegen den Schaukasten knallt, in dem … hm, das ist jetzt wohl Ironie des Schicksals … ein Foto von Sarah als Sandy in *Grease* hängt und durch die Erschütterung herunterfällt.

Joel hat keine Zeit, über dieses Zeichen des Universums nachzudenken. Kat stürmt durchs Foyer, und er muss irgendetwas sagen, um sie auf sich aufmerksam zu machen.

Doch – Moment, sie dreht um und stürmt in seine Richtung! Vielleicht hat sie etwas vergessen. Sie hat ihn noch nicht gesehen und Kat ist so aufgebracht, dass sie direkt in ihn hineinläuft, bevor sie ihren Kurs ändern kann. Instinktiv streckt Joel die Hand aus und greift sie am Arm, um sie zu halten.

Er kann es nicht glauben. Sie ist ihm auf magische Weise direkt in die Arme gelaufen. *Sag etwas Schlaues.*

»Kat«, fängt er ziemlich vielversprechend an. »Wir müssen damit aufhören, uns so zu begegnen.«

Wir müssen damit aufhören, uns so zu begegnen? Er könnte

sich in den Arsch beißen. *Fällt dir wirklich nichts Besseres ein, Isaacson?*

Kat ist ziemlich überrascht. Und sprachlos. Und so schön. Die Haare sind ihr halb aus dem Pferdeschwanz gefallen, und die blauen Augen funkeln wütend.

Sie starrt ihn an und sagt … ziemlich genau nichts. Mindestens dreißig Sekunden lang, auch wenn es sich anfühlt wie eine Stunde.

Großartig. Wahrscheinlich denkt sie: »Wer bist du überhaupt?« Er lässt sie los.

»*McDreamy*?«, flüstert sie schließlich.

Zumindest denkt er, dass sie das gesagt hat, und leicht verwirrt sieht Joel sie an, bis sie rot wird und fragt: »Hab ich das grad laut gesagt?«

Er lächelt.

»Was laut gesagt?«, fragt Joel und dann zwinkert er, denn er ist jetzt eindeutig ein Schuljunge und kein Student. Auf jeden Fall wird sie noch röter und sieht weg und stottert irgendwas, von wegen, dass sie nichts gesagt habe. Dann meint Kat, dass er sie einfach ignorieren soll. Was er nicht kann. Und auch nicht wird.

»Hast du Lust auf einen Kaffee?«

»Hast du nicht schon einen?«, fragt Kat prompt und deutet auf den To-go-Becher in seiner Hand.

»Ach, das alte Ding? Nein. Ich meine, einen Neuen.« Er wirft den verräterischen Becher in den Mülleimer auf der anderen Seite des Foyers und dankt seinem Glück, dass er früher Basketball gespielt hat und tatsächlich trifft.

»Beeindruckend«, sagt sie lächelnd. »Aber ich weiß nicht,

ob ich die Einladung annehmen kann, McDreamy. Ich weiß ja noch nicht mal, wie du heißt.«

Sie hat *tatsächlich* McDreamy gesagt, und diesmal sogar ohne einen Hauch von Verlegenheit. Das muss er ihr lassen. Eben war sie noch ziemlich neben der Spur, aber jetzt ist sie voll da.

»Tut mir leid«, sagt Joel. »Das war ziemlich unhöflich von mir im Zug. Es hatte nichts mit dir zu tun.« Obwohl es das natürlich hatte. Ihm war schon da klar gewesen, dass er bis über beide Ohren in dieses Mädchen verknallt ist, und er hatte alles in seiner Macht Stehende getan, um auf Distanz zu bleiben. Was ihm super gelungen ist.

»Ich bin Joel«, sagt er. »Isaacson. Schön, dich kennenzulernen.«

›Schön‹ ist eigentlich viel zu schwach ausgedrückt, denkt er. Er sieht die sich auf ihren Armen ausbreitende Gänsehaut. *Rede weiter …*

»Der Song, an dem du gerade gearbeitet hast, hat mir sehr gefallen«, fährt er fort. »Besonders die Zeile über die Zugfahrt.« Wieder wird sie rot! »Was machst du eigentlich hier?«

Erleichtert, dass er das Thema wechselt, erklärt sie: »Ich singe bei *Legally Blonde* mit und war zum Üben im Proberaum.«

Die Welt ist doch wirklich klein!

»Echt?«, ruft er. »Kennst du Sarah Elliott?«

»Na klar! Du etwa auch?«, fragt Kat begeistert.

»Sie ist meine beste Freundin!«

Kats Begeisterung lässt nach, und er deutet das als gutes Zeichen.

»Wie geht es ihr?«, fragt sie. »Ich habe ihr Mittwoch den Song vorgespielt und ihr, äh, von der Inspiration dafür erzählt. Da ist sie auf einmal ganz blass geworden und aus dem Raum gerannt …«

Joel erstarrt.

Sarah wusste es?

Er hat das Gefühl, als hätte ihm jemand in die Magengrube geschlagen. Was auch immer Kat jetzt über den Song und die nächste Zeile erzählt und wie allgemein der Text angeblich gemeint ist und wie sehr sie Sarah schätzt, dringt gar nicht richtig zu ihm durch. Joel spürt eine Mischung aus Erleichterung, Kat endlich gefunden zu haben, und … dem Gefühl, betrogen worden zu sein.

Kapitel 20

Atme einfach, atme …, sagt sich Kat im Stillen. Zumindest hofft sie, dass sie es im Stillen getan hat. Was hat sie nur geritten, »McDreamy« laut auszusprechen? Er muss sie für total bescheuert halten!

Ihre Hände zittern vor Aufregung, also steckt sie sie in die Hose. Dann rutscht ihr die Tasche von der Schulter und bleibt ihr am Handgelenk hängen, und in der Eile bekommt sie die Hand nicht aus der Hose. Diese verdammten Skinny-Jeans …

Joel überblickt sofort die Lage. Ruhig fasst er nach dem Träger und schiebt ihn ihr über die Schulter. Sie versucht, seine über ihre Haut gleitenden Finger und die Tatsache, wie selbstbewusst und gleichzeitig gentlemanlike er das tut, zu ignorieren. Und seinen Blick …

Aber sie scheitert. Grandios.

Alles, was Kat noch von ihm in Erinnerung hat, wird auf einmal durch die Realität ersetzt, als sie nebeneinanderher zum Kaffee-Van gehen, wie ein ganz normales Paar. *Paar!* »Jetzt bleib mal auf dem Teppich, Kat!«, flüstert sie streng.

»Was?«

Ahhh! »*Nichts*. Äh. Also, woher kennst du Sarah?«

Wie es so mit Versuchen, das Thema zu wechseln, ist, begreift Kat sofort, dass dieses nicht die ideale Wahl war. Warum musste sie nur Sarah erwähnen? Das läuft doch nur darauf hinaus, dass er Kat mit ihr in all ihrer Großartigkeit vergleicht.

Joel bleibt stehen. Auf einmal ist er ganz angespannt. Offenbar ist Sarah ein heikles Thema. *Bitte, lass sie nicht seine Ex-Freundin oder so sein. Oder noch schlimmer! Seine aktuelle Freundin!*

»Ihr seid doch nicht zusammen, oder?«, platzt Kat heraus. »Ich meine, Entschuldigung! Natürlich ist es kein Problem, wenn ihr zusammen seid. Ich freue mich für euch, wirklich! Gott, ich meine, wir kennen uns ja kaum. Ihr wärt ein tolles Paar. Sie ist einfach so, so …«

Joel runzelt die Stirn. Das kann nichts Gutes heißen.

»Sie ist schon was Besonderes, ich weiß«, sagt er dann, ohne weiter auf das Thema einzugehen. »Was für einen Kaffee willst du?«

Ach ja, Kaffee. Das ist ihr Moment. Sie will einen Macchiato, ausgesprochen ›Mack-ie-ah-toh‹, richtig? *Verdammt!* Oder war es ›Matsch-ie-ah-toh‹? *Panik* … Wie ein von Scheinwerfern geblendetes Reh steht Kat vor dem Kaffee-Van. Sie starrt auf die Karte, als wäre sie in einer anderen Sprache geschrieben.

»Äh … einen Flat White?«, sagt sie schließlich nach einer absurd langen Pause. Der wirklich langweiligste Kaffee der Welt.

Er lächelt. »Ist das eine Frage?«

»Nein, ich will auf jeden Fall einen Flat White. Ich *liebe* Flat Whites.«

»Einen Flat White, bitte. Einen Großen. Und einen Macchiato«, wendet sich Joel an den Barista.

Na klar!

Abwartend steht Kat neben ihm. Soll sie zahlen? Zumindest

für ihren Kaffee, besonders wo er so groß ist? Sie wühlt in ihrer Tasche, doch er reicht schon einen Zwanzig-Dollar-Schein über den Tresen und sagt: »Ich übernehm das, Kat.« Dann steckt er das Wechselgeld ein, nimmt die Kaffees und gibt ihr ihren riesigen To-go-Becher.

Sie suchen sich eine Bank und Kat überlegt, wo die nächste Toilette sein mag. Ein so großer Kaffee und blankliegende Nerven sind keine gute Kombination.

»Danke, Mc … Joel.«

»McJoel. Klingt gut«, sagt Joel lächelnd.

Kat kommt sich albern vor, aber Joel beruhigt sie. Er habe sie nur necken wollen. Mit aller Macht versucht sie, sich zusammenzureißen.

Tief atmen. Schluck Kaffee. Nicht starren.

»Erzähl mir mehr über den Song.«

Kat spuckt beinah ihren Kaffee aus. Sie will wirklich nicht über den Song reden! Der Song handelt eindeutig von JOEL. Zumindest zur Hälfte.

»Na ja«, sagt sie und muss sich räuspern, »eigentlich schreibe ich ihn zusammen mit einem anderen Musiker.«

»Ach ja? Mit wem?«, fragt Joel interessiert.

Puh, gute Frage. »Es ist … Tja, es ist ein Typ …«

Joel trinkt einen Schluck Kaffee und wartet, aber Kat liefert keine weiteren Informationen. Denn es gibt keine.

»Okay, jetzt bin ich dran mit fragen«, sagt Joel ruhig. »Bist du mit dem Typen zusammen?«

Kat lacht, und diesmal bekommt sie fast das nervöse, flirtende Kichern hin. Nur, dass sie den Mund voller Kaffee hat und ein bisschen ihren Lippen entweicht, bevor sie ihn wieder einsaugen kann. Sie hat keine Serviette, also wischt sie sich mit dem Handrücken übers Kinn. Ihre Mum wäre entsetzt!

»Das ist dann wohl ein Nein?«, fragt Joel und sieht großzügig über ihre entsetzlichen Tischmanieren hinweg.

Kat nickt entschlossen. Dann schüttelt sie den Kopf. »Ja. Ich meine, wir sind nicht zusammen. Wir sind uns bisher noch nicht mal begegnet.«

»Wie funktioniert das?«

Sie erzählt ihm vom heimlichen Austauschen von Nachrichten und Notenblättern, und dann fällt ihr ein, dass sie den Beweis ja sogar dabeihat. Schnell zieht Kat die Noten aus der Tasche und zeigt sie Joel. Er scheint fasziniert, runzelt aber die Stirn. Schon wieder.

»Stimmt was nicht?«

Er sieht Kat kurz an, als würde er überlegen, ob er etwas sagen soll. »Kat, ich weiß, das ist irgendwie ironisch, dass ausgerechnet ich das sage, aber sei vorsichtig. Du weißt überhaupt nicht, wer dieser Typ ist …«

»Ich weiß auch nicht, wer *du* bist.«

»Genau das meine ich ja! Typen sind nicht immer … wie ist das Wort …«

»Ehrenhaft?«, hilft Kat ihm auf die Sprünge, und Joel lacht.

»Okay, was hast du gesehen? *Robin Hood*?«

Sie verdreht die Augen. »Die Sache ist, der Typ hat wirklich Talent. Ein paar von den Übergängen in dem Song sind wahnsinnig gut. *Er* ist unglaublich gut.«

Noch mehr Stirnrunzeln. »Was ist mit dem Text? Wer hat den geschrieben?«

»Ah, der Text ist in Gemeinschaftsarbeit entstanden. Er versteht einfach, was ich denke und fühle, und drückt die Perspektive der anderen Person so in Worten aus, dass du einfach dahinschmilzt. Ich hab noch nie mit jemandem wie ihm zusammengearbeitet. Nicht, dass ich schon mit vielen Leuten zusammengearbeitet hätte, außer an Schulprojekten. Aber das hier ist anders. Ich hab noch niemandem davon erzählt, aber dieser Song ist besonders, genau wie mit diesem Typen zu arbeiten. Ich hab das Gefühl, das wird was Großes. Als würden wir damit Erfolg haben können. Joel, ich weiß, das klingt seltsam, aber ich glaube wirklich, es könnte ein Hit werden!« Kat merkt, dass sie schon Ewigkeiten nicht mehr eingeatmet hat und klingen muss wie ein hyperventilierender Teenie – wahrscheinlich weil sie einer ist. Trotzdem kann sie nicht aufhören zu reden. »Ich kann gar nicht glauben, dass ich dir das alles erzähle! Du musst denken, ich lebe völlig in einer Fantasiewelt. Vielleicht tue ich das ja auch …«

»Vielleicht auch nicht.«

Da stoppt Kats Redefluss. Wirklich? Sie klammert sich an seine Meinung wie an eine Rettungsinsel in einem Meer aus Selbstzweifeln, in dem sie schon seit Jahren unterzugehen droht.

Die Sache mit Kat ist, dass sie eigentlich ziemlich selbstbewusst und selbstsicher rüberkommt, als würde sie sich in ihrer Haut total wohlfühlen, und das tut sie auch. Meistens. Doch das heißt nicht, dass sie unter der Oberfläche nicht auch manchmal ein bisschen Angst hat. Oder eine Menge. Ihr Traum vom Musikerinnen-Dasein ist zwar schön, aber was, wenn sie nicht gut genug ist? Was, wenn die Welt herausfindet …

Joel rutscht auf der Bank herum. »Und da läuft nichts zwischen diesem mysteriösen Musiker und dir?«

»Nein.«

»Oder irgendeinem anderen Musiker? Oder Popstar? Zum Beispiel Angus Marsden?«

Kat lacht laut auf. »Du bist lustig. In welcher Welt lebst du denn?«

»Ich dachte nur. Wegen der Tweets …«

»Was für Tweets?«

Unsicher blickt Joel sie an. Er sieht aus, als wollte er etwas sagen, aber er schweigt. *Was ist hier los?*

»Joel?«

»Was studierst du, Kat?«

Seine Frage verwirrt sie.

»Ich gehe noch zur Schule. Ich bin siebzehn.« Musste sie ihm sagen, wie alt sie ist, wie eine Fünfjährige? Wenigstens hat sie nicht noch »einhalb« hinzugefügt.

Joel nickt.

»Und du?«

»Willst du wissen, was ich studiere oder wie alt ich bin?«, scherzt er. »Medizin. Ich werde nächsten Monat einundzwanzig.«

Hmm … Eine köstliche, unausgesprochene Frage schwebt zwischen ihnen. Einen Augenblick lang vergisst Kat ihren Kaffee und den Song und ihren Co-Songwriter und Sarah Elliott und den Schulball und Angus Marsden und Unrequited. Als gäbe es nichts anderes in der Welt als diesen Moment, den sie gerade mit dem fast einundzwanzigjährigen Medizinstudenten Joel Isaacson teilt, der, wie Kat findet, trotz des Altersunterschieds (oder vielleicht gerade deswegen) der perfekte erste Freund für sie wäre.

Kapitel 21

Joel weiß gar nicht, wie ihm geschieht. So viele verschiedene Gedanken gehen ihm durch den Kopf. Er ist total durcheinander.

Kat.

Sie ist umwerfend. Leidenschaftlich. Impulsiv.

Ganz offensichtlich genießt sie den Flat White nicht, trinkt ihn aber trotzdem. Und sobald sie erst mal angefangen hat zu reden, vergisst sie, dass sie tierisch nervös ist.

Aber was ist das mit Twitter? L26 war ihre Platznummer. Sie *muss* es sein. Trotzdem scheint Kat keine Ahnung zu haben, wovon er redet. Wie ist das möglich? Es sei denn … Die einzige Erklärung wäre, dass jemand anders die Tweets in ihrem Namen verfasst. *Kann das sein?*

Joel kann die Augen nicht von ihr lassen. Sie entschuldigt sich immer wieder, so viel zu reden, doch er könnte ihr stundenlang zuhören. Sie ist wie ein offenes Buch! Viel zu vertrauensselig. Die Vorstellung, dass sie mit diesem anderen Typen zusammen gute Songs schreibt und Briefe austauscht und ihr Talent und ihre Leidenschaft mit ihm teilt und wer weiß, was am Ende noch …

Joel hat absolut kein recht, eifersüchtig zu sein. Er kennt Kat kaum und den anderen Typen schon gar nicht, aber es macht ihn fertig, nur daran zu denken, was passieren könnte. Nicht, dass er nicht schon fertig genug wäre wegen der Sache mit Sarah. Und verletzt. Wie konnte sie ihm verschweigen, dass sie über Kat Bescheid weiß, wo sie so oft über sie gesprochen haben? *Warum?* Es ergibt einfach keinen Sinn. Er weiß nicht, wie oder wann er das mit ihr klären soll. Im Moment befürchtet Joel, dass er sie einfach nur anschreien wird. Er hat Sarah noch nie angeschrien und er will auch nicht damit anfangen.

Konzentrier dich. Vergiss Sarah. Darüber kannst du später nachdenken.

»Du musst den Kaffee nicht austrinken, wenn er dir nicht schmeckt«, sagt Joel und deutet auf Kats Becher.

Sie wirkt erleichtert. »Ich mag eigentlich gar keinen Flat White. Ich wollte einen Macchiato, aber ich wusste auf einmal nicht mehr, wie man ihn ausspricht …«

Hat sie ihm das wirklich gerade erzählt? Sie nimmt ihn mit jedem Satz mehr für sich ein. *Hör auf damit!* Sie geht noch zur Schule. Sie ist dreieinhalb Jahre jünger als Joel und offensichtlich noch leicht zu beeindrucken, wenn ihre Reaktion auf diesen Musiker irgendwas zu bedeuten hat. Joel verspürt das überwältigende Bedürfnis, Kat zu beschützen, genau wie bei ihrer ersten Begegnung im Zug und als er das Taxi für sie bestellt hat. Aber er war noch nie der Typ ›Retter in der Not‹. Warum also jetzt? Und warum bei ihr?

Joel nimmt einen großen Schluck Kaffee und fragt sich, was sie wohl heute noch vorhat – wie sie dorthin kommt und ob es sicher ist. Aber das hier ist nicht *Twilight*. Sie ist nicht Bella Swan und er ist nicht Edward. Zum einen ist Kat viel gesprächiger. Und anders als Edward hat Joel kein Bedürfnis, sie im Schlaf zu beobachten …

Ein äußerst verstörendes Bild taucht in Joels Gedanken auf. Er schüttelt den Kopf und versucht, sich darauf zu konzentrieren, was sie sagt. Darauf, ein Gentleman zu sein.

»Okay, wenn du Sarah kennst, nehme ich mal an, du kommst zur Aufführung?«, fragt Kat gerade. Ist das ihre Art, indirekt herauszufinden, ob sie sich wiedersehen?

»Ich gehe zu allen ihren Auftritten. Ich bringe Sarah sogar öfters zu den Proben. Vielleicht laufen wir uns da ja mal wieder in die Arme.«

»Nächstes Mal hoffentlich nicht im wörtlichen Sinne«, sagt Kat mit einem Grinsen. Sie zittert. Die Hitze des Tages ist vorbei, und die Brise vom Meer ist kühl heute Abend. Kat reibt sich die Arme.

Joel sollte sie gehen lassen, bevor es dunkel wird und irgendein Typ sie angräbt. Mit Sicherheit wird *er* dieser Typ sein, wenn sie sich hier noch länger unterhalten.

»Holt dich jemand ab?«

Sie schüttelt den Kopf. »Nee, ich nehme den Zug. Normalerweise fahre ich nicht so spät. Meine Mum ist bei irgendeiner Abendveranstaltung von der Arbeit und die Zwillinge sind bei unseren Großeltern.« Kat fängt an, auf ihrem Handy nach Zügen zu gucken.

Joel kann es nicht ganz glauben, dass er so denkt, aber die Vorstellung, dass sie um diese Uhrzeit ganz allein mit dem Zug fährt, gefällt ihm nicht. Am liebsten würde er sie dafür tadeln, ihm – praktisch einem Fremden – so viel Informationen über sich zu geben. Was ist er? Ihr Vormund oder was?

»Gut, dann … Danke für den Kaffee«, sagt Kat verlegen.

»Ist es okay für dich, allein zum Bahnhof zu laufen?« Was

macht er denn – einen Ein-Mann-Krieg gegen die Behauptung, es gäbe kein gutes Benehmen mehr, führen?

Sie nickt wenig überzeugend.

»Kann ich dir meine Nummer geben?«, fragt Joel. »Für den Fall, dass du mal ein Taxi brauchst. Oder einen großen Flat White. Oder eine ungebetene Meinung über deine Songwriting-Partner. Entschuldigung noch mal deswegen. Oder wenn du gern Gesellschaft hättest, zum Beispiel auf dem Weg zum Bahnhof?«

»Ist das ein Angebot?«, fragt Kat hoffnungsvoll. »Ich meine, falls du nichts anderes zu tun hast …«

Hat er nicht. Und es beunruhigt ihn, wie vertrauensselig sie ist. Wieder zittert sie, und Joel legt ihr ohne ein Wort seine neue, von Sarah abgesegnete, mehrere Hundert Dollar teure braune Lederjacke über die Schultern. Sie protestiert nicht. Was kommt als Nächstes in dieser ritterlichen Zirkusnummer? Ein Schwertkampf mit anderen Verehrern?

Schweigend gehen sie gemeinsam zum Bahnhof. Langsam. Als würden sie den Weg beide in die Länge ziehen wollen.

»Ich warte noch, bis der Zug kommt«, sagt Joel, als sie da sind. Er bildet sich ein, dass sie erleichtert wirkt. Auf dem Bahnsteig befindet sich außer ihnen nur eine große Gruppe älterer Jungen, die eine volle Zwei-Liter-Flasche Cola durch die Gegend kicken und versuchen, möglichst viele Sachen damit zu treffen.

Als der Zug einfährt, will Kat seine Jacke ausziehen, doch er sagt, sie soll sie anbehalten. Es ist kalt. Sie kann sie ihm wann anders wiedergeben, und wenn nicht persönlich, dann über Sarah.

»Okay, danke«, sagt Kat. Sie wirkt nervös. Was denkt sie, was er vorhat?

»Tschüss, Kat.«

Sie steigt in den Zug. Die Türen schließen sich, und als der Zug losfährt, sehen die beiden sich noch mal an. Erst da atmet Joel die angehaltene Luft aus. Noch sechzig Sekunden länger, und er hätte sie geküsst. Das darf er nicht tun. Er kann es sich nicht leisten, wegen diesem Mädchen den Kopf zu verlieren und sein Stipendium flöten gehen zu lassen.

Nein. Das ist alles falsch. Sie ist ein Schulmädchen. Er muss sich auf sein Medizinstudium konzentrieren. Joel hat keine *Zeit*, sich zu verlieben, vor allem nicht in ein Mädchen, bei dem er sich anscheinend genötigt sieht, auf sie aufzupassen, als lebten sie im Mittelalter.

Das Ganze wäre ein riesiger Fehler, und so einen Fehler kann Joel sich nicht leisten. Es muss hiermit zu Ende sein. Mit einem Kaffee und einem Spaziergang zum Bahnhof. Er wird nicht auf einem Schimmel angeritten kommen. Kein Duell austragen.

Er wird sie nicht wiedersehen, auch wenn sie noch seine Lederjacke hat und auch wenn sie in jeder Situation unglaublich bezaubernd ist, ohne sich überhaupt Mühe zu geben.

Kapitel 22

Die anderen Leute im Wagen sehen alle ziemlich ungefährlich aus. Eine Mum mit zwei Kindern, die sich benehmen, als gehörten sie längst ins Bett, ein älterer Mann und eine auf einem E-Book-Reader lesende Geschäftsfrau.

Die grelle Beleuchtung fällt flackernd auf das Graffiti am Fenster und steht im krassen Gegensatz zum absolut romantischen Moment von eben. Aber Kat ist das egal. Sie ist in die wärmste, gemütlichste Lederjacke gehüllt, mit zu langen Ärmeln und Schultern so breit, dass sie ganz darin verschwindet, und es ist alles *er*. Sie vergräbt das Gesicht in der Jacke und atmet seinen Geruch ein.

Ist das möglich, dass sie, Kat Hartland, die null Erfahrung mit Jungs hat, jetzt hier in einem gewöhnlichen Zug sitzt und immer noch ganz aufgeregt ist, weil sie eben (zumindest in ihrer Fantasie) beinah von dem schärfsten Jungen, dem sie je begegnet ist, geküsst worden wäre? Oh ja, Frau mit dem E-Book-Reader, die sie die ganze Zeit anstarrt. Ja, dies *ist* die Jacke eines Medizin-Studenten im dritten Studienjahr. Danke für die stille Frage, und jap, sie trägt sie mit Jeans, einem Trägertop und *Eau de erste Liebe.*

Kat kann nicht aufhören, übers ganze Gesicht zu grinsen. Am liebsten würde sie aufspringen und Liebeslieder aus Musicals schmetternd auf den Sitzen tanzen. Aber der ältere Mann ist eingenickt, und sie will niemanden erschrecken. Vielleicht sollte sie stattdessen etwas darüber posten. Es teilen, tweeten, bekannt machen, auch wenn es niemanden außer ihr selbst interessiert. Andererseits will Kat es auch als süßes Geheimnis für sich behalten, was schwer sein wird, denn sie hat nicht vor, diese Jacke jemals wieder auszuziehen, und sie wird sicher danach gefragt werden …

Und genau das passiert, als sie zu Hause ankommt und feststellt, dass ihre Mum nicht wie geplant bei einem Networking-Abend ist und sich wundert, warum Kat so spät dran ist. Und offenbar in jemandes anderen Jacke steckt.

»Es war kalt, Mum. Ein Freund hat sie mir geliehen«, erklärt Kat, während sie durch die Küche rauscht und auf dem Weg einen Pink-Lady-Apfel aus der Obstschale nimmt, denn von einem großen Flat White allein wird ein Mädchen nicht satt.

Kat spürt den argwöhnischen Blick ihrer Mutter im Rücken. Zum Glück wirkt die Lederjacke wie ein Kraftfeld und wehrt alle negative Energie ab, bis sie es sicher in ihr Zimmer geschafft hat. Sie macht die Tür hinter sich zu, schließt die Augen und holt tief Luft.

Dann nimmt Kat ihr Handy, sucht in den Kontakten nach Joel, drückt auf ›Nachricht‹ und schreibt:

»Hi, Joel. Bin gut zu Hause angekommen. Danke für den Kaffee. Und das Gespräch. Und dass du mich zum Zug gebracht hast. Ach, und danke für die Jacke. Ich hoffe, wir sehen uns bald wieder. Vielleicht beim Theater? Kat. xx«

Zu viel? Vielleicht: »Gut zu Hause angekommen. K.«

Ja. Besser. Sie drückt auf ›Senden‹, bevor sie es sich anders überlegen kann.

Zwei Minuten später ist noch keine Antwort da. Vielleicht ist er gerade beschäftigt. Aber hey! Es sind schon zwei ganze Minuten vergangen!

»Kat! Soll ich dir die Lasagne noch mal aufwärmen?«, ruft ihre Mum durch die Tür.

Was? Lasagne um so eine Uhrzeit? Wobei, eigentlich, ja, sie ist halb verhungert …

»Nein, danke«, antwortet Kat und ruft ein weiteres Mal ihre Nachrichten auf dem Handy ab, nur für den Fall, dass es eben nicht richtig funktioniert hat.

Sie schickt Lucy eine SMS. »Kommt das bei dir an?«

Innerhalb von zehn Sekunden antwortet Lucy, wie jeder normale Mensch. »Ja, warum?«

Oh.

Da piept das Handy endlich! Aber die Nachricht ist nicht von Joel. Sie ist von Becky im Seymour Centre. Die kann sie auch später noch lesen.

Ganze zehn Minuten vergehen. Nichts.

Ungeduldig geht Kat auf Facebook und sieht sich Joels Profil an, so wie sie es im Zug schon eine Weile getan hat, und überlegt, ob sie ihm eine Freundschaftsanfrage schicken soll. Was für eine verzwickte Lage! Es ist ja nicht so, als wären sie in der siebten Klasse. Hier geht's nicht ums Freunde-Sammeln. Joel ist Medizinstudent und ein potenzieller erster Freund, der außerdem der Zwilling von Douglas Booth sein könnte! *Wie verhält man sich denn da?*

Neugierig sieht sich Kat seine Freundesliste an. Geht gleich direkt zu den Namen mit S.

Da ist sie. Sarah Elliott. Mit ihrer halben Million Freundinnen und Freunde und einem Profilbild wie vom Cover der *Girlfriend*. Jede Menge Fotos von ihr und Joel, inklusive von einem Urlaub in Europa. Sogar eins auf dem Eifelturm, aneinandergeschmiegt, als wäre es kalt. Mützen, Schals, Handschuhe. Er steht hinter ihr, die Arme fest um sie geschlungen, und sie wirft lachend den Kopf zurück.

Großartig. Und eins von den beiden auf dieser Brücke in der Nähe vom Louvre, wo Verliebte ihre Namen in Schlösser eingravieren lassen und dann den Schlüssel in die Seine werfen. Es gibt eindeutig nichts, was offizieller und mehr von Dauer wäre als das! J&S und ein Herz. *Kotz*.

Natürlich. Langsam wird Kat die Realität bewusst. Es hat schon seinen Grund, dass Kat auf dem Bahnsteig der Redfern Station keinen Kuss bekommen hat und jetzt nichts weiter von ihm hört … Kat hat schon oft genug gesagt bekommen, dass sie nicht zu schnell irgendwelche Schlüsse ziehen darf. Nicht zu viel in Dinge hineininterpretieren soll …

Oh, MOMENT! Eine SMS! VON JOEL!

Er schreibt: »Gut.«

Das ist alles? *Gut?*

Das lässt keinen Spielraum, darauf irgendwie zu antworten. Vielleicht ist er nicht so gut im Schreiben … *Quatsch*, er studiert Medizin. Er ist schlau und kann sich durchaus ausdrücken. Vielleicht hat er's ja nicht so mit Technik? Nein. Ärzte sind gut in technischen Dingen.

Vielleicht findet er dich ja einfach nicht so toll, Kat, meldet sich eine Stimme zu Wort. Es ist dieselbe Stimme, die ihr oft sagt, dass sie nicht gut genug ist oder nicht in jemandes Liga.

Sie will nicht weiter darüber nachdenken. Kats Finger tippen automatisch auf den Twitter-Button. Sie war schon eine Ewigkeit nicht mehr auf Twitter. Stunden! Auf Angus' Seite gibt es jede Menge neue Tweets, größtenteils Reaktionen auf ein von Cassidy Moore gepostetes Selfie von der Party gestern Abend, auf dem sie Angus ganz schön nah kommt. Sie sehen ziemlich heiß aus. Beide.

Verstörend heiß.

Und dann ist da ein Tweet von Elle, die … hmm … *interessant* … ihn fragt, ob er am achten November Zeit hat, und schreibt, er solle sich den Termin freihalten. Wow! Vielleicht mag sie ihn ja doch.

Außerdem ist es das Datum vom Abschlussball. Kats Herzschlag beschleunigt sich. Sie hat *immer* noch keinen Tanzpartner.

Wieder piept ihr Handy. Es ist die ungelesene Nachricht von Becky: »Hey, Kat. Wenn du deinen heimlichen Verehrer anrufen willst, hier ist seine Nummer …«

Kapitel 23

Angus kann es nicht glauben, dass Elle auf Twitter geantwortet hat. Oder dass die Band am achten November zufällig frei und er tatsächlich Zeit hat. Er kann es nicht glauben, wie lange er braucht, ihr zu antworten. Oder dass er Angst davor hat, mit diesem Mädchen zu sprechen, obwohl sich jeden einzelnen Tag Millionen von Mädchen an ihn ranschmeißen. Persönlich. Online. Überall.

Dabei ist Angus eigentlich nicht auf den Mund gefallen, nur ist er auch noch nie zuvor auf diese Weise einem Mädchen begegnet. Er kann noch nicht mal sagen, warum er sie so faszinierend findet. Und einschüchternd.

Also ja, er hat Zeit. Und er ist nervös.

»Okay, Elle. Abgemacht.«

Insgeheim fragt er sich ja, ob sie nur mit ihm spielt. Es ist verrückt, dass er so unsicher ist. Unterdessen liegt der Umschlag von Kat geduldig auf dem Klavierdeckel. Angus hat den ganzen Nachmittag schon darauf gewartet, ihn zu öffnen. Er dachte, die anderen Jungs würden nie aus seiner Suite verschwinden!

Angus nimmt die Blätter, stellt sie aufs Notenpult und spielt. Ihre Änderungen sind *gut*. Es ist nichts Vorhersehbares daran, wie sie schreibt, und er fragt sich, wie sie sich wohl bewegt. Sie kann singen, aber kann sie auch auftreten? Angus weiß noch nicht mal, wie sie aussieht.

Ansonsten hat er dasselbe Bauchgefühl wie bei jeder Doppel-Platin Schallplatte, die Unrequited rausgebracht hat. Dieser Song ist ein Hit. Da ist er sich sicher.

Wie sie beide das getrennt voneinander hinbekommen haben, ist ihm schleierhaft. Gibt es noch mehr davon, wo dies herkommt? Er war noch nie mit jemandem derart musikalisch auf derselben Wellenlänge. Noch nicht mal mit den Jungs aus der Band, und das will was heißen. Kat sollte mit diesem Song ganz groß rauskommen …

Sein Handy klingelt. Wieder ist es Cassidy und wieder ignoriert Angus ihren Anruf. Wann kapiert sie endlich, dass er an ihrer speziellen Art von Perfektion oder besser gesagt Verrücktheit nicht interessiert ist? Kann sie nicht einen anderen Typen nerven? Zach wäre doch perfekt. Er hat genau den richtigen Humor dafür! Vielleicht sollte Angus seine Nummer ändern. Nur, dass er das nicht kann. Er hat Kev dem Seymour Centre seine Nummer mitteilen lassen, damit Kat sie bekommt. Sie müssen das weitere Vorgehen für den Song besprechen, denn Kat weiß ja noch nicht, dass sie ihn mit jemandem zusammen geschrieben hat, der zufällig ein Tonstudio und ein Netzwerk von internationalen Top-Musikproduzenten und Marketingleuten und so weiter an der Hand hat.

Aber wie soll Angus ihr das beibringen, ohne sie in die Flucht zu schlagen? »Äh, ach übrigens, hast du schon mal von einer kleinen Band namens Unrequited gehört?« Würde sie ihm überhaupt glauben?

Angus nimmt ein Stück übrig gebliebene Pizza aus dem Kühlschrank und isst sie kalt. Vielleicht wäre es besser, ihr persönlich zu sagen, wer er ist. Falls sie ihn nicht anruft, könnte er herausfinden, wann sie das nächste Mal im Seymour Centre ist und einfach hingehen – in der Hoffnung, dass sie kein Fan ist. Das Letzte, was er will, ist, dass das Ganze in einem Auflauf von kreischenden, weinenden, nach Autogrammen bettelnden Fangirls endet. Vor solchen Mädchen würde er am liebsten wegrennen. Sie kapieren einfach nicht, dass er nicht der perfekte Pin-up-Boy von den Postern an ihren Zimmerwänden ist. Er ist genauso wenig perfekt wie der Junge von nebenan.

Angus blickt wieder auf die Noten. Kats Song ist wirklich ausgefeilt. Wahrscheinlich wird sie nicht sofort in grenzenlose Bewunderung ausbrechen. Vielleicht eher das Gegenteil. Vielleicht ist sie so eine von diesen Musikerinnen, mit denen er damals an der BRIT School in London immer rumhing – damals, als er vierzehn war und anfing, sich ernsthaft für Musik zu interessieren.

Aber, Moment, warum macht er sich eigentlich solche Gedanken darüber, sich mit einem Mädchen zu unterhalten? Viel besorgniserregender ist doch, was passiert, sobald die Unrequited-Maschinerie diesen Song in die Finger bekommt. Angus fände es toll, Unterstützung zu bekommen, aber es wäre auch ein Risiko, schließlich ist der Song ihrer. Angus hat zwar einen Teil dazu beigetragen, aber wirklich, er gehört Kat. Auf keinen Fall darf sich ein Haufen Hit-geiler Leute darauf stürzen, ihn als Angus' Song deklarieren und Kat rausekeln. Er kennt die Branche gut genug, um zu wissen, dass er vorsichtig sein muss.

Er und Kat brauchen jemanden Unabhängiges, der oder die auf Urheberrecht spezialisiert ist. Vielleicht könnte er das Anwaltsteam der Band bemühen, aber die repräsentieren die

Band als Ganzes. Das hier ist anders. Es geht überhaupt nicht um die Band. Es geht noch nicht mal um ihn. Es geht darum, Kat und ihr geistiges Eigentum zu schützen. Und Angus vermutet, es wird Millionen wert sein.

Kapitel 24

Beim Geräusch des Schlüssels in der Tür wacht Sarah auf, und als Joel reinkommt und die Tür zuknallt, fährt sie zusammen. Er geht durchs Zimmer, sieht sie auf der Couch, schmeißt ihre Bibliothekstasche neben sie und geht weiter in die Küche.

Was ist nur *los* mit ihm?

Sarah hört, wie er die Schranktüren auf- und zumacht. Wie er den Kühlschrank öffnet und schließt. Dann taucht Joel wieder in ihrem Sichtfeld auf, setzt sich ihr gegenüber auf den Stuhl und fragt, wie sie sich fühlt.

Ziemlich beunruhigt! »Äh … gut«, stammelt Sarah. »Aber mit dir stimmt irgendwas nicht. Was ist?«

Er starrt sie an, wie er es noch nie getan hat. Er kocht förmlich. »Ich hab sie gefunden«, sagt Joel schließlich. »Sie hat im Seymour Centre an ihrem Song gearbeitet. Du weißt schon. An dem über den Typen im Zug. Sarah, was auch immer du vorhast, bitte streite es nicht ab. Lüg mich nicht an. Ich fühle mich schon verarscht genug. Wie konntest du mir das verschweigen?«

Sarah würde das Herz in die Hose rutschen, wenn es nicht ohnehin schon aufgehört hätte zu schlagen. Es ist aus lauter Angst einfach stehen geblieben. Nicht aus Angst vor Joel, sondern aus Angst, ihn zu verlieren.

»Joel«, flüstert sie, rutscht von der Couch und kriecht beinahe über den Boden. Sie kniet sich vor ihn, nimmt seine Hände und fleht ihn an, sie zu verstehen. Es ist ihr egal, wie bemitleidenswert sie rüberkommt. »Ich habe versucht, es dir zu erzählen. Ich hab immer wieder gesagt, dass es etwas gibt, was ich dir –«

»Warum hast du es nicht einfach ausgespuckt, Sarah? Ich weiß, du bist krank, aber ich dachte, du hättest irgendwas *Schlimmes*!«

Hab ich ja auch, denkt Sarah verzweifelt. »Ich hab die ganze Zeit überlegt, wie ich es dir sagen soll und wann –«

»Aber es ist eine gute Nachricht! Du musst mir gute Nachrichten nicht schonend beibringen. Du kannst sie einfach herausposaunen!«

Ja. Nur nicht, wenn des Einen Glück jemandes Anderen Unglück bedeutet. »Manchmal sind die Dinge eben komplizierter, als man denkt«, wirft Sarah ausdruckslos ein.

»Ich begreife nicht warum. Es sei denn, du weißt etwas über Kat, was ich nicht weiß.«

»Es hat nichts mit ihr zu tun«, erklärt Sarah.

»Mit wem denn dann? Mit mir kann es ja nichts zu tun haben!«, ruft Joel.

Sie sieht ihn an, wartet, dass der Groschen fällt, und er sieht sie an und wartet auf eine Antwort. Joels Brust hebt und senkt sich, seine braunen Augen glühen vor Wut. Er ist alles, was sie will, und sie hat viel zu lange gebraucht, das zu merken, und jetzt – *großartig*, sie muss schon wieder weinen!

Joel seufzt verzweifelt und legt ihr eine Hand auf die Schulter. »Was ist los, Sarah? Hör auf, so rumzudrucksen. Sag es einfach. Was auch immer es ist, so schlimm kann's doch nicht sein …«

Sie schluchzt und holt tief Luft, und dann lässt sie sich völlig entkräftet auf den Boden sinken. »Doch, es ist schlimm. Es ist noch schlimmer als schlimm! Ich komme mir so blöd vor.«

Er verarbeitet das. Dann steht er vom Stuhl auf und setzt sich neben Sarah auf den Boden. Gemeinsam lehnen sie sich ans Sofa, so wie sie als Kinder immer dasaßen, wenn sie zusammen ferngesehen haben. »Du kannst mir alles sagen. Das weißt du doch.«

Langsam und tief holt Sarah Luft und sieht ihn direkt an. Jetzt oder nie.

»Ich liebe dich, Joel.«

Er lächelt. »Ich dich auch. Auch wenn du mir aus irgendeinem verrückten Grund, den du mir hoffentlich gleich sagst, etwas Wichtiges verheimlicht hast.«

»Ich habe es dir doch gerade gesagt, Joel! Mach es mir doch nicht so schwer!«

Er versteht es immer noch nicht. »Was mach ich dir schwer? Was hast du mir erklärt?«

Es hilft nicht gerade, dass Sarah immer allen sagt, sie zu lieben, und dass Joel das weiß.

»Für einen Medizinstudenten bist du manchmal ganz schön schwer von Begriff. Die Sache ist … Ich kann es nicht glauben, dass ich dir das sage. Glaub mir, ich wünschte, es wäre anders …«

»Sarah. Du sprichst in Rätseln. Hau es einfach raus.«

»Okay, das Problem ist: Joel, ich liebe dich.«

Er starrt sie an.

»Ich bin in dich verliebt«, fügt Sarah hinzu, falls die Bombe noch einer weiteren Erklärung bedarf.

Eine Ewigkeit sagt Joel überhaupt nichts mehr.

»Weißt du, ich hab's selbst nicht gemerkt, bis du angefangen hast, über Kat zu reden. Da ist es mir schlagartig klar geworden. Und jetzt kann ich an nichts anderes mehr denken. Als ich sie neulich getroffen hab und ich begriffen hab, wer sie ist … Ich wusste, ich muss es dir sagen, aber das bedeutet eben auch, na ja … dich zu verlieren. Und …«

»Das wird nicht passieren«, sagt Joel entschlossen.

Er legt den Arm um sie. Schweigend sitzen sie da, als würden sie die Risse, die in ihrer Beziehung entstanden sind, erst einmal verarbeiten müssen, bevor sie sich überlegen, was um alles in der Welt sie jetzt tun sollen.

Kapitel 25

Es ist Sonntagabend zehn Uhr, und wegen Unrequited ist die Sydney Harbour Bridge komplett gesperrt. Auf beiden Seiten wird der Verkehr umgeleitet. Die Polizei ist da, Kamera-Teams, es gibt Flutlicht- und Pyrotechnik-Sets. Die Band dreht ein nächtliches Musikvideo zu ihrer neuen Single »Burning«, mit einem geschätzten Budget von über fünf Millionen Dollar. Überall um den Circular Quay wird gefilmt, und sie haben nur ein paar Stunden lang Zugang zu den Wahrzeichen. Die Produzenten haben monatelang mit dem Sydney City Council und der Sydney Harbour Foreshore Authority verhandelt und ganz schön kämpfen müssen. Der Zeitplan ist extrem eng getaktet.

Einige Szenen werden vom Dach des Four Seasons Hotels gedreht. Einige mit der Band oben auf der Brücke. Andere, wie sie über die ausgestorbene Straße darunter spazieren. Tausende Dollar wurden bezahlt, um die Oper anzustrahlen wie beim Vivid Festival, nur mit den eigens zuvor aufgenommenen Flammenvideos. Eine Filmcrew ist mit dem Hubschrauber unterwegs. Für die Filmcrews in Booten gibt es eine Wasserpolizei-Eskorte. Über hundert Personen sind an dem Dreh zu Land, zu Wasser und in der Luft beteiligt. Jedes Detail ist auf die Sekunde geplant. Geheimhaltungsklauseln wurden unterschrieben. Das Video könnte nicht ehrgeiziger sein. Oder teurer. Sogar die Versicherung ist für die eine Nacht auf Hunderttausende von Dollar gestiegen.

Die fünf Bandmitglieder sind auf die Brücke geklettert und mit Seilen gesichert. Sie haben die vorgeschriebenen grauen Jumpsuits bis zur Hüfte runtergelassen und präsentieren ihre Unterhemden. Und ein paar Tattoos. Die Flutlichter sind an. Musik plärrt aus an der Brücke befestigten Lautsprechern. Von Westen nähert sich der Hubschrauber mit der Filmcrew. Allein in diese paar kritischen Momente wurde ein gigantisches Vermögen investiert. Das hier muss einfach reibungslos klappen. Und deswegen ignoriert Angus sein Handy, als es in seiner Hosentasche vibriert.

Ein paar Sekunden später klingelt es zum zweiten Mal. Was, wenn es die Songwriterin ist? *Bitte, ruf noch mal an*, denkt er und versucht sich wieder zu konzentrieren. Er darf das hier nicht verbocken! Da kommt der Hubschrauber. Die Choreografin spielt ihm Musik auf die Kopfhörer und gibt ihm Anweisungen.

Sie filmen den Refrain ganze neunmal, und währenddessen schweigt sein Handy. Mit voranschreitender Zeit wird Angus immer besorgter. Dann sagt die Regisseurin, das Ding sei im Kasten, und weist sie an, vorsichtig von der Brücke zu klettern, um mit den Straßenszenen weiterzumachen.

Der Hubschrauber ist immer noch da. Und laut. Und natürlich klingelt das Handy in dem Moment zum dritten Mal. Angus verstößt gegen die Sicherheitsvorschriften, greift unter seinen Jumpsuit in die Hosentasche und geht ans Handy.

Am anderen Ende der Leitung ist es kurz still, dann hört er ein zögerliches: »Hallo? Hier ist Kat.«

»Was *machst* du da?«, ruft Zach, und Angus wedelt mit der Hand, dass er still sein soll.

»Äh, ich weiß nicht genau, ob ich die richtige Nummer gewählt habe«, sagt das Mädchen.

»Hast du. Ich bin froh, dass du anrufst.«

Perfekt getimt kommt der Hubschrauber jetzt noch näher und strahlt ihn mit dem Scheinwerfer direkt an. Auf dem anderen Ohr hört Angus die Regisseurin schimpfen, er soll verdammt noch mal aufhören zu telefonieren und zusehen, dass er heil nach unten kommt. Energisch wedelt Angus den Hubschrauber weg wie eine nervige Fliege. Nur, dass es nicht funktioniert.

»Ist das ein Hubschrauber?«, fragt Kat. »Wo bist du?«

»Ich bin in der Stadt!«, ruft er. »Hier ist ganz schön was los!«

»Okay, also, ich rufe wegen des Songs an«, ruft sie. »Ich glaube, wir sollten uns treffen und darüber reden, wie wir weiter vorgehen wollen. Ich hab so was noch nie gemacht. Du?«

Er blickt auf den Hubschrauber über sich. Auf die Boote im Wasser. Die blinkenden Polizeilichter an mehreren, über die Stadt verteilten Straßensperren. Von oben und unten sind Filmkameras auf ihn gerichtet, und, wie aufs Kommando, leuchtet die Oper jetzt mit dem Unrequited-Logo auf.

»Ich hab's mal probiert, ja …«, sagt Angus. »Hör zu, ich bin nicht mehr lange hier, Kat. Wie wär's wenn wir uns morgen Nachmittag treffen? Ich kann grad nicht so gut sprechen, wo hier, äh, so viel los ist. Ich wohne im Four Seasons. Bring gern jemanden mit. Wir kennen uns ja gar nicht.«

»Ich weiß noch nicht mal, wie du heißt.«

Auf dem anderen Ohr hört Angus wieder die Regisseurin,

die sagt, er soll endlich das verdammte Handy einstecken, bevor sie alle verklagt werden, und endlich von der Brücke klettern.

Angus muss schnell überlegen. »Sag dem Portier, du willst zu Bryce Donovan. Er wird dir den Weg zeigen, okay? Um sechs? Passt das?«

»Okay.«

Da blendet ihn wieder ein Scheinwerfer. »Ich muss los!«, sagt er und legt auf. Er ist erleichtert, mit ihr gesprochen zu haben. Und unendlich nervös.

Ein Video wie dieses zu drehen ist einfach. Die Musikerin zu treffen, mit der er sich schon auf so seltsame Weise verbunden fühlt, ist viel beängstigender. Ja, sogar für ihn, Angus Marsden.

Kapitel 26

Joel muss zugeben: Er hätte das niemals kommen sehen. Sarah ist in ihn verliebt? Nach all der Zeit? All den Jahren? Das ist unbegreiflich.

»Tja«, sagt er schließlich und versucht, die Stimmung etwas aufzuhellen. »Dann weißt du ja jetzt, wie ich mich in dem Sommer, als wir zwölf waren, am Autoscooter gefühlt habe.«

Sarahs Stimmung ist durch seine Bemerkung nicht gerade besser geworden. »Ja, nur dass wir jetzt erwachsen sind, Joel. Das ist wohl kaum ein fairer Vergleich!«

Autsch! Vielleicht sollte er ihr von der Katastrophe mit dem Valentinstagsgeschenk in der Neunten erzählen, damit sie begreift, dass es für ihn nicht nur ein einzelner Moment war. Aber Sarah hat recht. Sie sind jetzt erwachsen. Das hier ist anders. Joel weiß nicht, was er sagen soll. Oder tun. Und so stolpert er zwischen den Bruchstücken ihrer Freundschaft umher und versucht, nicht unsensibel zu sein. Dabei scheitert er grandios.

»Wie auch immer, ich bin froh, dass du sie gefunden hast«, sagt Sarah leise und zieht ihre hellblaue Strickjacke vor der Brust zusammen. »Hat sie sich gefreut, dich zu sehen?«

»Willst du wirklich darüber reden?«

»Ich will es lieber wissen, als es mir auszumalen.«

Joel ist sich unsicher, wie er ihr vom Nachmittag berichten soll. Normalerweise würde er sich ihr öffnen und alles erzählen, aber wie kann er das jetzt tun? Von nun an wird es wohl nicht mehr so leicht sein.

»Sie war ganz schön nervös. Wir haben Kaffee getrunken und sie hat mir von ihrem Song erzählt. Dann hab ich sie zum Bahnhof gebracht. Später hat sie mir geschrieben, dass sie gut zu Hause angekommen ist. Und ich hab geantwortet, dass das gut ist. Sie hat noch meine Jacke.«

»Joel, das hier ist kein Polizeiverhör. Was ist noch passiert?«

»Nichts! Ich schwöre es.«

»Jetzt tust du so, als wäre ich deine Frau. Hör auf damit! Was ist *beinahe* passiert?«

Vorsichtig sieht Joel seine beste Freundin an. Will sie wirklich hören, wie kurz davor er war, Kat zu küssen? Wahrscheinlich nicht.

»Du hättest sie beinahe geküsst, oder?«

Verdammt, sie ist gut. »Ich glaube, das wäre nicht vernünftig«, erklärt Joel mit angestrengt gelassenem Gesichtsausdruck. »Sie geht noch zur Schule! Und ich hab mein Stipendium …«

Sarah sieht ihn stirnrunzelnd an. »Drei Jahre sind kein großer Altersunterschied. Ich meine, ja, sie geht noch auf die Highschool, aber nur noch ein paar Wochen. Sie könnte genauso gut schon studieren. Und was hat das Stipendium damit zu tun?«

Joel muss aufpassen, wie er das erklärt. »Ich glaube einfach, eine neue Beziehung könnte mich ziemlich ablenken …«

Sarah wirkt verletzt. Denkt sie etwa, sie hätte ihn nie abgelenkt? Manchmal kann sie ganz schön ahnungslos sein. »Du glaubst doch nicht im Ernst, dass du sie einfach vergessen kannst«, antwortet sie.

Schon da weiß Joel, wie lächerlich es ist. Natürlich kann er

Kat nicht einfach vergessen. Hätte Sarah ihn nicht gerade mit ihrem Geständnis vollkommen aus dem Konzept gebracht, würde er jetzt an nichts anderes mehr denken. Seit Kats Zug aus seinem Blickfeld verschwunden ist, hat er jede einzelne Sekunde an sie gedacht. Und als ihre SMS ankam, war er kurz davor gewesen, sie sofort anzurufen. Dann hat er ganze zehn Minuten gebraucht, eine Antwort zu formulieren, bevor er eine Ein-Wort-Nachricht zurückgeschickt hat, weil das wenigstens ein bisschen besser ist, als gar nichts zu schreiben.

Das ist doch unglaublich! Joel kommt sich vor wie damals mit fünfzehn, als er mit seiner allerersten Freundin rumeierte – die er sich gesucht hatte, nachdem es mit Sarah nichts geworden war. Was doch beweist, dass Kat für sein Studium wirklich eine Gefahr darstellt. Eine große.

»Und was ist mit dem Song? Hat sie dir davon erzählt?«, fragt Sarah weiter.

»Das ist die andere Sache. Sie schreibt ihn mit einem Typen zusammen, den sie noch nie getroffen hat. Ein Typ, der sie für unglaublich gut hält. Ein Typ, den sie genial findet.«

»Wie geht es dir damit?«

»Keine Ahnung. Ich bin wahnsinnig eifersüchtig!«

Sarah nickt niedergeschlagen. Sie versteht, was los ist.

Joel fährt fort: »Und dann ist da noch das nicht unbedeutende Hindernis Angus Marsden. Nicht, dass Kat schon davon wüsste. Aber das wird sie bald. Ich finde, ich sollte es ihr sagen …«

»Warum?«

»Weil ich es *weiß*! Falls ich sie nach einem Date frage – und das ist ein großes *Falls* – kann ich schlecht so tun, als wüsste ich nicht, dass der weltgrößte Popstar anscheinend auch von ihr eingenommen ist. Ich will sie nicht anlügen. Aber wenn ich es ihr erzähle, was dann?«

»Du hast doch gesagt, sie findet Unrequited furchtbar.«

»Du hast gesagt, er ist unwiderstehlich!«

»Er ist nicht unwiderstehlich«, erklärt Sarah. »Er ist einfach erfolgreich und unglaublich gut aussehend und charmant und … diese *Augen*!«

»Schon gut!« Joel hält die Hand hoch, um sie zu stoppen.

»Sieh es doch mal so«, sagt Sarah. »Wenn ich mich zwischen dir und Angus Marsen entscheiden müsste … Obwohl, nein. Das ist ein schlechtes Beispiel …«

Joel ist sich nicht sicher, ob er ihr folgen kann, aber sie meint anscheinend, sie würde sich für ihn, Joel, entscheiden. Echt jetzt?

»Lass dich davon nicht verrückt machen, Joel!«

»Klar«, erwidert er mit gezwungenem Lächeln.

»Das ist das seltsamste Gespräch, das wir jemals hatten, oder?«

»Mit Abstand.« Da vibriert das Smartphone in seiner Hosentasche. Eine SMS von Kat. Dabei ist es schon fast Mitternacht. Sollte sie nicht längst schlafen? Sie hat doch morgen Schule. *Oh Gott!* Joel kann es nicht fassen, dass er gerade diesen Gedanken hatte …

Sie schreibt: »Ich weiß, es ist spät, aber kann ich dich anrufen?«

Wie, *jetzt*?

»Äh … Sarah. Entschuldigst du mich für ein paar Minuten? Ich, äh … es ist Kat. Ich bin gleich wieder da.« Joel fühlt sich schrecklich, aber er will Sarah gegenüber ehrlich sein. Das ist er ihr schuldig.

Noch im Gehen wählt er Kats Nummer, und sie geht sofort ran.

»Joel, tut mir leid, dich um diese Uhrzeit noch zu stören. Danke, dass du anrufst. Ich wusste nicht, an wen ich mich sonst wenden sollte.«

Jetzt ist er besorgt. »Was ist denn? Ist alles okay?«

»Ja, aber ich hab grad mit dem Typen telefoniert, der die andere Hälfte von meinem Song geschrieben hat!«

Er hört, wie aufgeregt sie ist. »Wow, okay. Ich wusste gar nicht, dass du ihm deine Nummer gegeben hast.«

»Hab ich ja auch nicht. Er hatte das Seymour Centre gebeten, mir seine zu geben.«

Okay. »Und du hast ihn einfach angerufen?«

»Ja! Er war ziemlich schwer zu verstehen. Da war dieses ganze Tohuwabohu …«

»Tohuwabohu? Süßes Wort.«

»Ach, weißt du … so Hubschrauber und so?«

»Was?«

»Wie auch immer. Er ist nicht von hier und er ist nicht mehr lange in Sydney. Er heißt Bryce Donovan und will sich morgen im Four Seasons Hotel mit mir treffen, um über den Song zu reden.«

»Hm.«

»Er hat gesagt, ich soll wen mitbringen.«

»Okay.«

»Hast du Zeit?«

Kapitel 27

Wie ›erste Dates‹ so sind, ist die Fahrt mit Kat in seinem schwarzen Mazda 3 zu einem der Top-Hotels der Stadt etwas übertriebener als Joel es gewohnt ist. Nicht, dass dies ein erstes Date oder im engeren Sinne *überhaupt* ein Date wäre, aber Joel fühlt sich so unsicher, als wäre es eins.

Kat auf dem Beifahrersitz scheint es nicht besser zu gehen. Sie ist kreidebleich vor Aufregung. Über ihrem Kleid, das ganz anders ist als die aktuelle Mode, trägt sie seine Lederjacke. Ihre Hände zittern, und Joel greift nach einer und drückt sie, um Kat zu beruhigen. Dann lässt er sie wieder los. Oder versucht es. Sie hält ihn fest. Was das Schalten etwas erschweren wird. Luxusproblem.

Er fährt auf die überdachte Auffahrt des Hotels, wie Bryce Donovan in einer SMS an Kat heute Nachmittag angewiesen hat. Ein Page öffnet die beiden Türen, und Joel gibt ihm den Autoschlüssel. Etwas verloren steht Kat in der Auffahrt. Sie streicht nervös ihr Kleid glatt, dann die Haare, und Joel würde ihr gern ihre Befangenheit nehmen, weiß aber nicht wie.

Das hier ist eine richtig große Sache. Dieser Bryce hat offensichtlich Kohle. Genug, um eine Single zu produzieren. Je nachdem, wie das hier läuft, könnte dieses Treffen Kats Leben verändern. Die nächsten Minuten könnten der Wendepunkt sein, von dem sie in den nächsten Jahren in Zeitschriften-Interviews berichten wird. Dieses Treffen könnte sie ins Rampenlicht befördern, wenn sie es will …

Aber davon darf Joel ihr nichts sagen. Sie ist ohnehin schon hibbelig genug.

»Wie sehe ich aus, Joel? Sag's ehrlich.«

Kat ist wirklich unsicher und will ehrlich seine Meinung hören.

Joel würde ihr so gern die langen Haare über die Schulter zurückstreichen, sie im Nacken berühren, sie an sich ziehen und küssen, genau hier, in der Auffahrt des Four Seasons Hotels, und ihr *zeigen*, wie sie aussieht.

»Du siehst gut aus«, sagt er stattdessen. »Ich weiß nur nicht, ob die Lederjacke wirklich passt …«

Er will sie bloß necken, aber sie nimmt ihn beim Wort, zieht die Jacke aus und gibt sie ihm. »Zieh du sie an. Ich gehe so, okay?«

Es ist mehr als okay für Joel. Dieser Bruce wird auf jeden Fall beeindruckt sein. Was ist, wenn sie ihm gefällt? Was, wenn er vierzig ist? Oder noch schlimmer, wenn er jung und gut aussehend ist und Kat ihn mag …

Aber darüber kann Joel jetzt nicht nachdenken. Kat hat all ihren Mut zusammengenommen und marschiert durch die Marmorhalle zum Portier. Unter einer Reihe kunstvoll gearbeiteter Kronleuchter stehend sagt sie: »Ich bin Kat Hartland«, mit einem Selbstbewusstsein, von dem Joel nur annehmen kann, dass es gespielt ist.

Es ist das erste Mal, dass er ihren Nachnamen hört.

»Ich bin hier mit Joel Isaacson. Wir haben einen Termin mit Bryce Donovan.«

Der Portier scheint genau zu wissen, wer sie ist, und führt sie zu den Aufzügen, wo er sie jemandem übergibt, dessen Job es ist, die Aufzüge zu bedienen – und der seine Position offenbar sehr ernst nimmt. Er trägt einen Kopfhörer, wie ihn Sicherheitsleute tragen!

Ohne ein Wort zu sagen bringt er Kat und Joel hinauf zur Präsidenten-Suite in der vierunddreißigsten Etage. Während der Fahrt mit dem Aufzug zappelt Kat die ganze Zeit nervös herum. Als die Tür sich endlich öffnet, sehen sie noch einen Typen, der genauso angezogen ist wie der Erste. Er sitzt auf einem Stuhl gegenüber vom Aufzug. Dieser Typ trägt ebenfalls Kopfhörer. Wer auch immer dieser Donovan ist, er ist eindeutig paranoid!

»Das hier sind Kat und Joel«, sagt der erste Typ zum zweiten, der nickt, als hätte er sie erwartet. Joel unterdrückt ein Schnauben. Was denken die Typen, wer sie sind? Das FBI?

Die beiden werden zur Tür der Suite gebracht und dann allein gelassen.

»Klopfen wir einfach an?«, fragt Kat unsicher.

»Wahrscheinlich.«

Schritte auf der anderen Seite. Die Tür geht auf.

Die Zeit – bleibt – stehen.

Joel kann es nicht glauben, was gerade passiert. Genauso wenig wie Kat, so wie sie guckt.

Denn vor ihnen steht in Stiefeln, Jeans und schwarzem T-Shirt – und sieht exakt so aus wie *der* Teenie-Schwarm – nicht ›Bryce Donovan‹. Sondern *Angus Marsden*!

Kat ist wie versteinert. Gelähmt.

»*Elle?*«, fragt Angus ungläubig.

»Wie bitte?«

Angus wirkt verwirrt, freut sich aber offensichtlich, und innerhalb vom Bruchteil einer Sekunde verwandelt sich der übercoole Popstar in einen verknallten Bewunderer. »Was *machst* du hier?«

»Was machst *du* hier?«

»Ich kann es nicht glauben, dass du einfach so aufgetaucht bist!« Angus ist völlig baff.

Joel fragt sich, wann es aus der Mode gekommen ist, unaufgeregt zu tun.

»Ich bin nicht einfach aufgetaucht. Du hast gesagt, dass ich kommen soll! Na ja, nicht *du*. Bryce?«

Kat sieht Joel an, als hoffe sie, er könne diese Situation entwirren. Er bemüht sich um ein aufmunterndes Lächeln, aber erfolglos. Wieder blickt Kat zu Angus und sagt: »Ich bin wegen des Songs hier.«

»*Was?*«

»Bryce und ich haben zusammen einen Song geschrieben? Ich hab gestern Abend mit ihm telefoniert.«

Angus starrt sie an und versucht zu verarbeiten, was sie da sagt. »Moment. *Du* bist Kat? Die Songwriterin? *Und* Elle?«

»Ich bin nur Kat«, sagt sie selbstbewusst, und Joel schiebt die beiden sanft in die Suite. Das könnte sonst noch den ganzen Abend so weitergehen.

»Wir kennen uns noch nicht«, sagt Angus und streckt Joel die Hand entgegen, der sie fest schüttelt und sagt: »Ich bin Kats, äh … ihr, äh … ein …«

»Freund«, hilft sie ihm.

Ja, das ist dann wohl so.

Joel und Kat setzen sich auf eine ziemlich teure Couch. Angus setzt sich auf die Armlehne des Sessels ihnen gegenüber und sieht Kat an, wie Kunstsammler jedes Detail eines Gemäldes studieren. Joel wünschte, sie hätte noch seine Jacke an.

»Du bist das Mädchen vom Konzert …«, stellt Angus fest.

Verwirrt schüttelt sie den Kopf.

»Du warst bei einem unserer Konzerte.«

»Ja …«

»Du fandst es schrecklich. Hast was anderes auf dem Handy gehört. *Paloma Faith*?«

Sie guckt, als wäre sie aus dem Hinterhalt überfallen worden. »Woher weißt du das?«, fragt Kat ungläubig.

Oje. Joel weiß, was jetzt kommt.

»Du hast es mir in einem Tweet verraten«, sagt Angus.

»In was für einem Tweet?«

»In einem der Tweets zwischen Elle und mir …«

»Elle?«

»Das bist doch du! Du bist das Mädchen von Platz L26. Du hast mir geschrieben, ich soll mir den Achten freihalten. Oder nicht?«

»Nein! Warum sollte ich das?! An dem Abend ist mein Abschlussball …«

Was für eine Qual. »Das warst nicht du, Kat«, meldet Joel sich schließlich zu Wort. »Ich glaube, da tweetet wer in deinem Namen. Sie hatten deine Platznummer – L26. Ich vermute mal, es sind deine von Unrequited besessenen Schwestern!«

Kat sieht ziemlich verdattert aus. Und auf einmal wieder verängstigt, als würde sie sich fragen, woher Joel das eigentlich weiß. Und warum er nicht schon eher was gesagt hat. War es etwa das, was er gestern angedeutet hat? Und überhaupt – was ist hier los?!

»Wo ist Bryce?«, fragt sie Angus schließlich.

»Die Fans können ein bisschen aufdringlich sein. Wir geben für gewöhnlich nicht unsere echten Namen raus …«

Fassungslos starrt Kat ihn an, und beide Jungen beobachten, wie langsam der Groschen fällt. Joel stellt sich vor, was gerade in ihrem Kopf vor sich geht: *Angus ist Bryce? Angus Marsden. Von Unrequited? Ich habe zusammen mit Angus Marsden von Unrequited einen Song geschrieben?*

Angus sieht Kat mit genau dem glühenden Blick seiner grünen Augen an, von dem Sarah immer so schwärmt. Es ist dieser geübte Blick, der sagt: ›Du bist für mich die Einzige auf der ganzen Welt.‹ Nerviger Scheißkerl! Angus glaubt ja wohl nicht, dass sie darauf reinfällt. Obwohl Joel zugeben muss, dass Kat neben ihm auf der Couch ganz schön nervös ist. Er würde so gern ihre Hand nehmen …

»Tut mir leid«, sagt Angus. »Ich versuche gerade zu verarbeiten, dass du das Mädchen bist, das ich seit dem Konzert suche. *Und* das Mädchen, das diesen Song geschrieben hat! Du bist ein und dieselbe! Wie ist das möglich?!«

Darauf scheint Kat keine Antwort zu wissen, und Joel hat erst recht keine Ahnung.

»Die ganze Zeit hab ich dich gesucht, dabei haben wir schon längst zusammengearbeitet!«

Joel fragt sich, wie viele Minuten Angus sein Erstaunen noch in die Länge ziehen will. Ja, Kat ist das Mädchen seiner Träume. Ja, sie ist außerdem die Musikerin, mit der er sich so mühelos auf Anhieb verstanden hat. Es sieht nicht gut aus für Joel.

»Und was war das mit den Hubschraubern?«, fragt Kat.

»Wir haben ein Video gedreht. Auf der Harbour Bridge. Der ganze Uferbereich der City war abgesperrt. Du kannst von Glück sagen, dass du mich erreicht hast.«

»Ist das so? Ich hab nämlich irgendwie das Gefühl, angelogen worden zu sein.«

Whoa!

»Und das gefällt mir nicht.«

Wenn Joel nicht befürchten müsste, wie ein Idiot auszusehen, würde er einen Freudentanz aufführen.

»Und Joel, warum hast du mir nicht von der Sache mit Twitter erzählt?«

Oh-oh.

Kat steht auf und geht durch den Raum. Neben dem Flügel bleibt sie stehen und lehnt sich in die Kurve. Die Jungen wechseln einen Blick. Keiner von beiden sagt etwas.

Joel wusste, dass ›Bryce‹ zu treffen schon aufregend genug für Kat war, als es noch bloß um den Song ging. Während der Autofahrt war sie total angespannt gewesen. Zu erfahren, dass sie einen Song mit Angus Marsden komponiert hat *und* dass diese ziemlich publik gemachte Verknalltheit sich um sie handelt … diese Offenbarungen sind wirklich nicht mehr zu toppen.

Verständlicherweise ist Kat wütend, weil sie angelogen wurde, aber wie viele Mädchen würden den Popstar-Faktor übergehen und ihm die Stirn bieten? Soll Joel jetzt zu ihr gehen? Etwas sagen? Sich entschuldigen, dass er ihr die Sache mit L26 nicht erklärt hat?

Oh. Zu spät. Angus ist bereits aufgestanden und geht durch

den Raum. Er stellt sich hinter sie, aber Kat ist zu wütend, um sich umzudrehen und ihn anzusehen.

»Kat, ich konnte dir nicht sagen, wer ich bin. Ich dachte, ich würde dich damit verschrecken.«

Sie zuckt mit den Schultern. »Ich bin nicht so leicht zu verschrecken.«

Ist das ihr Ernst?, denkt Joel. Sie ist total verängstigt. Er kann sie fast zittern sehen.

Angus macht Anstalten, ihr eine Hand auf die Schulter zu legen, aber scheint es sich dann doch anders zu überlegen. Stattdessen geht er auf die andere Seite des Flügels. Er verschränkt die Arme, lehnt sich an den geschlossenen Deckel und sieht Kat forschend an, noch faszinierter von ihr als zuvor.

Dann zwingt er sie dazu, Farbe zu bekennen. »Okay, dann komm. Ich will den Song mit dir spielen.«

Kat bewegt sich nicht. Joel wettet, sie bekommt gerade ganz schön Muffensausen.

Angus schiebt ihr die Notenblätter ihrer gemeinsamen Komposition über den Deckel des Flügels zu, und flatternd landen sie neben ihrer Hand. Kat rührt nicht einen Finger.

»Komm schon. Ich weiß, du bist nervös. Das bin ich auch. Das wird es nur noch besser machen«, sagt Angus. »Es tut mir leid, dass ich dich angelogen hab, Kat.«

Ihr Körper bewegt sich fast unmerklich.

Jetzt steht Angus vor dem Flügel, ein Knie auf dem Hocker, während er den Deckel über den Tasten öffnet. Er spielt ein paar Töne. Die einleitenden Takte ihres Songs.

»Ich will hören, wie du ihn singst«, sagt er.

Joel kann kaum hinsehen. Es kommt ihm vor, als würde

er einen Pick-up-Artist dabei beobachten, langsam das Eis schmelzen zu lassen. Joel sieht auf den Klavierhocker, der ziemlich schmal ist. Für eine Person konzipiert. Wie sollen sie beide darauf passen?

Noch immer klimpert Angus ihren Song, aber Kat rührt sich nicht. Und dann unternimmt Angus einen Schachzug, den selbst Joel als genial anerkennen muss: Er fängt an, Kats Song mit ›Only Love can hurt like this‹ von Paloma Faith zu mischen. Er gibt alles …

Und es funktioniert.

Ohne ihn anzusehen, geht Kat zum Klavierhocker, schiebt sein Knie weg, setzt sich, streckt die langen Beine unter dem Flügel aus, setzt die Füße auf die Pedale und richtet ihr Kleid. Sie versucht, sich nichts anmerken zu lassen, als Angus sich neben sie setzt. Sie rückt nur ein Stück zur Seite, aber da ist nicht genug Platz. Bildet Joel sich das ein oder zittert sie tatsächlich?

Hinter den beiden sieht er den Hafen im Abendlicht. Es wäre die perfekte Kulisse für ein Musikvideo, auch wenn Joel nicht an die unzähligen Stunden denken mag, die die beiden dafür so nebeneinandersitzen müssten.

»Das wird gut«, sagt Angus leise. »Vertrau auf den Song.«

»Ich würde gern dir vertrauen. Wenn wir das hier zusammen machen.«

»Das kannst du, Kat. Ich lass dich nicht im Stich.«

Selbst wenn sie absolut nicht bereit wäre, würde man es ihr jetzt nicht anmerken. Kat schüttelt all ihre Bedenken ab und legt, ohne Angus anzusehen, die Finger auf die Tasten.

Angus tut es ihr nach, und dann hört Joel zum ersten Mal

den ganzen Song. Er ist wunderschön. *Sie* ist wunderschön. Und talentiert.

Joel ist nicht der Einzige, der die Augen nicht von ihr lassen kann.

Als sie zum Refrain kommen, fügt Angus der Komposition etwas Neues hinzu, und dann improvisieren sie beide, als würden sie schon seit Jahren zusammen musizieren und könnten die Gedanken des anderen lesen.

And then you come along
I see things as they really are
Technicolour brightness
Psychedelic stars
Third fourth fifth dimension
All perspectives on a par
We dance to the pulsations
Of the brightest shining star!

You brought me into the next dimension
We got it right
We found our shadow and light
In you I finally found perfection
No more black and white
It's all colour and light.

Der Song ist zu Ende. Überwältigt sitzen die drei da. Angus und Kat sind beide errötet. Leicht außer Atem. Und sehen sehr zufrieden mit sich selbst aus, genau wie sie es auch sollten.

Angus findet als Erster seine Stimmer wieder. »Kat Hartland, das kommt jetzt vielleicht ein bisschen plötzlich. Aber würdest du mir die Ehre erweisen, deinen Song mit mir aufzunehmen?«

Lahm!, denkt Joel. Darauf wird Kat nicht reinfallen. Sie ist immer noch sauer auf ihn!

Doch Kat wird noch röter, und wie um Joel zu zeigen, dass er sich irrt, lächelt sie und stammelt schließlich ein »Ja«. Sie sieht aus, als würde sie Angus gleich die Arme um den Hals werfen, wie ein Groupie. Zum Glück tut sie es nicht, aber Joel fühlt sich trotzdem ziemlich auf seinen Platz verwiesen.

Was ist hier gerade passiert? Wie sollte er jemals *damit* konkurrieren?

Ist das nicht der Traum eines jeden Mädchens, der gerade vor seinen Augen wahr wird?

Kapitel 28

»Das glaube ich jetzt nicht!«, brüllt Sarah ins Telefon. Am anderen Ende ist Joel, und er hat schon wieder eine Bombe platzen lassen. »*Angus Marsden* hat die zweite Hälfte von Kats Song geschrieben? *Der* Angus Marsden?«

»Jap.«

»Aber so was passiert doch nur in Filmen!«

»Genau das hat Kat auch gesagt. Anscheinend passiert so was nur in Filmen und einer siebzehnjährigen Kat Hartland. Einem ganz gewöhnlichen Schulmädchen aus Sydney«, sagt Joel ein wenig zu lapidar.

»Na, dann musst du dir ja jetzt nur noch wegen einem Typen Sorgen machen. Jetzt wo du weißt, dass Angus und der mysteriöse Songwriter ein und dieselbe Person sind!«

»Sarah, soll das tröstlich sein? Du hättest sie hinterher im Auto mal erleben sollen. Sie ist total begeistert! Dabei war sie eigentlich ziemlich wütend auf ihn, als wir bei ihm angekommen sind. Du hast doch gesagt, er wäre nicht unwiderstehlich?«

Sarah lacht. »Beruhig dich, Joel! Denk doch mal nach. Sie hat zufälligerweise einen Song mit einem der größten Popstars der Welt geschrieben! Und er findet ihn toll! Kein Wunder, dass sie aufgeregt ist! Denk doch mal an die Möglichkeiten, die das für sie eröffnet. Das könnte eine Traumkarriere für sie bedeuten.

Die Medien werden es lieben. Gott, ich an ihrer Stelle würde es von den Dächern posaunen!«

Joel klingt niedergeschlagen. »Klar ist das gut für sie. Aber etwas Wesentliches vergisst du dabei. Kat ist das Mädchen von Angus' Konzert. Die, in die er verschossen ist. Du hättest sehen sollen, wie er sich ihr gegenüber verhalten hat. Und als er erst mal angefangen hat zu singen, war die Sache praktisch geritzt. Sie ist total begeistert, wie musikalisch er ist. Anscheinend hat sie ihm das vorher nicht zugetraut und jetzt hat sie ihre Meinung geändert. In gerade mal fünf Sekunden.«

»Und jetzt traust du *ihr* nichts zu«, erwidert Sarah. »Du hast mit dem Mädchen gestern zum ersten Mal richtig gesprochen. Sie wird von diesem mysteriösen Musiker eingeladen und wen ruft sie als Erstes an? Um Mitternacht?«

Joel denkt kurz darüber nach. Eine gequälte Sarah lauscht seinem Schweigen, während er offenbar die Gefühle verarbeitet, von denen sie sich wünschte, dass sie um *sie* gingen. Das Wort ›Unrequited‹ könnte ihre Situation gerade nicht passender beschreiben. Sarah liebt Joel. Joel ist in Kat verliebt. Kat ist auf Angus aufmerksam geworden …

»Du hast Angus Marsden getroffen!«, schwärmt Sarah. »Ich werde nicht so tun, als wäre ich nicht auch nur im Geringsten neidisch!«

»Du machst wohl Witze! Wer bist du, Miss Wankelmütig?«

»Ich bin auch kein Fan von der Band, aber irgendwas an diesem Typen ist faszinierend …«

»Die Augen?«

Sie lacht. »Und der *Rest*!«

Es tut gut, nach ihrer großen Enthüllung gestern Abend wieder mit Joel herumzualbern. Vielleicht kann ihre Freundschaft das hier doch überleben. Sie hofft es sehr.

»Und, wo dieses merkwürdige Trio sich jetzt begegnet ist, was passiert als Nächstes?«, fragt Sarah.

»Ich weiß es nicht. Aber was wir auch tun, es muss Angus' komplizierte Anforderungen erfüllen. Er kann anscheinend nirgendwo hingehen, ohne von Fans belagert zu werden. Sarah, ich denke mir das nicht aus. Wann hat sich mein Leben eigentlich in eine Soap Opera verwandelt?«

»Ich würde sagen, so ziemlich genau in dem Moment, als du dich entschieden hast, im Zug Kats Ticket vom Boden aufzuheben.«

Kapitel 29

Nach dem Abendessentermin mit ihrem Manager hüpft Cassidy vergnügt zu ihrer Hotelsuite. Sie hat die großartigste Überraschung für Angus vorbereitet! Und was noch besser ist, Michael, der Manager von Unrequited, ist mit im Boot. Er hat versprochen, es Zach, Alex und Xavier erst im letzten Moment zu erzählen, damit sie die Sache nicht ruinieren. Reuben werden sie es gar nicht verraten. Nicht, wo Angus und er so dicke Freunde sind. Er würde die Überraschung auf jeden Fall ruinieren.

Als Nächstes wird Cassidy in ihrer Suite ein heißes Bad nehmen, und dann geht sie mit der Gewissheit ins Bett, dass sie Angus Marsden schon bald ein goldenes Ticket zu seiner zukünftigen Solo-Karriere überreichen wird.

Nicht, dass er schon davon wüsste, dass er überhaupt eine will. *Noch* nicht.

Die Sache mit Boybands ist, dass sie ein Ablaufdatum haben. Solange die Mitglieder jung und süß sind, ist ja alles gut und schön – und solange die Fans jung und süß sind. Doch früher oder später sind sie Mitte zwanzig und zu alt für diesen Spaß.

Angus hat bis dahin vielleicht noch ein paar Jahre, aber man kann gar nicht früh genug anfangen, sich um die Zukunft zu kümmern! Tausendmal besser, als zu warten, bis das Schiff irgendwann untergeht, was bei Boybands immer irgendwann der Fall ist. Davon ist Cassidy überzeugt. Und was gäbe es für eine bessere Möglichkeit, sich bei Angus beliebt zu machen, als ihm zu helfen, dieser unvermeidlichen Implosion zuvorzukommen, sodass er der einzige Überlebende sein wird. Im musikalischen Sinne. Cassidy wünscht dem Rest der Band natürlich nichts Böses. Sie findet bloß, dass die anderen ohne Angus nichts sind. Sie profitieren von seiner Stärke, was schneller offensichtlich werden wird, als irgendeiner von ihnen sich vorstellen kann.

Cassidy bewundert sich im Spiegel. Denkt sich eine Frisur aus. Schürzt die Lippen. Macht ein Selfie.

Sie sagt sich, die Auflösung der Band zu wollen hat nichts mit ihren eigenen konkurrierenden Verkaufszahlen zu tun, sondern vielmehr mit ihrer natürlichen Fähigkeit, strategisch zu planen. Sie wäre schon längst eine Führungskraft in der Musikindustrie, wenn sie nicht so gern selbst auf der Bühne stände. Und sie wäre eine *gute* Führungskraft. Die Leute kommen von allein einfach nicht auf die richtigen Karrierewege. Als könnten sie nicht weiter vorausblicken als bis zum nächsten Song-Release. Eigentlich haben sie keinerlei Macht. Sie tun einfach nur, was man ihnen sagt, wie Marionetten.

Wie auch immer, diese Überraschung ist nur ein Teil ihrer umfassenden Vision für Angus Marsdens Zukunft. Wenn das Ganze erst mal anläuft, wird er endlich merken, wie viel sie ihm bedeutet. Wie gut sie für ihn ist. Und alle Gedanken, die er noch an diese Fremde vom Konzert hat, werden verfliegen! Mal im Ernst, was hat ein gewöhnliches Mädchen aus Sydney Angus schon zu bieten? Wie um alles auf der Welt sollte sie in sein Jetset-Rockstar-Promi-Leben passen? Sie hätte doch überhaupt keine Ahnung, wie sie sich verhalten sollte. Sie würde ihn bloß blamieren!

Oh ja, Cassidy hat mit ihrem Plan zweifellos nur Angus' Bestes im Sinne. Und Elles Bestes. Sobald sie weiterzieht, versteht sich.

Sie postet das Selfie auf Instagram und versieht es ganz automatisch mit Hashtags. Nein, es gibt nichts, weswegen sie sich Gedanken machen müsste. Cassidys Gewissen ist absolut rein.

Kapitel 30

Als Kat nach Hause kommt, schlafen ihre Mum und die Zwillinge schon. Ihre Mum hat bereits ihre Sportsachen auf dem Flur liegen und will anscheinend mal wieder um fünf Uhr morgens aufstehen. Was gut ist. Wenn Kat jetzt anfangen würde zu erzählen, würde sie nie mehr aufhören.

Leise öffnet sie die Schlafzimmertür ihrer Mutter und flüstert, dass sie zu Hause ist. Ihre Mum öffnet kurz die Augen, lächelt, sagt, dass sie sie liebt, und dreht sich um. Eine ziemlich harmlose Antwort für einen Montagabend!

Auf dem Nachttisch liegt das uralte Smartphone ihrer Mum, sie hat den Wecker gestellt, der in 20 Minuten klingeln würde. Das macht sie immer, wenn Kat aus ist, für den Fall, dass sie einschläft, während sie auf sie wartet. So was von paranoid! Kat stellt den Wecker aus. Am liebsten würde sie ihre Mum wecken und ihr erzählen, was heute Abend passiert ist, auch wenn das in einem ihrer üblichen Streits enden würde. Aber wie sie sich *gefühlt* hat, als sie neben ANGUS MARSDEN saß und mit ihm ihren Song gespielt hat. Kat könnte weinen vor Glück. Sie hat sich noch nie so gut gefühlt, *nie*! Und der Gedanke, dass ihm der Song so sehr gefallen hat, dass er ihn mit ihr, Kat Hartland, aufnehmen will! Einem völlig unbekannten Mädchen!

Solche Dinge passieren im echten Leben eigentlich nie, und doch ist es so! Kat kann nicht glauben, dass ihr diese Gelegenheit einfach in den Schoß gefallen ist. Sie kann außerdem nicht glauben, wie *normal* Angus war. Sie ist ganz durcheinander deswegen. Sie war absolut überzeugt, ihn nicht ausstehen zu können – vor allem, weil er sie angelogen hatte! Und dann hat er … dieses Gefühl einfach beiseitegewischt. Wie hat er das gemacht? Wenn er sie nicht zur Verschwiegenheit verpflichtet hätte, dann würde sie jetzt schon längst mit Lucy telefonieren und den Abend mit forensischer Hartnäckigkeit bis ins kleinste Detail durchgehen. Und wahrscheinlich zu keinem Schluss kommen. Und morgen in der Schule weitermachen …

Kat schaltet das Flurlicht aus und schließt ihre Zimmertür hinter sich. Vielleicht ist es doch ganz gut, dass ihre Mum dringend ins Büro in Neuseeland bestellt wurde. Die Zwillinge wohnen für die Zeit bei ihren Großeltern die Straße runter, und Kat wird allein zu Hause bleiben, damit ihr ›Lernerfolg nicht gefährdet‹ wird (ahh!). Sie muss unbedingt mit jemandem reden. Es macht sie wahnsinnig, dass sie Lucy nicht davon erzählen kann. Und den Zwillingen kann sie erst recht nichts davon sagen, auch wenn sie die beiden am liebsten aus dem Bett werfen und wegen der Sache mit Twitter zur Rede stellen würde. Aber Angus hat sehr deutlich gemacht, dass sie so tun müssten, als ob sie nicht wüssten, dass jemand anders diese Tweets verfasst hat.

Das ist Geheimnis Nr. 1.

Geheimnis Nr. 2?

Ihren Song aufnehmen.

Das zu tun, ohne dass es irgendjemand mitbekommt, wird gar nicht so leicht werden. Doch sie müssen es heimlich machen, bevor das Band-Management Wind davon bekommt und dem Ganzen entweder ein Ende bereitet oder – was noch schlimmer wäre – einen Hit daraus macht, und zwar ohne Kat. Offenbar stellt die Heimlichtuerei für Angus ein Risiko dar, allerdings eins, das er bereit ist einzugehen. Denn vertraglich ist er an die Band gebunden und darf ohne spezielle Erlaubnis gar nicht mit anderen Künstlerinnen und Künstlern arbeiten.

Kat zieht ihr Kleid aus und ein altes T-Shirt an, dann setzt sie sich auf ihre Paris-Bettdecke, die sie zum dreizehnten Geburtstag bekommen hat, und flechtet sich gedankenverloren die Haare. Kann sie Angus wirklich vertrauen? Jemandem, den sie gerade erst heute Abend kennengelernt hat? Jemandem, der sie bereits angelogen hat? Jemandem, der ständig in einen Skandal mit irgendwelchen Mädchen verwickelt ist – und der jüngste ist gerade mal eine Woche her! Angus ist als der ›Playboy‹ der Band bekannt, und Kat weiß, dass sie vorsichtig sein muss, besonders, weil er anscheinend Interesse an ihr hat …

Wie verrückt ist das bitte?! Jetzt, wo sie zu Hause ist, zurück in der Realität, in der Vertrautheit ihres Kinderzimmers, das dringend mal umgestaltet werden müsste, kann Kat endlich verarbeiten, was heute Abend passiert ist. Kann sie den Moment noch einmal Revue passieren lassen, als sie bei Angus angekommen sind und er sie als das Mädchen vom Konzert, als SIE wiedererkannt hat.

Irgendwie war es, als ob er gesagt hätte: *»Ach, hi Kat, ich bin übrigens ein berühmter Popstar und habe gerade kapiert, dass DU es bist, in die ich verknallt bin, worüber meine über zwanzig Millionen Follower auf Twitter auch alle Bescheid wissen …«*

Kat hat sich die Sache auf dem Konzert vor einer Woche also nicht bloß eingebildet. Er hat sie wirklich im Publikum bemerkt. MEHR als bemerkt. Er hat darüber getwittert, sie gesehen zu haben, und sie hat ihm auf Twitter geantwortet. Na ja, nicht *sie*. Irgendwer hat sich als sie ausgegeben und die Sache tatsächlich ziemlich gut gemacht. Was an sich schon merkwürdig ist, denn – nichts gegen ihre Schwestern, aber sie sind zwölf. Wenn sie es wirklich gewesen sein sollten, dann haben sie geschrieben wie Siebzehnjährige. Eigentlich waren es auch eher Sätze, wie Lucy sie formulieren würde …

Wie auch immer, die Angelegenheit mit Twitter ist gerade ihre geringste Sorge. Im Gegensatz zu dem Problem mit der Begleitung für ihren Abschlussball am achten November. Ein Datum, das Angus sich freigehalten hat. Für sie.

Kat schlägt die Decke zurück und legt sich ins Bett. Ihre Gedanken driften zu einer ihrer üblichen Fantasien ab. Der Abschlussball in einem der größeren, aber nicht ganz so spektakulären Hotels der Stadt. Eine Limo fährt vor, und Kat steigt aus. Sie trägt ein von ihrer Großmutter geerbtes Fünfzigerjahre-Kleid aus goldenem Chiffon, das sie schon seit Monaten für diesen Anlass bereitliegen hat. Hinter ihr steigt ihre Begleitung aus dem Wagen.

Normalerweise geht ihre Fantasie bis dahin – denn sie *hat* keine Begleitung –, aber heute ist es anders. Ihr Date ist einer der bekanntesten Popstars der Welt. Der Schwarm aller Mädchen.

Ihr Herz fängt an zu rasen beim Gedanken daran, was für eine Aufmerksamkeit das erregen wird, und das nicht auf gute Weise. Sie ist eigentlich nicht so die Angeberin, und es gibt wirklich keine Möglichkeit, unauffällig einen Popstar auf den Abschlussball zu schmuggeln. Ein Tweet und sofort werden alle da sein, angefangen mit den Paparazzi, gefolgt von kreischenden Fans, und, wenn die Sache dann richtig aus dem Ruder läuft, der Polizei.

Jahrelang würden alle sagen: »Weißt du noch, als Kat Hartland mit Angus von Unrequited zum Abschlussball gekommen ist? Sie hat uns total den Abend ruiniert. So eine Selbstdarstellerin! Ich frag mich, was aus der geworden ist …« Denn natürlich wären die Auswirkungen nicht gut und sie würde einfach in der Versenkung verschwinden – kein Song, kein Angus … Moment, wohin ging das hier? Was war mit Joel?

Oh Gott. Joel. Wie er im Auto ihre Hand gehalten hat. Sie wäre beinah gestorben! Was für ein Glück, dass sie auf dem Weg zu ihrem Treffen mit ›Bryce‹ waren, so hatte sie wenigstens eine Entschuldigung für ihre Nervosität. Ja, sie war auch nervös wegen des Songs, aber nur halb so aufgeregt wie wegen Joel. Und auf bizarre Weise war er zugleich derjenige, der ihr Schmetterlinge im Bauch verursachte und der sie beruhigte und an ihrer Seite stand, als sie an die Penthouse-Tür klopfte. Er ist wirklich richtig, richtig nett. Und das ist keine Übertreibung.

Kat beugt sich vor und schaltet die Lavalampe aus. *Ich muss mein Zimmer umgestalten.* Was für eine krasse Wendung ihr Leben genommen hat. Innerhalb von ein paar Tagen hat sich die Trockenperiode in Bezug auf Jungs in einen regelrechten Männerregen verwandelt, was zusammen mit ihren bevorstehenden Abschlussprüfungen, der Aufnahme ihres ersten Songs und den Proben für *Legally Blonde* ein denkbar schlechtes Timing ist.

Kapitel 31

Angus stellt fest, dass er nur eine begrenzte Anzahl von Stunden im Bett liegen, an die Decke starren und versuchen kann, seine Gedanken abzustellen. Er steht auf, zieht eine Jeans an, geht ins Wohnzimmer der Suite und betätigt den Schalter, mit dem die Jalousien geöffnet werden. Dann geht er von einem Panoramafenster zum nächsten, beobachtet die Taxis in den Straßen unten und das auf dem Wasser im Hafen tanzende Mondlicht. *Ich wünschte, sie wäre jetzt hier.*

Aber das ist sie nicht. Schließlich setzt Angus sich verkehrtherum auf den Klavierhocker, genau da, wo sie saß. Er spürt die kühle Luft der Klimaanlage auf der nackten Brust und denkt nach.

Dieses Mädchen.

Die letzten Jahre, während der er ein Konzert nach dem anderen hatte, waren die besten seines Lebens. Er dachte, nichts könnte das toppen. Nichts könnte sich richtiger anfühlen, als mit Unrequited auf der Bühne zu stehen. Und jetzt hatte er einen kleinen Vorgeschmack darauf, wie es sich anfühlen könnte, mit Kat Songs zu schreiben und aufzutreten, und er ist völlig berauscht. *Das* hier fühlt sich richtig an. Hier gehört er hin. Diese Sache ist etwas Besonderes. Es kommt ihm vor, als wäre er auf einmal erwachsen geworden. Als würde er endlich die ganzen Texte verstehen, die er die ganzen Jahre immer gesungen hat.

Außerdem ist Kat eine furchtbare Ablenkung. Schon seit er sie zum ersten Mal im Publikum gesehen hat. Da hat sie sich in seinem Gehirn festgesetzt und seitdem lässt sie ihn nicht mehr los. Dass sie nicht nur Elle, sondern auch das Mädchen, mit dem er die beste Musik seines Lebens geschrieben hat, ist ... das ist einfach zu viel! Sie muss noch mehr solcher Songs auf Lager haben. Kat scheint ein Naturtalent zu sein.

Angus greift nach den Noten und sieht sie zum wiederholten Mal durch. Er denkt daran, wie Kat sich heute Abend zuerst geweigert hatte, mit ihm zusammen zu singen. Sie war so wütend und unsicher ... und wunderschön. Wenn sie gewusst hätte, was für eine Angst *er* hatte – Angst, dass sie abhauen könnte. Hätte sie das gewusst, hätte sie sich mit ihrer eigenen Unsicherheit tausendmal besser gefühlt. So ist es ihm noch nie mit einem Mädchen gegangen.

Aber was ihn wach hält ist etwas anderes. Dieser erste Abend mit Kat hat ihn erkennen lassen, dass er an einer Weggabelung steht. Er befindet sich in einem inneren Konflikt, wie noch nie in seinem Leben.

Was Kat Hartlands Karriere angeht, liegt ihr die Welt zu Füßen, und sie weiß es noch nicht mal. Sie wird genauso weit kommen wie er. Wahrscheinlich weiter. Wenn Angus' Bauchgefühl stimmt, ist dieser Song nur der Anfang.

Angus will sie auf ihrem Weg begleiten. Unbedingt.

Je mehr er darüber nachdenkt – darüber, mit ihr zusammen aufzutreten und vielleicht zusammen auf Tour zu gehen –, desto mehr will er es. Aber was würde dann aus Unrequited werden? Er kann die Jungs nicht einfach sitzen lassen. Und will es auch nicht. Sie sind wie Brüder für ihn. Sie sind seine Familie und er verdankt ihnen in vielerlei Hinsicht seinen Erfolg. Er kann sie nicht einfach verlassen …

Und noch etwas: Er würde definitiv nicht mit Kat auf Tour gehen können, ohne sich mit ihr auf eine Weise zu verbinden, die weit über den Klavierhocker hinausgeht. Heute Abend während des Songs neben ihr zu sitzen, ihr Bein durch den Stoff ihres Kleids an seinem Bein zu spüren … Wie sie sich mit der Musik bewegt hat … Himmel!

Wie hat er es überhaupt geschafft, diesen neuen Teil zu improvisieren? Vielleicht war das die einzige Möglichkeit gewesen, seine Gefühle auszudrücken, ohne den Klavierdeckel zuzuknallen und sie zu küssen. Vor Joels Augen.

Wer ist Joel überhaupt? Sie sagte, er wäre ein Freund, aber es war offensichtlich, dass Joel ihre Begegnung ziemlich misstrauisch beobachtet hat. Wenn er auf Angus eifersüchtig ist, beruht das Gefühl jedenfalls auf Gegenseitigkeit. Sehr.

Er schwingt die Beine unter den Flügel und spielt ein paar Töne. Das hier wird unschön. Angus ist vielleicht jede Woche mit einem anderen Mädchen in den Zeitungen zu sehen, aber das heißt nicht, dass er mit ihnen in einer Art Beziehung wäre. Und er datet grundsätzlich keine Mädchen, die in einer Beziehung mit jemand anderem sind, und wird jetzt auch nicht damit anfangen. Was wahrscheinlich gut ist, denn mit Kat etwas am Laufen zu haben, könnte für sie alles ruinieren. Sie muss es allein schaffen. Nicht als ›die Freundin von Angus Marsden‹. Wenn sie zusammen wären, würden die Leute denken, er wäre für ihre Auftritte und Plattenverträge und den Ruhm und Erfolg verantwortlich. Sie würden das Offensichtlichste übersehen. Dass Kat einzigartig ist!

Was für eine Qual. Er ist hin- und hergerissen zwischen dem, was er will, und dem, was er *sollte*. Angus mag sie so sehr, dass er weiß, er muss seine gute Seite gewinnen lassen, aber es ist Folter! Er *will* sie! Verzweifelt rauft er sich die Haare.

Dann fängt er an, auf dem Flügel herumzuspielen. Es fließt alles aus ihm heraus, und er schreibt es auf, damit er es nicht vergisst. Auf einmal ist es Morgen und über dem Hafen geht gold glühend die Sonne auf. Er hat die Nacht durchgemacht und einen neuen Song geschrieben. ›Set You Free‹.

Angus weiß, was zu tun ist. Das Duett mit Kat aufnehmen. Ihr durch die ersten Tage des unvermeidlich darauf folgenden Ruhms helfen. Und sie gehen lassen.

Wie ein richtiger Profi, der er vorgibt zu sein.

Kapitel 32

Joel hält seit zwanzig Minuten sein Handy in der Hand und überlegt, ob er Kat so früh am Morgen schon anrufen kann. Sie sind erst spät nach Hause gekommen, und wahrscheinlich ist sie nicht gleich eingeschlafen. Wenn überhaupt, falls ihre Nacht annähernd so war wie seine.

Sie mit Angus zusammen spielen zu sehen hat so viele Gefühle in Joel ausgelöst. Natürlich war er eifersüchtig, aber noch viel mehr als das. Er war beeindruckt. Ihr Talent war nicht zu leugnen – von beiden.

Mit ihrem Song steht ihnen auf jeden Fall Großes bevor, und, ob Kat es glaubt oder nicht, sie wird damit berühmt werden.

Joel vermutet, sie hat keine Ahnung, was auf sie zukommt. Wahrscheinlich hat sie irgendeine Teenie-Fantasie am Laufen, bei ihrem Abschlussball alle umzuhauen, indem sie mit einem Popstar auftaucht. Aber eigentlich weiß er, dass er Kat damit falsch einschätzt. Sie ist längst nicht so selbstbewusst, wie sie beim Singen rüberkommt. Wenn man ihr das Klavier wegnimmt, ist ihre Unsicherheit unübersehbar. Wie sollte sie jemals auf dem roten Teppich klarkommen? Würde Angus bei ihr sein und sie führen? Ihr die Hand halten? Alles für sie managen? Er wüsste sicher genau, was zu tun ist, wie mit den Medien umzugehen ist, was sie sagen und was sie nicht sagen soll – etwas, womit Joel Kat niemals helfen könnte, weil das alles für ihn genauso neu ist.

Vielleicht telefoniert Angus jetzt gerade mit ihr und geht mit ihr Lektion Nr. 1 des Star-Seins durch. Beantwortet ihre Fragen. Bringt sie zum Lachen …

Genau. Höchste Zeit, sie anzurufen. Nur, dass in der Sekunde, als er ihre Nummer wählen will, sein Handy klingelt.

»Kat?«

»Joel Isaacson?«, fragt eine Männerstimme.

»Ja. Wer ist da?«

»Hier ist Professor Edward Marsh vom Royal Prince Alfred Hospital.«

Der Professor Marsh? Einer von Australiens Top-Herz-Chirurgen? Was ist passiert? »Um wen geht's denn?«

»Um Sie, Joel. Ich rufe an, um Ihnen ein Angebot zu machen.«

Ah. Kat geht es gut. Es ist nicht Sarah. Reiß dich zusammen, Joel.

»Ah, okay. Entschuldigung. Ich dachte …«

»Ich mache es kurz«, sagt Dr. Marsh. »Ich habe Ihre Nummer von Ihrer Professorin. Ich habe sie gebeten, mir ihre drei besten Studierenden zu nennen, und Ihr Name war der erste auf der Liste.«

Ach so?

»Ich biete ein spezielles Praktikum an. Drei besonders intelligente, junge Studierende bekommen die Gelegenheit, sechs Monate lang alle möglichen Arten von chirurgischen Eingriffen zu begleiten. Sie sind zwar erst im dritten Studienjahr und damit noch nicht weit genug, selbst zu operieren, aber in Ihrem

Studienabschnitt ist diese Erfahrung unbezahlbar. Das Praktikum ist sehr lehrreich. Ihre Professorin hat sie wärmstens dafür empfohlen.«

Das ist ja der Wahnsinn!

Dr. Marsh fährt fort. »Es wäre eine große Verpflichtung. Viele Stunden zusätzlich zu Ihrem normalen Arbeitspensum. Aber solche Gelegenheiten sind selten. Sie sollten es sich gut überlegen.«

Joel kann es gar nicht richtig glauben. Professor Marsh hat recht. Die Anzahl der erstklassigen Krankenhäuser und Chirurginnen und Chirurgen ist im Gegensatz zu anderen Ländern wie Amerika in Australien ziemlich begrenzt. Solche Gelegenheiten ergeben sich eigentlich nur für Leute, die sich bereits in der Facharztausbildung befinden. Von so etwas hätte Joel nie zu träumen gewagt. Er fühlt sich privilegiert, allein, weil er gefragt wurde.

»Ich will ehrlich mit Ihnen sein, Joel. Ich würde Ihnen nicht raten, das Angebot anzunehmen, wenn Sie sich die nächsten sechs Monate nicht voll darauf konzentrieren können. Das Praktikum ist fordernd. Es ist kompliziert. Sie tragen eine Menge Verantwortung. Sie werden zusammen mit Ihrem Studium eine Sechzig-Stunden-Woche haben. Das müssen Sie sich gut überlegen. Ich brauche verlässliche, engagierte Mitarbeiter.«

Joel ist verlässlich. Er ist engagiert.

»Wenn Sie sich dazu entschließen, müssten Sie Ihr Sozialleben für ein halbes Jahr nahezu aufgeben. Sollten Sie in einer Beziehung sein, würde ich Ihnen raten, die Angelegenheit mit Ihrer Partnerin oder Ihrem Partner zu bereden. Es wird wenig Zeit für irgendetwas anderes geben.«

Joel überlegt. Ist er in einer Beziehung? Offiziell nicht. Aber in der Hinsicht, wie er auf alle möglichen Arten von diesem Praktikum abgelenkt werden könnte? Schon. Eigentlich hatte er gedacht, jede freie Minute außerhalb seines Studiums Kat zu helfen, durch die Turbulenzen der nächsten Monate zu kommen. Natürlich nicht, indem er ihr sagt, was sie tun muss, aber indem er für sie da ist, wenn sie ihn braucht. Das scheint sie immerhin zu wollen. Bisher.

Kat ist gerade mal siebzehn. Ohne Agentur. Sie nimmt mit einem der berühmtesten Popstars der Welt einen Song auf. In so einer Situation braucht man doch jemanden an der Seite. Und ihre Mum ist offenbar nicht für sie da ... Wenn Joel sie also nicht unterstützt und sie geschworen hat, niemandem von der Sache zu erzählen, bis der Song aufgenommen ist, wer bleibt dann noch? *Angus*. Der allgemein bekannte Aufreißer, der jede Woche in jedem Klatschblatt der westlichen Welt mit einer anderen abgebildet ist. Das ist wirklich kein beruhigender Gedanke.

»Joel? Gibt es irgendeinen Grund, warum diese Gelegenheit nicht in unserer beider Interesse sein sollte?«

Er *muss* das hier machen. Er muss einfach! Das ist genau die Gelegenheit, auf die Joel seit Jahren wartet. Und ist seine Karriere nicht genauso wichtig wie Kats? Sie sind noch nicht mal zusammen! Es ist gerade mal eine Woche her, dass sie sich zum ersten Mal begegnet sind. Könnte er sich so eine Chance entgehen lassen, für eine Chance mit Kat?

Er kann es nicht glauben, dass er tatsächlich schmerzlich versucht ist zu sagen: »Ja, es gibt da einen Grund ...«

»Joel, sind Sie noch da?«

»Professor Marsh, ich fühle mich geehrt. Bis wann brauchen Sie eine Antwort?«

»Bis morgen. Mein Assistent schickt Ihnen alle Informationen per E-Mail, und wenn Sie zusagen, können wir nächste Woche gleich den Papierkram erledigen. Was sagen Sie?«

Joel reibt sich die Stirn. »Klingt großartig.«

Einfach großartig.

Kapitel 33

Kat wählt Joels Nummer, aber es ist besetzt, und dann leuchtet ihr Handydisplay auf und ein Anruf von ›Bryce‹ wird angezeigt. Sie fällt tatsächlich vom Bett. Ernsthaft. Sie landet auf einem Klamottenhaufen auf dem Boden, und als sie sich aufgerappelt hat und ans Telefon geht, muss sie sich sehr zusammenreißen, um einigermaßen so zu klingen, als wäre es *überhaupt* nicht verstörend, dass Angus dran ist.

»Hallo, Angus!«

»Ach, bin ich froh, dass du rangehst«, sagt er. »Ich hatte schon befürchtet, dich gestern Abend verschreckt zu haben.«

Verschreckt? Nein. Das ist nicht das Wort, mit dem sie beschreiben würde, was für einen Eindruck er auf sie gemacht hat. »Natürlich nicht!«

»Gut. Wir müssen arbeiten.«

Stimmt. Arbeit. Zusammen einen Song aufnehmen. Im Geheimen.

»Und ich bin nicht mehr lange in der Stadt, von daher ist es einigermaßen dringend. Ich fürchte, das ist vielleicht ein schlechtes Timing, was deine Abschlussprüfungen angeht.«

Schule. *Ähem.* Ja.

Sie hat seit dem Unrequited-Konzert so gut wie keinen Gedanken mehr ans Lernen verschwendet, was ziemlich schlimm ist, wo sie doch extra den Vorbereitungskurs an der Uni besucht und einen richtig guten Abschluss machen will. Dafür muss sie in den Prüfungen hervorragend abschneiden, was eine Menge Lernen und eine MENGE Konzentration erfordert. Sie darf nicht zulassen, dass diese zufällige Gelegenheit zu singen ihren Plan A zerstört, auch wenn sie in dem Moment, als ihr dieser Gedanke durch den Kopf geht, erkennt, dass Plan A inzwischen zu Plan B geworden ist. Was ihre Mutter *dazu* wohl sagen wird?

»Ich würde dich gern wiedersehen, Kat. Heute, wenn's geht. Wir müssen einiges besprechen und regeln. Und wir müssen diesen Song auf die Reihe kriegen. Hast du Zeit?«

Hab ich Zeit? Lass mich kurz darüber nachdenken, Angus Marsden von Unrequited, der du mit mir zusammen Musik machen willst …

»JA, ich hab Zeit! Ich meine, eigentlich nicht. Es ist Dienstag, das heißt, ich hab eine Doppelstunde Mathe und dann schreibe ich einen Chemie-Test, dann ist Mittagspause, danach hab ich eine Freistunde und dann eine Doppelstunde Sport …«

»Schwänz Sport«, unterbricht Angus sie ohne zu zögern. »Treffen wir uns zum Mittagessen? Ich hab um vier Soundcheck.«

Genau. Na klar. Soundcheck. *Moment. Sport schwänzen?*

Kat hat noch nie, nicht ein einziges Mal in ihrer elfdreivierteljährigen Schullaufbahn, irgendeinen Unterricht geschwänzt. Nicht, um mit Freundinnen shoppen zu gehen. Nicht, um DVDs zu glotzen und Eis direkt aus der Packung zu löffeln, während ihre Mum noch bei der Arbeit war. Und ganz bestimmt auch nicht, um einen Popstar in seiner Hotelsuite zu besuchen, weil er vor seinem nächsten ausverkauften Konzert um vier Soundcheck hat und sie nicht, wie ein normaler Mensch, außerhalb der Schulzeit treffen kann.

»Komm schon, Kat. Sag nicht, du hast noch nie geschwänzt.«

Er hat ja keine Ahnung, was sie alles noch nie gemacht hat.

»Natürlich! Gott, Angus, für wen hältst du mich?«

Angus lacht. »Für ein Mädchen, das Angst davor hat, zum ersten Mal nachsitzen zu müssen. Hab ich recht?«

Könnte sein …

»Pass auf, es ist okay, Kat. Ich verstehe das. Und ich will dich auch wirklich nicht negativ beeinflussen, aber wir müssen an diesem Song arbeiten und wir haben einen sehr engen Zeitrahmen. Ich bin schon bald nicht mehr im Land. Soll ich Sushi bestellen?«

»Woher weißt du, dass ich Sushi mag?«

»Twitter …«

Kat ist froh, dass er nicht sehen kann, wie sie knallrot anläuft. Sie könnte ihre Schwestern umbringen.

Sushi? Nur sie beide? Sie ist jetzt schon total nervös und muss sich selbst in Erinnerung rufen, dass sie gerade erst vor acht Tagen Angus bei seinem eigenen Konzert noch komplett ignoriert hat. Auf unhöflichste Weise. Da war es noch leicht, selbstbewusst zu sein. Nicht vergessen: *Er ist ein ganz normaler Junge!* Wenn auch ein extrem berühmter, in den praktisch jedes Mädchen, das sie kennt, verknallt ist. Jedes außer ihr selbst, versteht sich.

»Okay«, sagt sie. »Ich bin gegen halb zwei da.«

»Gut. Und keine Sorge«, sagt er, »ich kann dir eine Entschuldigung schreiben …«

Kat lacht laut auf, aber da hat er schon aufgelegt.

Okaaay. Dann ist es jetzt abgemacht.

Sie, Kat Hartland, wird gegen die Schulregeln verstoßen …

Sie hält immer noch das Handy in der Hand, als es wieder klingelt, und sie geht ran, ohne nachzusehen, wer es ist.

»Ich weiß, ich weiß«, sagt sie, »du hast vergessen, den Namen meiner Sportlehrerin zu notieren. Sie heißt Miss Berger. Querfeldein-Lauf und Pünktlichkeit sind ihre …«

»Kat?«

Oh!

»Joel! Tut mir leid. Ich dachte, du wärst … wer anders. Ich hab grad noch mit Angus telefoniert.«

Kurz ist es still am anderen Ende, dann sagt Joel: »Kat, darfst du zum Mittagessen das Schulgelände verlassen? Wir müssen reden.«

WIR MÜSSEN REDEN. Was für ein schrecklicher, schrecklicher Satz.

»Was stimmt denn nicht?«

»Nichts, aber ich muss dir was erzählen. Mit dir über was sprechen. Ich dachte, ich kann dich vielleicht abholen und wir besorgen uns in der Nähe was zu essen? Sushi vielleicht?«

»Ich bring die beiden um!«

»Was?«

»Diese Twitter-Geschichte! Aber Joel, das Problem ist, ich treffe mich zum Mittag schon mit Angus. Er meint, uns läuft die Zeit davon, den Song aufzunehmen.«

»Wie willst du da in der Mittagspause hin- und zurückkommen? Hast du keinen Unterricht?«

»Ich fahre nicht zurück.«

Noch mehr Schweigen.

»Wir könnten uns um vier in der Stadt treffen«, schlägt sie vor. »Da hat Angus Soundcheck.«

»Um vier kann ich nicht, Kat. Ich hab da schon ein anderes Treffen. Darüber wollte ich unter anderem mit dir reden. Vielleicht morgen nach der Schule?«

»Da hab ich Probe. Mit Sarah. Wir könnten uns doch danach treffen? Vielleicht mit Sarah zusammen?«

Er schweigt kurz. »Ich glaub, das ist keine gute Idee. Wir überlegen uns was. Ich muss jetzt los. Ich hab um acht Vorlesung. Kat? Sei vorsichtig, ja?«

Sie würde ihn gern fragen, warum es keine gute Idee ist, dass er sie mit Sarah am Seymour Centre trifft, aber Joel hat bereits aufgelegt. Für jemanden, der nicht mit Sarah Elliott zusammen ist, verhält Joel sich ganz schön merkwürdig, wenn es um Sarah geht. Zwischen den beiden *muss* doch irgendwas sein, und wenn dem so ist, dann lügt er sie an.

Und das ergibt überhaupt keinen Sinn.

Kapitel 34

Chemie ist unter normalen Umständen schon schwer genug. Noch viel schwerer wird es, wenn du den Blick nicht von der Uhr reißen kannst, weil du die Minuten zählst, bis du fürs ›Mittagessen und eine Freistunde‹ die Schule verlässt, das heißt, die Schule schwänzt, um den heißesten Sänger der angesagtesten Boyband der Welt zu treffen. Zumindest wurde er in der letzten Ausgabe von Jess' und Annies *Total Girl* so beschrieben.

Kat und Lucy sind für das Experiment in einer Zweiergruppe. Als in der Reihe hinter ihnen ein Mädchen anfängt, einen Unrequited-Song zu summen, lässt Kat beinahe das Röhrchen mit Säure fallen.

Misstrauisch sieht Lucy sie an. »Was ist denn in dich gefahren, Kat?«, flüstert sie.

»Lucy! Katherine! Ruhe, bitte. Das hier sind Prüfungsbedingungen!«

Kat lächelt entschuldigend. Wenn sie ihrer Freundin doch nur erzählen könnte, dass ihre Nervosität rein gar nichts mit dem Chemie-Test zu tun hat, sondern vielmehr damit zusammenhängt, dass ihr Leben gerade auf aufregende, beängstigende Weise völlig außer Kontrolle gerät. Aber sie kann es ihr nicht erzählen.

Als Kat die Gleichungen auf dem Aufgabenblatt aufschreiben will, verschwimmen ihr die Buchstaben vor den Augen.

Was für eine Sprache soll das sein? Sie *kann* das. Sie ist eigentlich gut in Chemie – nur nicht, wenn in fünfzehn Minuten ihr Zug zum Quay geht, wo sie den Portier des Four Seasons Hotels bitten wird, ›Bryce Donovan‹ zu benachrichtigen, dass sie da ist.

Die letzten paar Minuten, bevor es klingelt, sind eine einzige Qual. Ist die Zeit stehen geblieben? Läuft die Zeit rückwärts? Und als es dann doch klingelt, bekommt sie Panik. *Warum musste es klingeln?* Auf einmal fühlt sich der Chemieraum wie der sicherste Ort auf Erden an, trotz der ganzen Chemikalien und der Tatsache, dass Kat derart neben sich steht, dass sie mit besagten Chemikalien wahrscheinlich noch aus Versehen die Schule in die Luft jagen würde, wenn sie auch nur noch eine Minute länger hierbleibt.

»Kat, was ist los?«, fragt Lucy, sobald sie auf dem Gang und auf dem Weg zu ihren Spinden sind. »Sag nicht ›Nichts‹. Du bist so was von hibbelig!«

Kat fühlt sich schrecklich. Lucy ist ihre beste Freundin. Sie haben keine Geheimnisse voreinander.

»Irgendwas ist doch. Du kannst mir nichts vormachen.«

Auch wenn Kat es nicht will, muss sie ihr etwas vormachen. Sie hat es Angus versprochen. Aber es fällt ihr schwer. Sie ist total neben der Spur deswegen. Zuerst ist sie am uniformfreien Tag mit Schuluniform zur Schule gekommen. Dann hat sie den Mathe-Test verhauen. Und vergessen, ihre Kunstaufgabe einzureichen, an der sie zwei ganze Monate gearbeitet hat.

»Ist es wegen dem Typen?«, fragt Lucy.

»Was? Wegen welchem Typen?«

»Der, von dem du mir nach dem Unrequited-Konzert erzählt hast. Für den du so intensive Gefühle hattest?«

»Ach ja.« Die hatte sie. Hat sie noch immer.

»Apropos, hast du die Tweets von Angus Marsden gesehen?«

Kat erschrickt. »Was für Tweets?«

»Die mit Elle.«

Ach so. »Ja, hab ich gesehen.«

»Was hältst du eigentlich von Angus?«, fragt Lucy.

Was ich von Angus halte? »Ich weiß nicht?«

»Du musst doch eine Meinung über ihn haben!«

Kat blickt an ihr vorbei. Wie kommt sie da jetzt bloß raus? »Luce, was soll das? Er ist kein Politikum. Ich brauche keine Meinung über ihn zu haben. Außerdem muss ich jetzt los. Ich hab einen Termin. Am liebsten …« Sie wollte schon sagen, am liebsten würde sie ihn abblasen, aber das stimmt nicht ganz. Kat ist ziemlich aufgeregt wegen der ganzen Sache, aber sie will sie auf jeden Fall durchziehen. »Es ist alles okay. Versprochen.«

Lucy wirkt verletzt, und Kat fühlt sich furchtbar deswegen. Sie will nicht, dass es zwischen ihnen so kompliziert ist. Und das hier ist wahrscheinlich erst der Anfang, falls …

Falls was? Falls ihr Song mit Angus ein Erfolg wird? Falls der Song sich zu einer Platin-Schallplatte entwickeln sollte oder … der Grundstein zu ihrem Debutalbum wird? Kat wagt es kaum, davon zu träumen. Schließlich geht sie noch zur Schule! Es scheint so unerreichbar zu sein: der Tagtraum eines Mädchens, das bisher fast nur unter der Dusche gesungen hat, mit einer Shampoo-Flasche als Mikrofon. Egal, wie sehr sie dies im Geheimen immer gewollt hat, es kommt ihr vor wie ein riesengroßer Sprung.

Kapitel 35

Angus öffnet lächelnd die Tür. »Da bist du ja. Ich hab schon befürchtet, du kneifst.« Er bemerkt das ›House Captain‹-Abzeichen am weißen Kragen ihrer Schuluniform, nickt beeindruckt und sagt: »Ich hoffe, sie kommen einen Nachmittag lang ohne dich klar.«

Offenbar guckt Kat genauso entsetzt, wie sie sich gerade fühlt. Denn Angus entschuldigt sich sofort, und sagt, dass er sie bloß habe aufziehen wollen. Er fragt, ob er ihre Schultasche nehmen kann.

Doch Kat hat sie bereits neben der Tür abgestellt, zusammen mit ihrer Sporttasche, als wäre sie hier zu Hause.

»Tut mir leid«, murmelt sie. Sollte sie die Sachen wieder aufheben? Hat er einen speziellen Ort für so was? So wie ihre Mum?

Angus erklärt ihr, Regel Nr. 1 für Popstars lautet, sich nur für wirklich Wichtiges zu entschuldigen. »Bei mir reinzuschneien, als wärst du hier zu Hause, ist überhaupt kein Problem«, sagt Angus lächelnd. Wieder fühlt Kat sich angegriffen und wieder erklärt er, dass er sie bloß aufzieht, und fragt, ganz Gentleman, ob sie etwas trinken möchte. Also sucht sie in ihrem übersensiblen Zustand nach ihrem Sinn für Ironie und Humor, denn offenbar nimmt sie das alles viel zu ernst.

Angus steht da und sieht sie an. Wartet er darauf, dass sie

endlich die Kurve kriegt? Vielleicht. Es macht Kat nur noch nervöser, und wenn sie nervös ist …

»Kann ich mal aufs Klo?«, platzt Kat heraus. Angus zeigt wortlos über den Flur und sie eilt ins Bad. Schwer atmend sieht sie sich um. Das Bad ist RIESIG. Größer als ein Wohnzimmer, mit einem Klo, einem Bidet, einem Whirlpool, einer Doppeldusche … sie stellt sich vor, dort zusammen mit ihm … HÖR SOFORT AUF, KAT! *Atme!*

Okay. Operation RUNTERKOMMEN. Schnell geht sie zum Waschbecken und spritzt sich etwas Wasser ins Gesicht, dann blickt sie in den Spiegel. *Argh!* Könnten ihre Haare noch schlimmer aussehen? Hat sie sich heute Morgen überhaupt gebürstet? Was hat sie sich nur dabei gedacht, in der Hotelsuite eines Popstars aufzutauchen und auszusehen, als hätte sie Sport überhaupt nicht geschwänzt, sondern als wäre sie gerade drei Kilometer gerannt. Durch eine Hecke. Rückwärts.

Natürlich hat Kat keine Bürste dabei. Oder, doch, sie hat eine, in ihrer Schultasche neben der Tür, aber sie kann jetzt kaum rausgehen und sie holen. Wie würde das aussehen? Ob sie seinen Kamm benutzen darf? Hmm. Und ihr *Gesicht*? Oh Gott! Ist das ein Pickel? Sie wäscht sich das Kinn und – es geht ab! Juhu! Obwohl, *Mist* – das heißt, sie ist mit einem Tomatensoßenfleck von den Würstchen in Blätterteig, die sie zum Mittagessen in sich reingeschlungen hat, hier aufgetaucht. Der so aussah wie ein Pickel. Wirklich? Sie hat es hier mit einem A-Promi zu tun!

Kat putzt sich mit dem Zeigefinger die Zähne. Das hat sie noch nie gemacht, aber in Filmen machen das die Leute immer, wenn sie in einer Situation wie dieser landen. Nicht, dass sie jemals im Film jemanden in einer auch nur *annähernd* ähnlichen Situation gesehen hätte.

Es sind bestimmt schon fünf Minuten vergangen, und Kat muss immer noch aufs Klo. Aber jetzt kann sie nicht mehr gehen. Sie hat das Zeitfenster verpasst. Es ist viel zu spät, jetzt noch aufs Klo zu gehen. Er wird die Spülung hören und denken, sie hätte so lange gebraucht.

»Alles okay da drin?«, ruft Angus vorsichtig durch die Tür.

»Ja, klar! Tut mir leid, bin in einer Minute da. In zehn Sekunden. Ich äh … wasch mir nur noch mal die Hände.«

Musste sie wirklich eine genaue Zeitangabe machen? Schnell zieht sie das Haargummi vom Zopf, und es zerreißt! *Nein!* Er wird denken, sie hätte für *ihn* die Haare geöffnet! Dunkelbraune Wellen fliegen in alle Richtungen, und an der Stelle, wo das Haargummi saß, ist eine Delle. Kat sieht aus wie auf einem ›Vorher‹-Bild aus der Shampoo-Werbung! Hektisch fährt sie sich mit nassen Fingern durch die Haare, um sie etwas zu bändigen, aber es ist, als würde sie versuchen, Liegestühle auf der Titanic zu verrücken. Ein rettungsloses Unterfangen! Dafür sieht sie jetzt aus, als wäre sie gerade aus einem Regenschauer gekommen.

Kat ist überhaupt nicht ruhig. Und sie muss dringend aufs Klo.

Als sie schließlich aus dem Bad kommt, tut sie so, als wäre nichts, und nimmt einen großen Schluck von der Orangensaftschorle, die Angus ihr hinhält. Sie rechnet sich aus, dass sie nur noch zwei Stunden und fünfundzwanzig Minuten durchhalten muss, bis sie auf dem Weg nach draußen unten in der Lobby auf die Toilette gehen kann. Das ist doch sicher machbar.

Angus blickt auf ihre Haare. Er blickt auf ihr Kinn (großartig – er hatte den ›Pickel‹ bemerkt!). Dann fragt er: »Hast du Lust, was Besonderes zu sehen?« Was auch immer das sein soll.

Angus nimmt die weiße Schlüsselkarte fürs Zimmer und sagt: »Komm. Es wird dir gefallen!«

Gemeinsam verlassen sie die Suite und Angus führt sie über den Flur zu einer abgeschlossenen Tür. Er fischt die Schlüsselkarte aus der Hosentasche, und mit einem Klick geht die Tür auf. Als sie am Ende der Treppe angelangt sind, stehen sie vor einer weiteren Tür, die tatsächlich aufs Hoteldach führt. Wo sie allein sind.

»Wir haben es gemietet!«, sagt Angus, nicht ohne Stolz in der Stimme.

Was gemietet?, fragt sich Kat. Dann sieht sie den Haufen Kamerazeug unter einem Zelt. Requisiten. Mikrofonständer.

»Niemand sonst kommt hier rauf. Was sagst du zur Aussicht?«

Oh, sie haben die Dachterrasse gemietet, was sonst! Kat fragt sich, warum Angus sie hier raufgebracht hat …

Er ist so entspannt. Sie bewundert den Ausblick – übertrieben enthusiastisch, dafür dass sie schlimme Höhenangst hat, die sie jetzt vielleicht erwähnen sollte. Angus steht direkt am Rand und winkt sie zu sich, weil unten auf dem Rasen vor dem Museum of Contemporary Art offenbar ein Festival stattfindet.

»Komm, sieh dir das an! Würdest du nicht gern mit dem Riesenrad da unten fahren?«

Nein, würde sie nicht. Das letzte Mal, als Kat Riesenrad gefahren ist, hatte sie eine Panikattacke. Die Zwillinge mussten unbedingt mit der Gondel schaukeln, und Kat hat sich tatsächlich in Embryonalstellung zitternd auf den Boden gelegt. Sogar jetzt, wo sie nur daran denkt, hat sie schon wieder das Gefühl, die Welt würde kopfstehen.

Der Gedanke, zu Angus an den Rand des Dachs zu gehen und über vierunddreißig Stockwerke in die Tiefe zu blicken, ist in so vielerlei Hinsicht furchterregend, dass sie es einfach nicht schafft. Wie angewurzelt steht sie da.

»Ich vermisse die Zeit, als ich so was einfach machen konnte«, sagt Angus gedankenverloren.

»Äh, was machen?«

»Ich kann ohne Bodyguard das Hotel nicht verlassen. Ich würde keine fünf Meter weit kommen, ohne überrannt zu werden. Fans. Kameras. Es gibt für mich kein normales Leben mehr. Keinen Platz zum Atmen. Deswegen bin ich so gern hier oben.«

Kat fühlt mit ihm mit. Wirklich. Aber gerade hat sie selbst ein größeres Problem als Angus Marsdens existenzielle Krise. Nämlich die sehr reale Krise eines Schwindelanfalls. Sie wird jeden Moment umkippen. Allein, ihn in der Nähe des Geländers stehen zu sehen, lässt sie taumeln.

»Kat, was machst du da?«

Alles fängt an, sich zu drehen. Schnell. Kat verliert jedes Gefühl für oben und unten, wie schon so oft zuvor. Im Riesenrad, im gläsernen Aufzug eines Wolkenkratzers, auf dem Baumwipfelpfad im Regenwald in Queensland …

Angus scheint eine Ewigkeit zu brauchen, bis er bei ihr ist. Dann fühlt sie seine Arme um die Taille. Sie würde dagegen protestieren, denn, mal ganz ehrlich, wie peinlich ist das hier, bitte? Aber es ist ihre einzige Chance, wieder reinzukommen, ohne hinzufallen. Sie wünschte, es wäre so romantisch, wie es klingt, aber das ist es wirklich nicht. Kat fühlt sich, als wäre alles Blut aus ihren Gliedern gewichen.

»Hast du irgendwas genommen?«, fragt Angus besorgt.

»Was? *Nein!*« Er denkt, Kat hätte Drogen genommen? Ausgerechnet Kat!

»Es ist nur … na ja. Du warst so lange im Bad. Und jetzt das?«

Mit jeder Sekunde wird es ihr unangenehmer. »Nein, ich hab Höhenangst. Ist nicht das erste Mal, dass mir das passiert.«

Er hält sie. In etwa einem Meter Entfernung steht ein Liegestuhl aus Holz. Vorsichtig setzt Angus Kat darauf ab, während sie versucht, wieder zu sich zu kommen.

»Ist okay«, sagt Angus, »das geht vorbei. Soll ich dir irgendwas holen?« Er macht sich wirklich Sorgen. Wie peinlich. Am liebsten würde Kat die letzte halbe Stunde ungeschehen machen und noch mal von vorn anfangen.

»Erinnerst du dich an die Schwebebühne auf dem Konzert?«, fragt Angus. »Die ersten paar Male, als wir da drauf waren, war ich wie gelähmt.«

Echt? Das kann nicht sein …

»Das sagst du doch nur, um nett zu mir zu sein. Ich hab dich doch gesehen. Du hast dich noch nicht mal festgehalten!«

»Glaub mir, die ersten paar Male hab ich mich mit beiden Händen am Mikrofonständer festgeklammert. Der Choreograf hat mir ins Ohr gebrüllt, dass ich die Fans anlächeln und winken soll. Ich dachte: Winken? Will der mich verarschen? Auf keinen Fall lasse ich das Ding los! Ich glaub, einmal hab ich mich sogar an Alex festgehalten, als die Bühne anfing, ein bisschen zu schwanken.«

Auch wenn Kat gerade absolut nicht an eine Schwebebühne denken mag, ist die Geschichte trotzdem beruhigend. Dass Angus seine Angst überwunden hat und jetzt so selbstverständlich auf der Schwebebühne steht, macht ihr Hoffnung. Und sie findet es erstaunlich, dass er ihr so offen davon berichtet.

»Danke fürs Erzählen«, flüstert Kat.

»Wir haben doch alle vor irgendetwas Angst.«

Seit mindestens zehn Minuten sitzen sie da, während Kat versucht, ruhig zu atmen und ihren Sinn für oben und unten wiederzuerlangen. Vielleicht hat sie auch nach fünf Minuten schon einen ruhigen Atem, aber sie lässt sich nichts anmerken, denn er gibt zur Ablenkung mal Geschichten aus seinem Leben zum Besten, und Kat könnte ihm ewig zuhören.

Angus ist so bescheiden. Er erzählt ihr keine tollen Storys von seinem Ruhm. Es geht nur um seine Familie, seine Heimatstadt in England und wo er in London zur Schule gegangen ist. Und wie sehr er die Zeit vermisst und die Menschen von damals.

Die Sonne tanzt auf seinem dichten braunen Haar und er hält sich schützend die Hand vor die Augen. Kat wünschte, er müsste die Augen nicht verdecken.

»Guck dir die ganzen Gebäude an«, sagt Angus plötzlich. »Manchmal sieht man Leute in den Büros, vor allem abends, wenn das Licht angeht. Fragst du dich nie, was für ein Leben andere führen?«

Kat fragt sich eher, was *er* für ein Leben führt, jetzt gerade, und das sagt sie ihm auch. »Bist du glücklich, Angus?«

Das lässt ihn aufhorchen. »Was für eine lustige Frage.«

»Und?«

Er wendet den Blick ab. »Ja, ich bin glücklich. Dieses Leben ist toll. Allein das Reisen ist etwas, was ich mir sonst nie hätte vorstellen können. Es ist so eine großartige Möglichkeit …«

»Ich weiß«, sagt Kat. »Genau dasselbe hast du auf der DVD erzählt, die meine Schwestern ständig gucken. Standen die Zeilen so im Drehbuch?«

Angus lacht verlegen. »Dir scheint's wieder besser zu gehen.«

Okay. Er will nicht drüber reden. Kat lässt ihn noch mal davonkommen, aber irgendwann würde sie dieses Gespräch gern fortführen. Sie muss es, wenn sie auch nur darüber nachdenken will, einen ähnlichen Weg einzuschlagen.

»Komm, wir gehen wieder runter«, schlägt Angus vor und hält ihr die Hand hin, um ihr aufzuhelfen. Ohne zu zögern nimmt Kat sie, und er zieht sie hoch. Ihr Gleichgewicht ist fast wieder da, aber doch noch nicht ganz, denn sie stolpert ein bisschen gegen ihn. Natürlich nicht mit Absicht. Er hält sie an den Oberarmen – schiebt sie sanft von sich, hält sie durch den dünnen karierten Stoff ihrer Schuluniform und sieht sie mit unergründlichen Augen an. Gerade lang und intensiv genug, dass Kat sich fragt, ob er darüber nachdenkt …

Da lässt er sie los. Okay, dann hat er also nicht darüber nachgedacht, sie zu küssen. Ihre Fantasie ist bloß mit ihr durchgegangen!

Unten verschwindet sie (ein zweites Mal) im Bad und geht diesmal tatsächlich aufs Klo. Dann betrachtet sie sich wieder im Spiegel und stellt fest, dass es schlimmer nicht kommen könnte. Sie kann sich tatsächlich nicht noch mehr blamieren. Vielleicht kann sie sich jetzt also einfach entspannen.

Zurück im Zimmer, bittet Angus sie, sich neben ihn auf den Klavierhocker zu setzen. »Du hast mich inspiriert«, sagt er. »Auf der Dachterrasse. Ich muss das nur kurz aufschreiben …« Und dann fängt er an zu spielen und singt dazu.

Don't you ever wonder
About other people's lives
Wonder who they really are
Looking in from outside.
What would have happened
If you'd made another choice
If you thought of something different
Just before you raised your voice?

From up here
It's too easy to fall
From up here
How do I make the call?
If I had wings to unfold
If I didn't need to hold on
I could know
This plunging slow
Vertigo.

Die nächsten vier Minuten spielt er mit der Melodie und dem Text herum, und jeder Zweifel, den Kat jemals an Angus Marsdens Musikalität hatte, verfliegt. Sie hat sich ganz schön in ihm geirrt. Vielleicht war ihre Frage auf der Dachterrasse auch nicht fair. Er *ist* glücklich. Zumindest, wenn er Musik macht.

»Was sagst du?«, fragt er in die Stille hinein.

»Ich wünschte, ich hätte es geschrieben.«

Er lächelt, als würde er das Gefühl kennen. Er weiß, was für ein Kompliment das für einen Musiker ist.

»Dann lass uns doch den Song üben, den du geschrieben *hast*«, sagt Angus mit diesem Lächeln, von dem Mädchen in aller Welt schwärmen. Und das er jetzt auf *sie* gerichtet hat. Voll Karacho! Entweder hat Kat den Schwindelanfall noch nicht ganz hinter sich oder sie wird krank. Oder sie muss sich irgendeinen Schutzschild gegen Angus Marsden zulegen, denn schon allein sein Blick verursacht ihr eine Gänsehaut.

Angus fährt fort, als hätte er überhaupt keine Ahnung, was er mit ihr macht, auch wenn Kat wettet, dass er es ganz genau weiß. »Ich denke allerdings, wir sollten ihn nicht zu oft üben, bevor wir ihn aufnehmen. Wir sollten die Spontaneität bewahren, oder? Ein Teil dessen, was den Zauber des Songs ausmacht, war ja, dass er beim Spielen erst entstanden ist.«

Das findet Kat auch. Sie wollen gerade anfangen, als es ärgerlicherweise an der Tür klopft. Angus wirft Kat einen Blick zu, und sie weiß sofort, was zu tun ist. Niemand darf wissen, dass sie hier ist. Schnell läuft sie zum nächsten Zimmer, zieht die Tür bis auf einen schmalen Spalt hinter sich zu und beobachtet, wie er ihre Schultaschen aufhebt und in einem Schrank neben der Eingangstür versteckt. Dann blickt er sich um, um sicherzugehen, dass es auch wirklich keine Hinweise auf ihre Anwesenheit hier gibt. Einerseits findet sie das furchtbar. Andererseits ist es aber auch ziemlich *aufregend*.

Sie war allerdings nicht darauf vorbereitet, wer vor der Tür stehen würde. Als die Tür aufgeht, muss Kat sich tatsächlich festhalten, um nicht hintenüberzufallen. Gerade, wo sie es geschafft hat, sich in Angus' Gegenwart zu entspannen, muss das passieren.

Kapitel 36

»Cassidy!«, sagt Angus angespannt.

Oh Gott! Ich habe ein Schulmädchen im Schlafzimmer! Cassidy wird Kat umbringen – und mich! Ich MUSS Cassidy loswerden!

Über Cassidys Schulter hinweg sieht Angus, wie Zachs Zimmertür gegenüber leise zugeht. Hmm. Er wird Zach noch dafür erwürgen, dass er Cassidy einfach reingelassen hat! Wie immer ist sie total overdressed – eine Werbetafel auf zwei Beinen, die für gleich mehrere Designer auf einmal wirbt. Und so viel weiß Angus über Mädchen in dem Alter: Kat wird sich im Vergleich mit Cassidy sofort unsicher fühlen. In ihrer Schuluniform mit dem ›House Captain‹-Abzeichen und den abgetragenen schwarzen Schuhen – wobei sie in dem Look verdammt cool aussieht.

»Angus, wir haben keine Zeit für Small Talk. Wir müssen reden«, verkündet Cassidy, läuft schnurstracks an ihm vorbei und wirft ihre Gucci-Tasche aufs Sofa, als würde sie hier wohnen.

Hat hier irgendwer mit Small Talk angefangen? Es muss ihm irgendwie entgangen sein.

Angus sieht zur Schlafzimmertür – ein Fehler. Sofort folgt Cassidy seinem Blick. Er versucht, sie abzulenken, indem er an die bodentiefen Fenster herantritt. Aus Erfahrung weiß Angus, dass Cassidy mit dem Blick in die Tiefe sehr viel besser fertigwird als Kat. Schließlich war er gerade erst vor Kurzem mit ihr auf einem Balkon gefangen.

»Schöne Stadt, oder?«, sagt er im krampfhaften Versuch, ein Gespräch mit ihr anzufangen. Cassidy zieht eine Grimasse. Dann scheint sie sich zu erinnern, warum sie hier ist. Ihre Gesichtszüge werden weicher, aber Angus kauft ihr das Manöver nicht eine Sekunde lang ab. Als Nächstes wird sie … genau. Sie wirft sich die langen, roten Haare über die Schulter, während sie … *Ha! Er wusste es!* Sie senkt die Augenlider und sieht ihn sehnsüchtig an. Angus fällt schon seit zwei Jahren nicht mehr darauf rein, aber sie klimpert immer weiter mit den Wimpern, als könnte sie damit letztendlich doch noch sein Herz erobern.

Was ihr nicht gelingen wird.

»Okay«, seufzt Cassidy, »du musst was wegen deiner Fans unternehmen.«

»Hä?«

»Sie hassen mich.«

»Hassen ist vielleicht etwas übertrieben, Cassidy …«

»Ich meine, ich weiß, dass sie eifersüchtig wegen uns sind …«

Es gibt kein ›uns‹.

»Überall die Fotos von uns beiden …«

Die du verbreitest!

»Es ist ja nicht zu übersehen, dass die Chemie zwischen uns einfach stimmt …«

»Ach ja?« (Das sagt er laut, bevor er sich zurückhalten kann.)

»Komm schon, Angus. Hör auf rumzualbern. Du fühlst es doch auch.«

Und wie um es zu beweisen, macht sie einen Schritt auf ihn zu und legt ihm eine Hand auf die Brust. Ihre viel zu vielen

Armreifen klimpern, während sie die Finger über seine Schulter und in seinen Nacken gleiten lässt. Was, hat sie etwa vor, ihn zu küssen? Auf keinen Fall! Nicht vor Kat. Sowieso überhaupt gar nicht.

»Cassidy, hör auf damit. Sofort.«

Aber zu spät. Im Bürogebäude gegenüber blitzt etwas auf. Dann folgen noch mehr Blitze.

»Hast du die bezahlt?«, fragt Angus inzwischen richtig wütend. Genervt zieht er ihre Hand aus seinem Nacken. »Das muss *aufhören*! Wir sind nicht zusammen. Wir waren nie zusammen. Und wir werden auch nie zusammen sein.«

»Aber *ich liebe dich*, Angus!«

Er kann es nicht glauben. Und er kann nicht glauben, dass im Schlafzimmer gerade etwas ziemlich Großes und Teures mit lautem Krachen zu Bruch geht.

Cassidy dreht den Kopf und runzelt die Stirn.

Das wird nicht schön.

Kapitel 37

Was hab ich nur GETAN?, denkt Kat, als sie zwischen den Bruchstücken einer riesigen, RIESIGEN Tischlampe steht. *Und wer hat überhaupt so riesige Lampen?*

Angus kommt ins Zimmer gerannt und sieht die Scherben. »Alles okay? Was ist passiert?«

Direkt hinter ihm steht Cassidy Moore, die ausnahmsweise mal alles andere als gelassen wirkt. Verwirrt, entsetzt und noch viel verwirrter … Und kritisch, wenn man nach dem herablassenden Blick geht, mit dem sie Kat bedenkt.

»Wer ist das?«, keift sie und betrachtet abschätzig Kats Haare.

Angus ignoriert sie. »Hast du dich verletzt?«

»Nein. Mir geht's gut. Es tut mir so leid, Angus. Ich weiß gar nicht, wie das passiert ist. Ich bin einfach nur vorbeigegangen … Ich komme natürlich für den Schaden auf.« (Nicht, dass sie wüsste wie.)

Angus winkt ab, geht über die Scherben hinweg zum Telefon und ruft den Hotel-Service an. Cassidy schaut auf das ungemachte Bett, das Mädchen im Zimmer, und sieht aus, als würde sie eins und eins zusammenzählen und sich eine Schlagzeile dazu ausmalen.

»Es ist nicht so, wie es aussieht«, erklärt Kat schnell.

»Es ist egal, wie es aussieht«, sagt Angus und legt ihr beruhigend die Hand auf die Schulter. »Du hast nichts verkehrt gemacht. Kann ich dir noch mit irgendwas helfen, Cassidy? Wir haben zu tun.«

Cassidy ist sprachlos vor Wut. *Sprachlos.* Sie läuft so schnell aus dem Zimmer, als wäre sie versehentlich Zeugin eines Mords geworden, nimmt ihre Tasche und knallt die Tür hinter sich zu.

In der darauffolgenden Stille beobachtet Kat, wie Angus seelenruhig das Chaos betrachtet, und ihr wird klar, wie meilenweit entfernt von der Realität das hier gerade ist. Sie befindet sich im Schlafzimmer eines Popstars. Na ja, eigentlich *zerstört* sie das Schlafzimmer eines Popstars. Und er steht einfach nur da, neben ihr, und ist total geduldig und verständnisvoll. Und sehr, sehr gut aussehend. Also, *weit mehr* als überdurchschnittlich gut aussehend. Es ist eigentlich ziemlich lachhaft … Und romantisch.

Bis Angus fragt: »Soll ich Sushi bestellen?«

Sushi? Jetzt? »Was ist mit dem Chaos hier?«

»Es kommt gleich jemand, um das zu beseitigen.«

»Ja, aber sollte ich das nicht …«

Er lächelt, als wäre Kat ein bisschen schwer von Begriff. Was auch stimmt. »Das Hotel wird nicht wollen, dass wir die Scherben aufsammeln«, erklärt Angus geduldig. »Wenn wir uns daran schneiden, könnten wir das Hotel verklagen.«

Kat fragt sich, ob für Menschen wie Angus alle Nachmittage so sind. Kein Sportunterricht. Keine Hausaufgaben. Keine Schuluniform. Jemand, der hinter dir aufräumt, wenn du unglaublich teure Lampen auf dem Boden zertrümmerst.

Ihr Blick wandert zu dem Buch auf dem Nachttisch. Ist das etwa *Stolz und Vorurteil*?

»Was ist das?«, fragt sie, nimmt es in die Hand, setzt sich

gedankenverloren auf die weißen Laken des ungemachten Betts und blättert durch die Seiten.

Einen Moment lang sagt Angus nichts, dann setzt er sich neben sie und antwortet ganz ernst: »Äh, das ist ein Buch, Kat. Habt ihr so was in Australien nicht?«

Kat lacht laut und schlägt ihm mit dem Buch auf den Arm. »Was macht es hier?«

»Das ist mein schmutziges, kleines Geheimnis«, erwidert er verschwörerisch.

»Dein schmutziges, kleines Geheimnis ist, dass du ein heimlicher Fan von Jane Austen bist?«

Angus lacht. »Ich meine es ernst, Kat. Wenn ich dir davon erzähle, versprichst du mir, dass du es niemandem sagst?«

Wow. Okay. Geständnisse eines Popstars. Kat versucht, nicht zu neugierig auszusehen.

»Das ist einfach ein Teil meines Privatlebens, den ich versuche, ›normal‹ zu halten«, erklärt er. »Deswegen erzähle ich niemandem davon. Ich mache einen Bachelor of Arts. Es ist ein Fernstudium an der Uni London.«

Er macht *was*?

»Kein Grund, so zu gucken!«

Verwirrt schüttelt Kat den Kopf. »Tut mir leid! Ich wollte nicht … Ich meine, das ist einfach nicht die Art von Bettlektüre, die ich auf dem Nachttisch eines Popstars erwarten würde.«

»Na ja, ich schätze mal, normalerweise bist du nicht so oft in Schlafzimmern von Popstars, woher willst du das also wissen?«

Sie merkt, wie sie rot wird. Und zunehmend verwirrt.

»Du hast ein bisschen was von Lizzy Bennet, Kat. Immer vorschnelle Urteile über den Helden fällen.« Er zwinkert.

Kat weiß nicht, was sie sagen soll. Er hat recht. Was sie allerdings weiß, ist, dass sie beide gerade zusammen auf einem ungemachten Bett sitzen. Angus scheint ihre Gedanken zu lesen, während sie nervös am Saum ihrer Schuluniform herumfingert.

Was jetzt? Sie sitzen so nah nebeneinander und er sieht sie einfach nur an. Angus ist so schön. Er ist ein internationaler Star. Er schreibt Songs mit ihr. Er macht einen Bachelor of Arts an der Uni London und vertraut ihr seine Geheimnisse an. Wird er sie küssen? *Will sie es?*

»Ich will dir einen Mustervertrag zeigen und ein paar Rechtssachen mit dir besprechen«, sagt Angus dann ganz sachlich.

Okay. *Natürlich.* Vielleicht ist er doch nicht der Herzensbrecher, als den ihn die ganzen Zeitschriften immer darstellen. Oder er hat seine Meinung über Kat geändert, jetzt wo er sie kennengelernt hat. Wie auch immer, kurz darauf sitzen sie auf dem Sofa, essen Sushi und reden über Tantiemen und Urheberrecht und Auslandslizenzen. Denn das ist jetzt offenbar Kats Leben.

Kapitel 38

Sarah ist höchst angespannt, als sie zur Probe von *Legally Blonde* geht. Sonst ist sie nie so bei den Proben. Nicht, dass die Probe selbst irgendwas mit ihrer Angst zu tun hätte oder der Tatsache, dass sie lieber im Schlafanzug zu Hause auf dem Sofa faulenzen würde.

Heute Nachmittag hat sie mit Joel über sein Praktikum geredet. Sie freut sich sehr für ihn, auch wenn sie eine halbe Stunde lang darüber nachgedacht hat, *warum* eigentlich. Ist es aufrichtige Freude über diese großartige Chance, oder freut sie sich, weil er jetzt nicht mehr ständig für Kat auf Abruf bereitsteht?

Sarah hat ein ganz schlechtes Gewissen, so über Kat zu denken. Das Mädchen kann ja nichts dafür. Sie hat nicht darum *gebeten*, Joel zu begegnen. Sie hat ihn nicht *gezwungen*, sich in sie zu verlieben. Sie wusste nicht, dass Sarah ihn kennt, geschweige denn, was sie für ihn empfindet.

Und Kat ist wirklich nett, was man von Sarah gerade nicht unbedingt behaupten kann. Es ist ganz schön lange her, dass sie zuletzt derartige Selbstzweifel gehabt hat. Sie ist eifersüchtig und traurig und ist immer noch nicht darüber hinweg, dass sie die Sache mit Kat vor Joel geheim gehalten hat, auch wenn er ihr anscheinend vergeben hat. Und sie muss sich jetzt an ein Leben ohne den Freund gewöhnen, den sie sich mehr als alles andere wünscht. Es ist hart. Eigentlich unmöglich.

Was das Ganze noch schlimmer macht, ist, dass niemand es *kapiert*, wie hart es ist. Alle sagen immer: »Du hast so ein Glück!« und »Dir fällt alles zu!« und »Wollen wir nicht tauschen?«

Sarah schließt in der Umkleide ihre Tasche ein und geht in den Proberaum. Wenn die Leute wüssten, wie schlecht es ihr gerade geht, würde niemand mit ihr tauschen wollen. Wenn sie wüssten, wie Sarah gerade in der falschen Tonart herumstolpert, in der ›beste Freunde‹-Schiene gefangen, mit dem einen, den sie in Wirklichkeit liebt. Dieses Musical ist ihre einzige Ausflucht, bis auf …

Oh! Da ist sie! Kat! Sie sitzt mit den anderen zusammen auf der Bühne und tut so, als würde sie der Regisseurin zuhören. Doch Sarah fällt nicht darauf herein. Kats geistesabwesender Gesichtsausdruck verrät, dass sie absolut nicht bei der Sache ist. Und warum sollte sie auch? Es ist, als hätte sie das Nest bereits verlassen, aber niemand der anderen hat es mitbekommen. Niemand weiß, dass Kat entdeckt wurde. Es ist unglaublich aufregend! Aber Kat muss ganz gelassen tun. Was ihr auch gelingt, bis sie Sarah bemerkt, dann wird sie auf einmal nervös. Sie läuft knallrot an und weiß nicht mehr, wo sie hingucken soll. Unruhig rutscht sie umher, und dann versucht sie, still zu sitzen, woraufhin sie noch gequälter wirkt.

Warum? Weiß sie irgendwas? Hat Joel es ihr erzählt? Oh Gott. Joel, bitte sag nicht, du hast es ihr erzählt …

»Sarah! Da bist du ja. Fangen wir an!«, ruft die Regisseurin begeistert, und alle stehen auf, räumen die Bühne und warten auf ihren Einsatz. Kat zieht mit dem Chor von dannen, was Sarah *so* ironisch findet, wo Kat demnächst richtig groß rauskommen wird.

Sarah ist erleichtert, als die Probe endlich losgeht. Jetzt kann sie eine Rolle spielen. Sie kann dem echten Leben für eine Weile entkommen.

In der Pause macht Sarah sich in der Teeküche einen Kaffee, als auf einmal Kat auf sie zukommt. Sarah weiß nicht, wer von beiden verlegener ist. Egal wer – das Gespräch, das jetzt kommt, steht auf jeden Fall ziemlich weit unten auf der Liste von wünschenswerten Ereignissen in Sarahs Leben.

»Hey Kat, wie geht's?«

»Ganz gut. Und dir?«

Sarah weiß nicht so genau, wie sie darauf antworten soll. Sie kann Kat ja wohl kaum erzählen, dass es ihr schlecht geht, weil Joel sich in sie verknallt hat. Sie kann ihr genauso wenig erzählen, dass sie neidisch auf sie ist wegen Kats bevorstehender Musikkarriere. Kat hat schließlich keine Ahnung, dass sie irgendwas davon weiß. Also sagt Sarah bloß: »Gut, danke.« Was für eine riesengroße Lüge.

»Sarah, ich weiß nicht, wie ich es ansprechen soll oder ob überhaupt …«

Kat wirkt furchtbar gequält.

»Ähm, ich weiß, dass du und Joel Isaacson sehr gute Freunde seid. Mindestens …«

Mindestens?

»Ich sag es einfach, okay? Ich hab das Gefühl, da ist noch was anderes zwischen euch. Und ich will euch nicht in die Quere kommen, falls dem so ist. Wirklich nicht. Du musst nur was sagen, Sarah, und ich werde …«

»Wie, äh … Wie kommst du darauf, Kat?«, bringt Sarah heraus.

Kat zuckt mit den Schultern. »Schwer zu sagen. Es ist nur so, dass er jedes Mal, wenn ich dich erwähne, irgendwie komisch wird.«

»Im guten oder im schlechten Sinne?«

»Ich weiß nicht. Gut? Joel vermeidet es immer, über dich zu reden, und wird ganz aufgeregt, wenn ich dich erwähne. Und dann wechselt er das Thema. Deswegen dachte ich, ihr wärt vielleicht mal zusammen gewesen. Er verhält sich, als wärst du eine Ex-Freundin. Oder als wäre da irgendein ungelöstes Problem zwischen euch … Ich weiß es nicht.«

Eine Ex-Freundin? Ist das gut oder schlecht? Sarah weiß nicht, was sie davon halten oder wie sie auf die Frage antworten soll.

»Ich will nicht, dass es beim Musical irgendwelche Spannungen zwischen uns gibt. Ich bin, *äh* … gerade eh schon ziemlich angespannt. Ich will nur sichergehen, dass zwischen uns alles okay ist.«

Eins muss Sarah ihr lassen. Für ihr Alter ist Kat ganz schön reif. Und dass sie angespannt ist, ist völlig verständlich.

»Hör zu, Kat. Ich weiß, dass Joel die nächsten Monate nicht viel da sein wird …«

»Was meinst du damit, er wird nicht viel da sein?«

Oh. Er hat Kat noch nicht vom Praktikum erzählt.

»Ups, sorry. Ich dachte, du weißt davon. Das kann ich dir nicht erzählen. Das muss er selbst tun. Aber Kat, falls du jemanden brauchst, du weißt schon – falls du Hilfe brauchst mit dieser ganzen Sache mit Angus …«

»Joel hat dir davon *erzählt*?« Kat wird blass.

»Oh Gott! Sorry. Ich mache das hier gerade nicht besonders

gut, was? Joel und ich, wir … wir sind tatsächlich sehr eng befreundet. Wir kennen uns, seit wir neun waren. Wir erzählen uns so ziemlich alles. Er hat mir schon von dir erzählt, bevor er überhaupt dachte, dass er dich jemals wiedertreffen würde. Und von der Sache mit Angus und Elle hat er mir auch von Anfang an erzählt. Praktisch schon an dem Tag, als die Sache losging.«

»Joel hat noch nicht mal mir davon erzählt, bis er es musste«, sagt Kat traurig.

Sie wirkt verletzt. Das wollte Sarah nicht.

»Er spricht gern über die Sachen, die ihn beschäftigen«, erklärt sie. Dann beugt sie sich vor und flüstert: »Was du da vorhast, Kat … Das ist *enorm*!«

Kat sieht sie gequält an. Sie wirkt so verletzlich und tatsächlich auch ziemlich verängstigt. Sarah fragt sich, wie sie jemals auf der Bühne stehen soll.

»Hast du einen Freund oder eine Freundin, mit dem du über das alles reden kannst?«, fragt Sarah. »Du musst dich irgendwem anvertrauen.«

Kats Augen leuchten auf, als hätte sie gerade an jemanden gedacht, dann bedankt sie sich ziemlich plötzlich bei Sarah für das Gespräch und verlässt noch vor dem eigentlichen Ende die Probe.

Kapitel 39

Noch während Kat das Seymour Centre verlässt, wählt sie Lucys Nummer, aber es geht sofort die Mailbox ran. Sie hinterlässt eine Nachricht und sagt, dass sie DRINGEND mit ihr reden muss und Lucy sie bitte zurückrufen soll. Schnell. Um die Wartezeit zu überbrücken, guckt Kat, was es Neues bei Twitter gibt. Angus' Profil ist explodiert vor lauter Hasskommentaren, befeuert durch Cassidys Tweet: »*@elle_twentysix* weißt du eigentlich, dass du eine SEHR junge Rivalin hast? *@AngusMarsdenOfficial*«

Die Fans beschimpfen Cassidy. Sie beschimpfen Angus. Sie beschimpfen Elle. Sie beschimpfen ihre ›junge Rivalin‹.

Es ist furchtbar. Kat wird ganz heiß und kribbelig, und sie fängt an zu zittern, während sie das alles liest. Dann scrollt sie weiter runter und sieht – was ist das? Morddrohungen! Und dann kommt mittendrin auch noch eine SMS von ihrer Mum aus Neuseeland an.

»Dein Beratungslehrer hat mir geschrieben. Du machst einen abgelenkten Eindruck in der Schule. Was ist los? Wir reden später darüber, wenn wir telefonieren. Mach so kurz vor deinem Abschluss keinen Mist!«

Großartig. Sie kann das Telefonat kaum erwarten.

In diesem Moment schreibt ihr Lucy über Facebook. »Hab deine Nachricht erhalten. Kann grad nicht reden.«

Was? Lucy kann *immer* reden. Ist sie sauer auf Kat, ausgerechnet, wenn Kat sie am meisten braucht?

Da sieht sie den verpassten Anruf von Joel und hört seine Voicemail ab: »Sarah hat mir den Namen ihrer Tutorin genannt. Sie arbeitet Teilzeit in einem Anwaltsbüro, das auf die Unterhaltungsbranche spezialisiert ist. Soll ich einen Termin mit ihr ausmachen?«

Morddrohungen, Schulprobleme, eine beste Freundin, die einfach abtaucht, Rechtsverhandlungen.

Kat ist schlecht. Das ist alles *zu viel*! Wenn es nach – wie lange? – gerade mal einer Woche schon so ist, wie viel schlimmer kann es werden? Dabei haben sie noch nicht mal den Song aufgenommen! Eigentlich *weiß* überhaupt niemand von ihr! Bislang ist Kat sicher. Anonym. Geschützt. Dann erinnert sie sich an den wehmütigen Blick, mit dem Angus auf der Dachterrasse des Hotels auf die Welt geblickt hat, und sein neuer Song über die Leben anderer. Und die Art, wie er ihrer Frage ausgewichen war, ob er glücklich ist. Was, wenn er es nicht ist?

Was, wenn es ihrer Mum, indem Kat ihren Traum verfolgt, wegen ihres Dads noch schlechter geht? Was, wenn Kat das Gleiche passiert wie ihrem Vater? Ihre Mum warnt sie seit Jahren davor. *Was, wenn sie recht hat?*

Die Panik wird immer schlimmer. Das hier ist alles ein großer Fehler! Sie kann das nicht!

Sie sagt alles ab!

♫♪

Die Busfahrt mit dem 423 zum Quay geht schnell, was gut ist, denn Kat kann nicht aufhören zu weinen und die Leute neben ihr starren sie die ganze Zeit an. Als sie am Quay ankommt, marschiert sie zum Hotel und direkt am Portier vorbei, der sie von gestern wiedererkennt und zum Glück genug Taktgefühl hat, sie nicht anzusprechen. Tatsächlich scheint sämtliches Sicherheitspersonal im Foyer zu wissen, wer sie ist, man lässt sie direkt durch. Angus muss den Sicherheitsdienst informiert haben.

Kat drückt auf den Knopf für den Aufzug, und als er kommt, ist er leer. Gut. Sie drückt die 34. Ein kurzer Blick in den Spiegel bestätigt das Schlimmste. Verquollene Augen. Tränenüberströmtes Gesicht. Haare, die aussehen, als wären sie noch nie mit einem Glätteisen in Berührung gekommen. Wenigstens lässt sie sich sonst nichts anmerken: Sie trägt Skinny-Jeans, eine Achtzigerjahre-Tunika und rote Ballerinas.

Ungefähr sechzig Sekunden später ertönt die Glocke und die Fahrstuhltür öffnet sich. Sie tritt hinaus und die Tür geht wieder zu, viel zu schnell. Verloren steht Kat im Flur.

Was tut sie hier nur? Das ist alles so falsch! Sie kann doch nicht einfach uneingeladen bei Angus Marsden auftauchen und aussehen wie eine Verrückte!

Panisch drückt sie den Fahrstuhlknopf, aber es ist zu spät! Der Aufzug ist bereits auf dem Weg nach unten. Vielleicht kann sie das Treppenhaus nehmen …

Und dann – *Stimmen*! Von Angus und mehreren anderen. Seine Tür geht auf und die Band stolpert über irgendeinen Witz lachend auf den Flur. Als Angus sie sieht – ihre Miene entschuldigend und panisch zugleich –, bleibt er wie angewurzelt stehen.

Dann kommt er sofort auf sie zu. »Kat. Was ist los?«

Reuben und Zach wechseln einen Blick. Die sechs stehen die längsten und peinlichsten zwanzig Sekunden von Kats ganzem Leben zusammen auf dem Flur, ohne dass sich jemand rührt. Hundert Jahre später kommt endlich der von Kat gerufene Fahrstuhl. Sie ist versucht, sofort reinzuspringen, aber die Band ist schneller – allerdings werfen die Jungs Angus noch ein paar extrem fragende Blicke zu.

»Wir sehen uns später«, sagt Angus noch und wartet, bis der Aufzug losfährt, bevor er Kat ohne ein Wort am Arm nimmt und in seine Suite führt. Er geht ins Bad und holt eine Box Taschentücher und stellt sie auf den Couchtisch. Kat lässt sich aufs Sofa fallen und zieht die Beine unter sich. Sie hat keine Ahnung, wo sie anfangen soll.

»Es tut mir so leid!«, sagt sie, mit einem Zittern in der Stimme. »Ich hätte dich anrufen sollen. Ich störe euch.«

»Keine Entschuldigungen, schon vergessen? Nur für wirklich Wichtiges. Das ist ein Abend wie jeder andere – ich sehe die Jungs sowieso viel zu oft«, sagt Angus und zwinkert. »Was ist passiert?«

Sie fühlt sich so albern. Wie soll sie ihm das erklären? Was ist passiert? Nichts. Alles. Sie will eigentlich gar nicht mit Angus darüber reden, aber trotzdem strömt es auf einmal aus ihr heraus.

»Es ist zum einen wegen Joel«, sagt Kat und fragt sich, warum sie ihn zuerst nennt. »Ich glaube, er betrügt mich. Obwohl das natürlich gar nicht geht, weil wir ja gar nicht zusammen sind.«

»Seid ihr nicht?«

»Wir sind uns an dem Abend von deinem Konzert gerade

zum ersten Mal begegnet. Aber er verheimlicht mir was. Und Sarah erzählt er es aber.«

»Wer ist Sarah?«

»Seine beste Freundin. Aber da ist garantiert noch mehr. Kennst du das, wenn man einfach spürt, dass da zwischen zwei Menschen was ist?«

Er nickt ernst. Der Blick seiner grünen Augen ist ganz auf sie konzentriert.

Kat holt tief Luft.

»Wie auch immer, ich bin so verunsichert wegen allem. So überwältigt!« Sie fährt mit der Hand durch die Luft, um zu verdeutlichen, was sie meint – Angus, das Singen, die Band und die Zukunft, die sie planen. Natürlich nur im musikalischen Sinne. »Hast du mal auf Twitter geguckt? Oh *Gott*, Angus! Deine Fans wollen mich *umbringen*! Und ich bekomme Ärger mit der Schule und meiner Mum, die Musik übrigens *hasst* und sie für den Tod von meinem Dad verantwortlich macht. Meine beste Freundin redet noch nicht mal mehr mit mir. Ich stehe kurz vor den Abschlussprüfungen und werde *durchfallen*! Ich muss mit einer auf die Unterhaltungsbranche spezialisierten Anwältin sprechen und weiß nicht, was ich sie fragen soll. Außerdem bin ich nicht gut genug, um mit dir zusammen einen Song aufzunehmen. Ich meine, nimm's mir nicht übel, aber du musst neulich etwas geistig umnachtet gewesen sein, dass du denkst, ich könnte das. Und was einen möglichen Bühnenauftritt angeht … Ich kann noch nicht mal …«

»Okay. Atme mal tief durch, Kat.«

»*Ich kann das nicht, Angus!* Ich bin noch längst nicht bereit dafür!«

Er nimmt ihre Hand und verschränkt seine Finger mit den ihren, dann legt er ihre beiden Hände auf sein Knie. Falls er sie damit beruhigen will, hat es den gegenteiligen Effekt.

»Erstens mal habe ich dich und Joel zusammen gesehen, und ich kann mir nicht vorstellen, dass er wen anders toll findet. Ist dir nicht aufgefallen, wie er dich ansieht?«

Oh, großartig. Da kommen auch schon die Tränen. Sie stehen ihr in den Augen und drohen jeden Moment überzulaufen, trotz des wilden Blinzelns. Mit der freien Hand nimmt Kat sich ein Taschentuch.

»Was auch immer du denkst, was zwischen Joel und Sarah läuft – da ist nichts. Glaub mir.« Kat sieht ihn an. Angus scheint zu wissen, wovon er spricht. Irgendwie wünscht sie sich, er würde ihr deswegen nicht so gut zureden.

»Ich weiß, es ist schwer, aber mach dir wegen Twitter keine Sorgen. So ein Quatsch passiert ständig. Wenn du dem zu viel Beachtung schenkst, wirst du wahnsinnig. Aber du wirst lernen, da drüberzustehen.«

Aber sie weiß nicht wie. Sie fühlt sich ausgebrannt.

»Kat, das mit deinem Vater tut mir leid.«

Jetzt heult sie richtig los.

»Aber hat deine Mum dich mal singen gehört? *Richtig* singen?«

Weinend schüttelt Kat den Kopf.

»Ich glaube, wenn sie dich erst mal singen hört, wird sie ihre Meinung ändern.«

Da hat er recht. Ihre Mum hat keine Ahnung, wie sie hierfür brennt. Sie hat keine Ahnung, dass Kat ihre Musik all die Jahre versteckt hat.

»Du bist fast fertig mit der Schule. In deinen Abschlussprüfungen kannst du noch mal zeigen, was du in den ganzen letzten Jahren gelernt hast. Du hast es neulich fast nicht über dich gebracht, Sport zu schwänzen. Ich wette, du hast schon immer ziemlich hart gearbeitet. Das wird sich auszahlen. Und selbst wenn nicht, ist das kein Weltuntergang. Es gibt immer noch andere Möglichkeiten.«

Langsam beruhigt sich Kat.

»Der Vertragskram wird okay. Langweilig, aber okay. Die Anwältin wird sich darum kümmern. Sie wird wissen, was wichtig ist. Und deine beste Freundin hat wahrscheinlich einfach gerade etwas anderes um die Ohren. Sie wird dich anrufen. Vertrau ihr. Und weißt du was, Kat? Du bist *definitiv* gut genug, um diesen Song aufzunehmen, ob du bereit bist oder nicht.«

Einen Moment lang sieht sie ihn nur an. Schnieft.

Kat kann nicht anders, als ihn mit den Jungs, die sie aus der Schule kennt, zu vergleichen. Keiner von ihnen hätte ihre Sorgen eine nach der anderen abgearbeitet und für jede mit einer Lösung aufgewartet. Und das auch noch mit solcher Empathie.

Angus lächelt. »Ich hoffe, das alles ergibt irgendeinen Sinn.«

Es hat überhaupt nichts mit dem Thema zu tun, aber er ist einfach bezaubernd, wenn er so einfühlsam ist. Und sie *darf* Angus nicht bezaubernd finden. Er lehnt sich zurück und legt den Arm hinter ihr auf die Rückenlehne des Sofas. Angus berührt sie nicht, aber *Himmel*. Er ist so nah. Wo sie so neben ihm sitzt und er die Knoten in ihrem Gehirn löst, findet Kat, dass er der außergewöhnlichste Mensch ist, den sie kennt.

»Willst du mir von deinem Dad erzählen?«, fragt er, um es rundum perfekt zu machen.

Und Kat fängt an und erzählt ihm alles. Er lässt sie reden und reden, bis nur noch Stille übrig bleibt. Irgendwann legt er ihr den Arm um die Schulter, eine Einladung, sich an ihn zu lehnen.

Passiert das gerade wirklich?

Ihr Herz rast. Sie war einem Jungen noch nie so nah. Nie. Kann er ihren Herzschlag hören? Sie hofft nicht und würde es gern googeln: ›Kann man den Herzschlag einer Person neben sich hören?‹ Kann sie seinen hören? Sie rückt näher an seine Brust …

Und was macht er? Sie kann es kaum glauben. Es ist der *perfekte Moment.*

Sie, Kat Hartland, sitzt in Angus Marsdens Hotelsuite, auf Angus Marsdens Sofa, in Angus Marsdens Armen … und dann legt er seinen Kopf auf ihren, und als wäre es das Natürlichste auf der Welt, fängt er an zu singen.

Kapitel 40

Singen scheint der perfekte Plan zu sein, Zeit zu schinden. Und Zeit braucht Angus gerade, dringend. Er kann Kat so gut verstehen. Er weiß, wovon sie spricht. Er selbst hatte eine ganz ähnliche Krise, als seine Karriere gerade Fahrt aufnahm und die Dinge beängstigend außer Kontrolle zu geraten schienen. Aber das lässt sich alles richten. Bis auf das mit ihrem Dad, was wirklich traurig ist. Aber der Rest wird schon werden. Das weiß er. Und das bringt ihn wieder zu dem einen Punkt ihrer Aufzählung, den er einfach nicht vergessen kann …

Kat und Joel sind nicht zusammen.

Eigentlich ist es wirklich ein Wunder, dass er ihr überhaupt noch zuhören konnte, nachdem Kat ihm das erzählt hatte. Damit hat sich *alles* für ihn geändert. Und nichts. *Bleib bei deinem Plan. Bleib professionell.* Er darf das hier nicht für sie verbocken. Auch wenn er es mit jeder Zelle seines Körpers will, und zwar sofort. Vielleicht bleibt sie für immer neben ihm auf der Couch sitzen, wenn er einfach weitersingt. Oder zumindest lange genug, um zu vergessen, dass sie Joel jemals begegnet ist.

Während er sie im Arm hält, merkt er, wie gestresst sie immer noch ist. Ihre Sitzhaltung hat absolut nichts Entspanntes an sich. Er muss sich sehr zusammenreißen, ihr nicht über den Arm zu streicheln. Und dann wechselt er auf einmal die Tonart, experimentiert ein bisschen mit neuen Textzeilen.

I can see your inner world
I wonder if you know
You have greatness

»Wie geht es weiter, Kat?«

You're a hero.

Ja! Sie setzt sich auf, scheint nachzudenken. Dann sieht sie ihm in die Augen und singt den nächsten Teil.

You are saving my world
I feel it in my blood
Help me build protection
Against the rising flood.

Genau. Das ist es. Er zieht Kat vom Sofa zum Flügel, klappt den Deckel auf und fängt an, ein paar Töne zu spielen.

»Nimm es auf!«, sagt er in die Melodie hinein. Kat zieht ihr Smartphone aus der Jeans und öffnet die Aufnahme-App, dann legt sie das Handy auf den Flügel. Er singt weiter:

Audiosphere transparent
Universe transcendent
Existing independent till we meet
The bubble is electric
Our voyages are epic
Tracing geometrics with our feet.

Stille.

»Und jetzt?«, fragt Angus und blickt sie abwartend an. »Wie geht der Refrain?«

Kat denkt intensiv nach. Ob sie nun traurig ist oder nicht, wenn sie etwas erschafft, ist sie Feuer und Flamme. *Wenn sie etwas mit ihm zusammen erschafft.*

Dann hat sie es. Er sieht es an ihrem Blick. Kat wischt seine Hand von den Tasten, und Angus findet es einfach großartig. Sie wechselt die Tonart, unerwartet. Wunderschön.

We are the great inventors
We are the warriors brave
We know what we're making
We know what to save.

Er singt wieder weiter.

We are queens of the mountain
We are kings of the sea
We scale these heights
With a quiet heartfelt plea.

Und zusammen beenden sie den Song.

We are the great inventors
We are the warriors brave.

Kat drückt auf die Stopp-Taste, um die Aufnahme zu beenden.

Haben sie das wirklich gerade getan? Sich gemeinsam einen

ganzen Song ausgedacht? Aus dem nichts? Auch wenn es nur zu ihrem eigenen Vergnügen war?

»Haben wir das wirklich gerade getan?«, fragt Angus laut. »Das ist mir noch nie vorher passiert.« Was ist sie, seine *Muse*?

»Ich glaube ja … und … Angus? Hast du das wirklich so gemeint?«

Dass er ihr Innerstes sieht? *Oh ja.*

Er sieht sie an und versucht, seinen Atem unter Kontrolle zu bekommen. Sie stellt seine Welt auf den Kopf und weiß es noch nicht mal. Der Gedanke, dass er jetzt eigentlich mit den anderen Jungs unterwegs sein sollte, in irgendeiner Bar, sich irgendwelche Mädels vom Hals haltend, wie immer. Stattdessen ist er hier, vollkommen gefangen von einer, die überhaupt nicht weiß, was sie mit ihm macht.

Sieh sie nur an! Extrem kreativ. Genial, aber voller Zweifel.

Er könnte sie küssen. *Oh Gott.*

Er wird …

Kapitel 41

Will er sie küssen? Woher soll sie es wissen? Sie hat so was noch nie gemacht. Mit niemandem. Weder mit einem Popstar noch sonst irgendwem …

Er will.

Er will mich küssen.

Kat dachte, sie könnten sich auf dem Klavierhocker nicht noch näher kommen, aber sie hat sich geirrt. Sein Gesicht ist jetzt direkt vor ihrem, seine grünen Augen leuchten. Angus berührt mit dem Finger ihre Wange und streicht hinunter zu ihrem Kinn, hebt es sanft an, fast, als hätte er das schon tausendmal gemacht.

Weich spürt Kat seinen Atem auf ihren Lippen und hört tatsächlich ihr eigenes Herz dröhnen. Angus hört es sicher auch, besonders als er mit der anderen Hand um ihre Taille fasst und sie noch näher an sich zieht.

Es ist nichts Übereiltes daran. Ja. Er hat das eindeutig schon oft gemacht. Wahrscheinlich zweitausendmal. Vielleicht dreitausend. Schließlich hat er mindestens zwanzig Millionen Follower auf Twitter …

»Kat«, flüstert er. »Hör auf nachzudenken.«

Seine Lippen berühren ihre. Und das ist alles. So einfach geht das also. Kat muss überhaupt nicht darüber nachdenken, was sie machen soll, denn ihr Körper tut es ganz von allein –

erwidert seinen Kuss auf eine Art, die sagt, es könnte auch das erste und einzige Mal sein, dass sie sich küssen, aber dieses eine Mal soll zählen.

Wow! Angus weiß wirklich, wie es geht. Er versteht, wie sie tickt. Seine Hand fährt über die Mulde an ihrem unteren Rücken, und ganz von selbst streckt sie sich ihm entgegen. Kat dachte, nichts könnte einen größeren Effekt auf ihren Körper haben als seine Stimme, aber *das hier ist absolut …*

Oh. Genauso schnell wie der Kuss angefangen hat, ist er auch schon wieder vorbei. Sie seufzt leise. Öffnet die Augen. Stöhnend löst Angus sich von ihr und sieht sie an, als wolle er ein Problem lösen. Kat kommt sich vor wie in der Achterbahn. Sie versucht zu verarbeiten, was gerade geschehen ist. Angus Marsden hat sie *geküsst. Sie.* Kat kann den Kuss mit keinem anderen vergleichen, aber wenn alle Küsse so sind, dann …

»Tut mir leid, Kat. Ich hätte das nicht tun sollen.«

Moment, *was*?

»Ich hätte es *wirklich* nicht tun sollen. Besonders nicht heute Abend.«

Warum? »War es nicht gut?«, platzt Kat heraus. Denn sie fand es gut, obwohl sie keinen Vergleich hat.

Angus starrt sie an, als würde sie Chinesisch sprechen. »Bist du verrückt? Ich weiß ja nicht, was für Küsse du sonst so gewöhnt bist, Kat, aber das war ziemlich unglaublich.«

»War es? Ich meine … ja, war es!« Sie beißt sich auf die Unterlippe, was seine Aufmerksamkeit wieder auf ihren Mund lenkt. Schnell wendet Angus den Blick ab und geht auf die andere Seite des Zimmers, wo er anfängt, umherzulaufen wie ein Tier im Käfig. In dem Moment vibriert sein Smartphone direkt vor Kats Nase auf dem Flügel. Es ist ein Anruf von einem Mädchen – Neala. Wer ist das?

Angus kommt zurück zum Flügel. »Das ist genau das, weswegen es nicht wieder passieren darf«, sagt er mit einem Blick aufs Handy und weist den Anruf ab.

Kat versteht nicht warum, aber Angus sieht ziemlich entschlossen aus. Sehr. Und vielleicht ist das ja auch gut so. Denn Kat will auch mit niemandem verwickelt sein, mit dem sie eigentlich Schluss machen wollte – auf professioneller Ebene.

»Es ist schon spät. Ich ruf dir ein Taxi«, sagt Angus plötzlich.

Warum behandelt er sie so?

»Hab ich was falsch gemacht, Angus?«

»Nein. Hast du nicht. Ich hab nur die Grenze überschritten.«

»Was für eine Grenze?«

Angus sieht sie an, als würde Kat es einfach nicht kapieren. Was sie tatsächlich nicht tut.

»Lass uns Samstagvormittag den Song aufnehmen.« Er nimmt sein Handy und schickt ihr die Adresse. »Außer dir selbst brauchst du nichts mitbringen. Mach dir keine Gedanken. Ich buche das Studio für drei Stunden, dann haben wir genug Zeit, okay? Es geht nicht darum, es perfekt zu machen. Es geht darum, dass wir Spaß haben.«

»Na, wie das geht, wissen wir ja jetzt ...« Hat sie das gerade wirklich gesagt? Kat muss damit aufhören und nachdenken, bevor sie etwas sagt.

Angus runzelt die Stirn und fährt sich mit den Fingern durch die braunen Haare, so wie sie es gern bei ihm machen würde. Er ist verzweifelt. Eine Weile sieht er sie einfach nur an. Dann nimmt er ihre Tasche und bringt Kat hinaus auf den Flur. Zwei- oder dreimal drückt Angus auf den Fahrstuhlknopf.

Kat weiß nicht, was sie sagen soll. Also sagt sie nichts. Und Angus sagt auch nichts, blickt bloß ungeduldig auf die Fahrstuhltüren, als wollte er sie mit purer Willenskraft dazu bringen, sich zu öffnen. Als sie es schließlich tun, hält er sie auf, und Kat tritt hinein und sagt: »Angus, ist alles ...«

»Es ist alles okay. Gute Nacht, Kat.«

Er lässt die Türen los, und Kat sieht, wie sie sich vor Angus schließen und eine unüberwindliche Hürde zwischen ihnen bildet, genauso wie der Kuss zuvor. Der Fahrstuhl sinkt in die Tiefe. Und mit jedem vorbeirauschenden Stockwerk sinkt auch Kats Mut.

Kapitel 42

Sie ist weg. *Gut.*

Angus macht ein paar Schritte zurück und lehnt sich erschöpft gegen die Wand. Er steckt ganz schön in Schwierigkeiten, so wie noch nie zuvor. Gleichzeitig hat er ein mega schlechtes Gewissen, Kat rausgeschmissen zu haben. Aber er *musste* es tun. Die Sache ist vollkommen außer Kontrolle geraten. Viel schneller, als er gedacht hätte. Kat scheint überhaupt nicht zu wissen, was sie mit ihm anstellt. Hat sie es wirklich nicht gemerkt? Geht es nur ihm so? Hat sie etwa schon mal einen solchen Kuss erlebt?

Er nämlich nicht. Nicht vor Unrequited und auch nicht seitdem. Mit keinem der ganzen Mädchen, die sich an ihn rangeschmissen haben. Bei keinem der Videos und in keiner seiner kurzen Beziehungen. Mit überhaupt keinem anderen Mädchen.

Und Kat war so gelassen. Ist sie wirklich so entspannt? Als Angus zurück in seine Luxussuite geht, ist ihm so heiß, als müsste die Luft um ihn herum jeden Moment in Flammen aufgehen. Hat sie es nicht gespürt?

Angus muss jetzt mehr denn je auf Distanz gehen. Um Kat zu schützen. Und sich selbst. Und ihrer beider Karrieren. Und auch wenn es das Schwerste ist, was er jemals tun musste, ist es für sie beide doch das Beste. Er hat es heute Abend ganz schön verbockt. Kat rauszuschmeißen, und dann auch noch in dieser Geschwindigkeit, war nicht besonders nett. Klar weiß Angus, dass er das Richtige getan hat, trotzdem hat er gemerkt, wie sehr es Kat verstört hat. Und er findet es schrecklich, auch wenn es nicht anders ging.

Angus nimmt eine Flasche Wasser aus dem Kühlschrank. Er ist so wütend auf sich! Er kann das mit Kat doch nicht in etwas verwandeln, worauf sich sofort die Klatschblätter stürzen würden. Kats Karriere wäre gestorben, bevor sie überhaupt eine Chance gehabt hätte! Auf keinen Fall darf Angus ihre Zukunft opfern, nur weil er nach all dieser Zeit endlich ein Mädchen gefunden hat, das er möglicherweise … vielleicht – *was?* Oh Mann, es ist noch schlimmer, als er dachte.

Angus gibt dem Impuls nach, nimmt sein Handy und ruft Reuben an. Bisher hat er Kat vor ihm geheim gehalten, doch jetzt kann er nicht mehr. Er muss unbedingt mit jemandem darüber reden. Er muss eine Meinung dazu hören. Und Reuben war schon immer für ihn da, von Anfang an, als ihr Produzent die Band zusammengesetzt hat.

»Können wir reden?«, fragt Angus über den Lärm des Clubs hinweg, in dem die anderen gerade sind.

»Bin schon auf dem Weg.«

Das ist das Ding mit Unrequited. Die Jungs sind so viel mehr als bloß eine Band. So viel mehr als ihr Erfolg und ihr Ruhm und die Plattenverkäufe. Sie sind eine Familie. Das mit Kat geht jetzt schon eine ganze Weile, und Reuben einzuweihen ist Angus' einzige Möglichkeit, es durchzustehen.

♫♪

»Okay? Wer ist sie?«, fragt Reuben, als er sich in Angus' Suite aufs Sofa fallen lässt.

»Es ist das Mädchen vom Konzert. Die, die ich die ganze Zeit gesucht habe. Aber es steckt noch viel mehr dahinter. Du wirst es nicht glauben.« Angus macht eine Pause. »Ich kann es selbst kaum glauben.«

»Spuck's aus.«

»Kannst du dich noch an das Mädchen vom Boot erinnern, das ich nach Hause gebracht habe? Sie wohnt ziemlich nah an der Uni. Ich wollte einfach noch ein bisschen rumlaufen und den Kopf freikriegen und bin beim Theater gelandet. Dann hab ich aus einem der Proberäume Musik gehört.«

»Was hast du im Theater gemacht?«

»Ich hatte Durst. Wie auch immer, da war ein Mädchen, das einen Song komponiert hat. Ich kann es nicht erklären, Reuben. Ich musste mich einmischen. Ich hab mir gemerkt, was ich vom Song gehört hatte, und ihn dann aufgeschrieben und etwas umgeschrieben. Dann hab ich noch was hinzugefügt und … es ihr zurückgeschickt.«

»Du hast was?«

»Sie war natürlich sauer. Aber nicht lange. Wir haben uns getroffen. Das war der Anruf, den ich auf der Harbour Bridge während des Video-Drehs angenommen habe. Und dann ist es interessant geworden, denn die Songwriterin war sie. *Elle!*«

»Das Mädchen vom Konzert? *Sie* hat den Song geschrieben?«, fragt Reuben verwirrt.

»Und nicht nur den Song. Seitdem haben wir noch einen geschrieben. Sie ist *unglaublich*. Und alles lief gut, aber dann … na ja, ich hab sie geküsst …«

»Ist das so schlimm?«

»Eigentlich nicht. Eigentlich war es ziemlich abgefahren – zumindest fand ich das!«

»Sie hat dich zurückgewiesen?«

»Nein.«

»Dann hat sie also mitgemacht?«

Angus verliert sich kurz in der Erinnerung daran. Sie hatte zuerst noch so unsicher gewirkt, und dann so *sicher.* Er stützt den Kopf in die Hände. »Reuben, ich übertreibe nicht. Es war der beste Kuss meines Lebens.«

Reuben hebt die Augenbrauen, als wäre das eine mächtige Behauptung. Was es auch wirklich ist. Die letzten Jahre hat Angus nicht gerade über mangelnde Aufmerksamkeit klagen können.

»Dann weiß sie wohl, was sie tut«, bemerkt Reuben.

Angus schüttelt den Kopf. »Nein, ich glaube nicht.« Sie sitzen da und denken kurz darüber nach. »Ich glaube einfach, ich bin nicht gut für sie. Ich will nicht, dass die Leute irgendwelche Schlüsse ziehen, weil sie mit mir zusammen ist. Reuben, sie ist *wirklich* gut. Sie könnte es schaffen. Ich *will*, dass sie es schafft. Deswegen hab ich sie weggeschickt. Ziemlich plötzlich. Ich glaub, den Teil hab ich ganz schön verbockt.«

Nachdenklich reibt Reuben sich das Kinn. Er sieht aus, als versuchte er angestrengt, die richtigen Worte zu finden. Aber es ist schwer.

»Ich will sie anrufen und fragen, ob's ihr gut geht. Ich hab sie praktisch rausgeschmissen. Wenn ich das nicht getan hätte, hätte ich sie wieder geküsst und …«

»Ruf sie nicht an.«

»Was?«

»Ganz einfach. Du musst aufhören, ihr widersprüchliche Signale zu senden. Du musst dich entscheiden, ob du was mit ihr anfangen oder auf rein professioneller Ebene mit ihr zu tun haben willst. Es gibt keinen Mittelweg. Du verlässt bald das Land. Das ist so schon schlimm genug. Willst du ihr wirklich das Herz brechen?«

Natürlich nicht. Das ist das Letzte, was er will.

Also muss stattdessen sein eigenes Herz brechen. Wenn das nicht schon passiert ist.

Es tut weh.

Kapitel 43

Auf der Taxifahrt nach Hause kommen Kat drei beunruhigende Gedanken:

- Sie hat die Sache mit Joel in den Sand gesetzt.
- Sie hat eindeutig die Sache mit Angus in den Sand gesetzt – vielleicht auch ihre Karriere.
- Sie ist dabei, Lucy zu verlieren.

Der letzte Punkt bereitet ihr richtige Bauchschmerzen. Kat hat einen Anruf von Lucy verpasst, und daraufhin hat Lucy ihr geschrieben und geklagt, dass sie in letzter Zeit überhaupt nicht mehr miteinander reden und sie sie vermisst. Kat geht es genauso. Sie vermisst Lucy nicht nur, sie *braucht* sie, dringend. So gern würde Kat von ihrer besten Freundin hören, was in der *echten* Welt los ist, und ihr vom heutigen Abend erzählen und gucken, ob sie vielleicht zusammen herausfinden, was falsch gelaufen ist. Aber sie kann nicht.

Drei Freunde an einem Abend zu verlieren ist wohl das furchtbarste Gefühl, das Kat jemals hatte. Sie hat sich noch nie so allein gefühlt, und noch nicht mal die Aussicht, Samstag ihren ersten Song aufzunehmen, muntert sie auf. Tatsächlich würde Kat unter den gegebenen Umständen am liebsten meilenweit weglaufen, wenn sie an Samstag und das Tonstudio denkt. Eigentlich will sie Angus wirklich nicht wiedersehen. Kat ist total verwirrt wegen dem, was heute Abend passiert ist. Den einen Moment war alles noch gut. Sie schrieben einen Song und es fühlte sich so absolut richtig an. Und dann ist auf einmal alles zusammengebrochen! Eine einzige Katastrophe! Kat weiß noch nicht mal, wie es passiert ist. Angus hatte mit dem Ganzen angefangen, aber so wie er sie danach praktisch aus der Hotelsuite geworfen hat … Sie fühlt sich so mies wegen allem. Wie ist das überhaupt möglich, sich wegen etwas, das sich so gut angefühlt hat, schlecht zu fühlen?

Alle paar Sekunden guckt Kat auf ihr Handy, in der Hoffnung, dass Angus ihr schreibt. Oder anruft. Oder *irgendwas*. Sie will einfach nur hören, dass alles okay ist. Sie braucht irgendeine Erklärung. Auf einmal konnte er es gar nicht abwarten, sie loszuwerden. *Warum?* Schließlich hat er doch gesagt, der Kuss war ›unglaublich‹. Bei dem Gedanken muss sie lächeln. Unglaublich? Das fand sie auch, aber es ihn sagen zu hören …

Ihr Handy vibriert und Kat zuckt zusammen. Es ist eine Nachricht von Joel. Sofort bekommt sie Schuldgefühle. Was hat sie heute Abend nur getan? Sie hat ihn nicht betrogen – sie sind schließlich nicht zusammen, aber irgendwie hat es sich angefühlt, als würden sie darauf zusteuern. Vielleicht. Joel ist so nett – und sie mag ihn sehr.

Tatsächlich mag Kat sie beide sehr. Wie kann das überhaupt sein? Ist das normal? Sie ist total verwirrt. Doch wie es aussieht, ist das auch egal, denn sie scheint sie beide zu verlieren.

Wieder ploppt Joels Nachricht auf. »Kat, ich hab schon den ganzen Tag mit dir reden wollen. Bist du noch wach?«

Die Vorstellung, ihn anzurufen, fühlt sich komisch an. Er

wird sie fragen, wie es mit Angus war, und wenn Kat ihm den Kuss verschweigt, wird sie ein richtig schlechtes Gewissen haben. Aber sie *kann* ihm nicht davon erzählen. Gleichzeitig kann sie Joel auch nicht aus dem Weg gehen. Er will ihr etwas sagen. Das, worüber er bereits mit Sarah gesprochen hat. Und wenn sie jetzt nicht rausfindet, was für schlechte Nachrichten er für sie hat, liegt sie vielleicht die ganze Nacht wach und malt sich alles Mögliche aus.

Okay. Kat holt tief Luft und wählt seine Nummer.

»Joel? Ich bin's.«

»Hi. Gut, dass du anrufst. Wie geht's dir? Sarah hat gesagt, du bist früher aus der Probe abgehauen.«

Natürlich hat sie ihm das erzählt. Hat Kat kein Recht auf Privatsphäre?

»Es ist mir alles zu viel geworden. Und Joel, wo du gerade Sarah erwähnst – ich hab das Gefühl, da ist irgendwas zwischen euch, was du mir nicht erzählst.«

Sie hört ihn seufzen. »Kat, da ist was. Aber ich kann nicht darüber reden.«

»Warum nicht?«

»Ich kann es einfach nicht, okay? Tut mir leid.«

Kat findet es furchtbar. Als wären Joel und Sarah in einem Club, zu dem sie keinen Zugang hat.

»Ich muss dir was anderes erzählen«, sagt er schnell. »Ich hab ein tolles Praktikum angeboten bekommen, das ich nicht ausschlagen kann. Aber das bedeutet, dass ich die nächsten Monate so gut wie keine Zeit haben werde.« Joel macht eine Pause, dann fährt er fort. »Ich hatte gehofft, mit dir Zeit zu verbringen. Natürlich nur, wenn du es gewollt hättest …«

Das ist sein Geheimnis? Das ist doch toll für ihn. Und Kat *hätte* gern Zeit mit ihm verbracht. Sehr gern sogar.

»Das ist doch großartig. Ich freue mich für dich, Joel.«

»Ich hab dich die letzten Tage vermisst«, murmelt er.

Sie ihn auch, aber wie kann sie so etwas überhaupt nur denken, nach dem, was heute Abend mit Angus passiert ist? Es ist alles so durcheinander!

»Mir geht das alles zu schnell«, sagt Kat, bevor sie sich stoppen kann.

»Mit mir?«

»Mit dir. Mit Angus. Mit dem Song. Mit allem. Es ist alles außer Kontrolle geraten. Ich weiß überhaupt nicht, was ich tue! Es ist alles so …«

»Hey, es ist okay. Alles wird gut. Du machst das schon.«

»Schön wär's«, platzt Kat heraus. »Ich ruiniere alles.«

Am anderen Ende hört sie nichts als Schweigen, und sofort bereut sie es, dieses Gespräch angefangen zu haben.

»Ist heute Abend was passiert? Mit Angus?«, fragt Joel.

Oh nein. Und jetzt?

»Ich will nicht darüber reden.«

Joel lässt sich Zeit, bevor er wieder etwas sagt. »Ich glaube, wir müssen über uns reden.«

Es gibt ein ›wir‹?

»Ich weiß, das ist nicht besonders fair von mir, so kurz bevor ich für sechs Monate ins Praktikum verschwinde, aber ich frage dich trotzdem. Gibt es irgendeine Chance, dass wir, na ja, zusammenkommen? Denn wenn es die gibt, dann werde ich alles daran setzen, dass ich neben dem Praktikum noch genug Zeit für dich habe.«

Kat weiß nicht, was sie sagen soll. Ist das nicht genau das, was sie hören wollte, von dem Moment an, als sie McDreamy zum ersten Mal im Zug gesehen hat? Wenn Joel sie gestern gefragt hätte, wäre die Antwort JA gewesen, ohne Vorbehalte. Sie hätte gern sechs Monate auf ihn gewartet. Doch jetzt Ja zu sagen käme ihr vor wie ein Nein zu Angus. Was ein lächerlicher Gedanke ist. Angus hat noch nicht mal irgendwas erwähnt in Bezug auf sie beide … Im Gegenteil, er scheint heute Abend schon ziemlich deutlich Nein zu ihr gesagt zu haben – und Kat hat ihn noch nicht mal irgendwas gefragt!

Eigentlich hat Angus sie ziemlich mies behandelt. Warum zögert sie also?

»Kat?«

»Ähm …« *Sag was, Kat! Hör auf, über deine Worte nachzudenken und spuck einfach was aus!*

Sie hört sich sagen: »Okay.«

»Okay? Du meinst Ja? Bist du dir sicher?«

Nein, sie ist sich nicht sicher. Noch nicht mal annähernd. »Ja. Ich sage Ja.«

Kat kann sein Lächeln richtig hören. »Wow. Ich wusste nicht, wie es dir damit geht.«

Das wusste sie auch nicht. Sie weiß es immer noch nicht. Was in aller Welt tut sie nur?

Kapitel 44

Joel ist ziemlich überrascht. Sie hat *Ja* gesagt? Dabei wird er demnächst noch nicht mal viel da sein. Irgendwas ist heute Abend zwischen Angus und Kat passiert und trotzdem … hat sie Ja gesagt! Zu *ihm*! Einem Studenten ohne auch nur eine einzige Hit-Single, ganz zu schweigen von einem ganzen Album – oder *fünf*.

»Mein Praktikum geht Montag los. Das bedeutet, dass ich erst mal nur noch dieses Wochenende frei haben werde. Was ist mit dir?«

»Ich nehme Samstagvormittag mit Angus den Song auf. Angus bucht das Studio für drei Stunden. Ich glaub, danach hab ich Zeit?«

Wahrscheinlich klingt Kat so unsicher, weil das hier alles noch ziemlich neu für sie ist. Nicht nur, mit ihm in einer Art Beziehung zu sein, sondern Dating im Allgemeinen. Geh es langsam an, Joel. Ganz langsam.

»Ich könnte dich vom Studio abholen? Es soll heiß werden. Wir könnten an den Strand, eine Kleinigkeit essen. Vielleicht schwimmen gehen, wenn du magst.«

Kat macht eine kurze Pause. »Okay. Ich schick dir die Adresse vom Studio.«

Irgendwie klingt sie aufgeregt, und Joel muss unwillkürlich lächeln. Er mag sie *so* gern. Das Timing könnte nicht schlechter sein, aber er hat ihr versprochen, dass es irgendwie funktionieren wird. Wer braucht schon Schlaf?

Dann biegt Kats Taxi offenbar in ihre Straße ein, und sie sagt, sie sehen sich am Wochenende, und beendet das Gespräch. Der Gedanke, sie bald wiederzusehen, ist unglaublich. Er, Joel Isaacson, introvertierter Medizinstudent mit null Erfahrung im Daten von zukünftigen Celebrities, wird Samstag seine ›Freundin‹ vom Tonstudio abholen. Kann er sie überhaupt schon seine Freundin nennen?

Wahrscheinlich nicht, aber Joel tut es trotzdem. Wenn auch nur vor sich selbst. Schließlich hat er sich vorher noch nie über so etwas Gedanken gemacht, in keiner seiner bisherigen Beziehungen. Aber bisher hat er sich auch noch nie vorher so viel aus einem Mädchen gemacht. Sie ist einfach etwas Besonderes. Und obwohl gerade alles so eine wahnsinnige Entwicklung nimmt, ist sie immer noch sie selbst. Wahrscheinlich würde sie bei den Grammy-Verleihungen immer noch einen Flat White bestellen.

Ich kann es nicht glauben, dass sie Ja gesagt hat.

♫♪

Joel verabredet sich mit Sarah auf einen Kaffee, während Kat im Studio ist. Er muss Sarah von dem Date erzählen, um ihre Freundschaft vor dieser neuen Entwicklung zu schützen. Natürlich freut er sich nicht unbedingt darauf, auch wenn er weiß, dass Sarah es so schmerzlos wie möglich für ihn machen wird. Das ist einfach ihre Art.

Sie treffen sich in ihrem Lieblingscafé – einem schrulligen Laden in Paddington, wo sie immer einen Tisch bekommen und die Bedienung schon vorher weiß, was sie nehmen. Joel ist zuerst da und sieht Sarah, als sie sich nähert. Tatsächlich sehen alle im Café sie kommen. Sie ist auch schwer zu übersehen, besonders in der Morgensonne. Blonde Haare. Jeans. Weißes Top. Sie geht über die Straße wie ein Model.

Als Sarah ihn entdeckt, kommt sie zielstrebig an seinen Tisch. Er steht auf und sie küssen sich auf die Wange, wie immer. Joel genießt es, wie immer, aber gerade besonders, weil er weiß, dass die Leute sie beobachten. Oder zumindest Sarah beobachten. Aber Sarah ist mit *ihm* hier.

Doch diese Fantasie muss er jetzt wohl aufgeben. Er ist jetzt mit Kat zusammen. Und es wäre Sarah gegenüber auch nicht fair, nachdem sie ihm von ihren Gefühlen für ihn erzählt hat. Auf den Ego-Boost, den er immer genossen hat, wenn die Leute sie beide zusammen gesehen haben, muss er von nun an wohl verzichten.

»Wie geht es dir?«, fragt Joel sofort.

»Viel besser. Und dir? Bist du nervös?«

»Was?«

»Ob du schon nervös bist?«

Sie weiß davon?

»Ein bisschen. Ich dachte nicht, dass ich es sein würde, aber je näher es rückt, desto angespannter bin ich.«

»Mach dir keine Sorgen, Joel. Du wirst das toll machen. Du bist ein Naturtalent. Und du wirst eine Menge lernen.«

Eine Menge lernen? Tja, das stimmt wahrscheinlich, aber er hat nur noch zwei Stunden, bis er Kat abholt, von daher ist er dankbar für alle Tipps, die Sarah ihm vorher noch geben kann. »Was meinst du, was ich lernen muss?«, fragt Joel neugierig. »Irgendwas Spezielles?«

»Na ja, im Grunde genommen kannst du ja noch gar nichts!«

Muss sie so direkt sein? Er dachte eigentlich, er hätte mehr Erfahrung in Sachen Beziehungen als sie!

»Es ist also okay für dich, Sarah? Ich muss das wissen.«

Sarah lacht. »Das hat doch nichts mit mir zu tun, oder? Natürlich ist es okay! Das ist total toll für dich! Ich will, dass du glücklich bist.«

Ist das dieselbe Sarah, die gerade vor anderthalb Wochen noch in ihrem Badezimmer so herzzerreißend geweint hat? Entweder tut sie jetzt bloß so, oder es ist tatsächlich okay für sie. Auf jeden Fall gibt sie ihm ihren Segen. Es kommt ihm fast schon zu einfach vor.

»Reden wir über dich«, sagt Joel und wechselt – wie er zumindest denkt – das Thema. »Hast du irgendwelche Aussichten auf ein Jura-Praktikum?«

Sie lacht wieder, aber da ist eine unerwartete Trauer in ihrem Blick. »Wahrscheinlich ja, ich weiß nur nicht, ob ich es machen soll.«

Was? Das ergibt überhaupt keinen Sinn. Sarah ist, seit er sie kennt, darauf aus, ihre Karriere voranzutreiben. »Wie meinst du das?«

Sarah sieht aus, als wüsste sie nicht, wo sie anfangen soll. Das ist das erste Mal, dass er bei ihr Zweifel an ihrem eingeschlagenen Berufsweg spürt.

»Ich hasse Jura.«

»Wie bitte?«

»Joel, ich hasse Jura.«

Was? »Sarah, ich verstehe das nicht. Wovon redest du? Ich dachte, du liebst Jura. Du gehst doch regelrecht darin auf!«

»Mich in etwas reinknien ist nicht das Gleiche, wie darin aufzugehen. Ich bin gut darin, ja. Aber ich bin nicht mit Leidenschaft dabei. Die Vorstellung, nie etwas anderes zu machen, ist einfach schrecklich.«

Das kommt für Joel vollkommen aus heiterem Himmel. »Wie lange denkst du schon so darüber?«

»Schon immer«, sagt Sarah ehrlich. »Ich fühle mich einfach total eingesperrt. Ich hab schon immer getan, was meine Eltern von mir erwarten, und sie erwarten, dass ich Jura studiere. Und das tue ich.«

Das ist einfach falsch. Sie kann so auf gar keinen Fall weitermachen.

»Was sind deine Optionen?«, fragt Joel.

»Ich könnte das Studium abbrechen und meine Eltern enttäuschen. Dad würde meine Ausbildung nicht weiter finanzieren und vielleicht nie wieder mit mir reden, besonders, wenn ich richtig mit Schauspielerei anfange, wie ich es gern machen würde. Es ist furchtbar, Joel.«

Das kann er verstehen. »Wie kommt es, dass ich das bisher nicht wusste, Sarah?«

»Es gibt eine Menge, was du nicht über mich weißt.«

Das wird ihm gerade schmerzhaft bewusst. So langsam fragt er sich, ob er sie überhaupt jemals gekannt hat.

»Mein Leben lang hab ich getan, was andere wollen. Ich setze ständig andere an erste Stelle oder überlege, wie sie sich fühlen, wenn ich eine bestimmte Entscheidung treffe. Jeden Abend, wenn ich ins Bett gehe, bin ich unglücklich. Ich hasse das, Joel! Ich hasse mein Studium. Ich will einfach nur singen und schauspielern!«

Joel fand Sarah ja vorher schon ziemlich toll, aber *diese* Frau – die jetzt gerade vor ihm sitzt –, die so leidenschaftlich und verletzlich und offen und rebellisch ist … das ist nicht die Sarah, die er kennt. Etwas in ihm beginnt sich zu rühren.

»Und wenn deine Eltern nicht wären, was würdest du dann tun?«, fragt er.

»Jura schmeißen. Das Musical machen. Sechs Monate Backpacking in Europa. Mich für nächstes Jahr an der Schauspielschule in New York bewerben, auch wenn nur sechs Prozent an der Juilliard angenommen werden. Und Joel, ich bin *so* kurz davor, das zu tun.«

New York? *Okay* … Er hat noch nie darüber nachgedacht, wie es wäre, wenn Sarah nicht mehr hier wäre. Sie haben ihr ganzes Leben in derselben Stadt gewohnt. Sie sind beide an derselben Uni, haben eigentlich parallele Karrieren hier in Sydney vor sich. Aber New York? Die Vorstellung, dass sie ans andere Ende der Welt ziehen und ein Leben führen könnte, in dem er so gut wie keine Rolle spielt … Auf einmal fühlt Joel sich unglaublich … leer.

»Dann solltest du es auch machen«, sagt er, auch wenn die Worte wehtun.

»Würdest du mich vermissen?«

»Ist das eine rhetorische Frage?«

Ein Moment vergeht, und es ist einer dieser Momente wie in dem Film *Sie liebt ihn – sie liebt ihn nicht*, wo Gwyneth Paltrow zwei verschiedene Zukunftsszenarien spielt. Es gibt die eine Zukunft, in der mit Sarah alles so bleibt, wie es ist, und dann gibt es die andere Zukunft, in der Sarah nach New York geht. Letztere Möglichkeit macht ihm ganz schön zu schaffen. Kein spontanes Essengehen mehr. Keine Abende auf der Couch, wo sie eine ihrer todlangweiligen Romantikkomödien gucken. Keine Samstagvormittags-Kaffee-Verabredungen mehr. Kein sonntagnachmittägliches Joggen im Park. Gar nichts mehr von all den Sachen, von denen Joel auf einmal begreift, dass sie damit in ihrer Gesamtheit ziemlich nah an einer ›Beziehung‹ dran waren. Und das schon ziemlich lange. Eine Beziehung, die er als selbstverständlich hingenommen hat.

Auch wenn er weiß, dass er das nicht sollte, fragt er sich, was gewesen wäre, wenn Kat nicht ausgerechnet jetzt in seinem Leben aufgetaucht wäre …

Was für ein schlechtes Timing …

Kapitel 45

Angus kommt zwanzig Minuten früher im Tonstudio an, um alle auf absolute Geheimhaltung einzuschwören, und geht dabei so unruhig im Raum auf und ab, dass der Tontechniker schon scherzt, er würde noch ein Muster in den Teppich laufen. Die Leute kennen Angus von vorherigen Aufnahmen, aber sie haben ihn noch nie so erlebt.

»Alle müssen dafür sorgen, dass sie sich wohlfühlt, okay?«, sagt Angus. »Es ist ihr erstes Mal im Tonstudio. Das erste Mal, dass sie überhaupt etwas aufnimmt. Sie wird wahrscheinlich ziemlich nervös sein. Ich war es zumindest bei meinem ersten Mal.«

Ich bin immer noch nervös, denkt Angus. Besonders heute ist er es. Nicht nur wegen der Musik, auch wenn er deswegen immer einen Adrenalinrausch hat. Er ist nervös, weil er den Abend von neulich gern ungeschehen machen würde, aber es nicht kann. Am liebsten würde er Kat von seinen Gefühlen erzählen, doch das wird er nicht tun. Und mehr als alles andere würde er sie gern wieder küssen, und im Moment hat er absolut noch keinen Plan, wie er das vermeiden soll. Außer mit Willenskraft. Ziemlich viel Willenskraft.

Als Kat ins Studio kommt, sieht sie aus, als hätte sie kaum geschlafen, und Angus hat sofort ein schlechtes Gewissen. Sie weicht seinem Blick aus und guckt sich stattdessen um, wo sie ihre Tasche abstellen kann. Darin ist ein Strandtuch, und – so sehr er sich auch bemüht, nicht hinzuschauen – unter ihrem Sommerkleid lugen die Träger ihres im Nacken zugeschnürten Bikinioberteils hervor. Sie wirkt, als wäre sie lieber irgendwo anders, nur nicht hier. Dabei sollte dies doch einer der aufregendsten Tage ihres Lebens werden.

Was hat er nur getan?

»Kat …«

»Bringen wir die Sache einfach hinter uns«, murmelt sie und sieht ihn mit einer Mischung aus Wut und Verletztheit an, die ihm den Atem verschlägt. Dann setzen sie sich ans Klavier und machen einen Übungsdurchlauf. Es ist okay, außer dass Kat mehrere Fehler macht, Angus ein paar Töne vergisst, und er jedes Mal, wenn ihre Arme sich beim Spielen berühren, beinah seinen eigenen Namen vergisst.

Okay. Er ist hier der Profi. Er sollte wissen, wie er das hinbekommt. Er hat schon öfter funktionieren müssen, wenn ihm Dinge aus seinem Privatleben Sorgen bereitet haben. Er hat es bislang immer geschafft, abzuschalten und sich der Musik hinzugeben. Genau das müssen sie jetzt auch tun.

»Hältst du das hier immer noch für eine so gute Idee?«, unterbricht Kat seine Gedanken.

»Kat – es geht um deine Karriere. Wir müssen es tun.«

»Du musst gar nichts. Nicht, wenn du nicht willst.«

Langsam und tief holt Angus Luft und sieht sie an. »Ich hab noch nie irgendwas so sehr gewollt. Ich will, dass du weißt, wie wichtig mir das ist.« *Wie wichtig du mir bist.*

»Mir ist es auch wichtig«, räumt Kat schließlich ein.

»Okay, dann lass es uns machen. Der Trick ist, dass du alles, was dir durch den Kopf geht – alle Gefühle, die du gerade durchmachst –, einfach in die Musik fließen lassen musst. Gute wie schlechte, ob es zum Song passt oder nicht.«

Sie nickt. Und sieht noch trauriger aus. Aber als sie wieder anfangen zu singen, klingt Kat tausendmal besser, und auch Angus hängt sich jetzt richtig rein. Er ist froh, dass sie wieder auf dem richtigen Weg sind. Jedenfalls in einer Hinsicht.

Kat ist vielleicht wütend, aber ihre Aufregung kann sie nicht verbergen. Ihre erste Aufnahme! Angus kann beinah spüren, wie ihre Haut kribbelt.

Nach einer Stunde machen sie Pause, und Kat und ein paar Studioleute gehen zu einem Café um die Ecke. Angus kann nicht mit. Er würde sofort erkannt werden. Und das Letzte, was er jetzt braucht, ist Publikum.

Als Kat zurückkommt, hat sie ihm einen Kaffee mitgebracht.

»Ist das ein Friedensangebot?«, fragt er.

Kat reicht ihm den Becher. Wortlos.

»Sehe ich da den Ansatz eines Lächelns, Kat?«

Sie runzelt die Stirn.

Es ist zum Verrücktwerden. Sie hat so ein Pokerface, dass Angus absolut nicht sagen kann, ob sie es erst meint oder nicht.

Dann sagt sie: »Lass uns die Sache zu Ende bringen«, und Angus wird klar, dass sie es tatsächlich ernst meint. Sie wird ihm kein Lächeln schenken, und Angus fühlt sich, als hätte sie ihm in den Magen geboxt. Und er ist selbst schuld daran, weil er sich neulich Abend wie ein Idiot benommen hat.

Doch wie durch ein Wunder bekommen sie den Song dann doch noch perfekt hin. Perfekt. Wahrscheinlich, weil Angus jetzt auch leicht sauer auf Kat ist, und Kat praktisch vor Wut kocht, und dann ist da noch diese unausgesprochene Angst und diese wahnsinnige Anspannung zwischen ihnen, die eigentlich auf einen Kuss hinauslaufen müsste. Nein – die auf einen Kuss hinauslaufen *wird*, wenn sie nicht bald diesen beengten Raum verlassen. Und das wäre katastrophal. Reuben hat ihm geraten, mit den widersprüchlichen Botschaften aufzuhören, und Neala hat ihm am nächsten Tag praktisch noch mal das Gleiche gesagt. Also hält er sich daran. Auch wenn es ihm verdammt schwerfällt. Und es noch nicht mal hilft. Er sagt vielleicht nichts zu ihr, aber seine Körpersprache ist eindeutig. Genau wie ihre …

Plötzlich geht im Nebenraum die Tür auf, und Kat blickt durchs Fenster hinüber. Es ist Joel. Was macht der denn hier? Hat sie ihn etwa eingeladen? Vielleicht hat sie den Sicherheitsleuten gesagt, dass sie ihn erwartet. Kat wird sofort rot, und das steht ihr – sehr –, nur dass ihre Aufregung diesmal nicht Angus gilt. Ihm zieht sich das Herz zusammen.

»Alles okay?«, fragt Angus vorsichtig, und sie nickt auf eine Art, die sagt: Nein. Aber sie will nicht darüber reden.

»Wie geht es jetzt weiter?«, fragt Kat stattdessen.

»Na ja, die Produzenten werden eine Demoaufnahme machen. Wenn die fertig ist, können wir uns treffen und sie zusammen anhören, wenn du magst.«

»Okay.«

»Und, Kat – ich weiß, das hört sich wahrscheinlich, na ja … ein bisschen beängstigend für dich an. Aber hör mir erst mal zu.«

Sie sieht jetzt schon total verängstigt aus!

»Ich finde wirklich, wir sollten den Song bei einem Unrequited-Konzert präsentieren. Wir würden es vorher niemandem erzählen, sondern es einfach tun.«

Jetzt wirkt Kat richtig panisch. Kein Wunder. Von der Australien-Tour sind nur noch zwei Konzerte übrig. Eins davon ist heute Abend!

Angus weiß genau, dass er sie damit um eine ziemlich große Sache bittet. Als sie damals mit der Band angefangen haben, waren sie noch ziemlich klein. Sie mussten am Anfang nie vor ganzen Stadien spielen.

»Sobald du erst mal auf der Bühne und im Scheinwerferlicht stehst, siehst du das Publikum sowieso kaum. Du hörst es, aber eigentlich geht es doch nur um die Musik. Und du bist großartig. Ich würde auf jeden Fall sicherstellen, dass du dich wohlfühlst.«

Sie wirkt immer noch verängstigt.

»Was hältst du davon, wenn ich dir fürs Konzert heute Abend zwei Backstage-Pässe organisiere? Sieh es dir einfach mal an. Wir müssen um neun auf die Bühne. Du könntest diesmal wirklich zuhören.« Er zwinkert.

»Tut mir leid wegen letztem Mal«, sagt Kat schnell. »Ich hatte einfach keine Ahnung. Ich meine, ich liebe Paloma Faith, aber ich bin voller Vorurteile zu eurem Konzert gegangen.«

Angus muss lachen. »Schon okay, Lizzy Bennet! Geschmäcker sind nun mal verschieden. Es können uns nicht alle toll finden.«

»Na ja, ich find dich schon toll«, sagt sie. »Inzwischen.«

Er verbeugt sich leicht. »Oh, vielen Dank.«

»Wahrscheinlich schadet es nicht, wenn ich mir das Ganze mal ansehe«, erwidert Kat. »Aus dem Backstage-Bereich zu-

zugucken hilft vielleicht ein bisschen. Und ich könnte meine Freundin mitbringen.«

»Super!«

»Angus. Weißt du eigentlich, um was du mich da bittest?«

»Ja. Und ich verstehe, was für eine Größenordnung das für dich hat.«

»Ich bin nicht selbstbewusst genug, jetzt schon mit dir vor Publikum zu singen. Nicht auf dieser Tour. Ich komme heute Abend, aber bitte zwing mich nicht auf die Bühne.«

Er will schon ihre Hand nehmen, aber dann lässt er es, als ihm Reubens Worte zum Thema widersprüchliche Signale wieder einfallen. »Ich würde dich nie zu irgendetwas zwingen.«

Kapitel 46

Was für ein Morgen!

Die Aufnahme ist ziemlich anstrengend, aber noch anstrengender findet Kat, dass sie sich die ganze Zeit zurückhalten muss. Sie würde so gern eine Erklärung von Angus einfordern. Eine Erklärung für sein Verhalten neulich.

Immerhin ist er überhaupt im Studio aufgetaucht. Sie hatte mit allem gerechnet, nachdem er sie neulich rausgeschmissen hat. Vielleicht stimmt es ja doch, was die Klatschblätter über ihn schreiben. Vielleicht serviert er die Mädchen schneller ab, als er sie auflesen kann. Was ganz schön schnell ist.

Doch ihn so ganz in seinem Element zu sehen, wie er mit den Produzenten und Tontechnikern redet – was das angeht, hat sie wirklich großen Respekt vor ihm. Angus ist ein Profi. Es ist offensichtlich, dass er diese Sachen schon seit Jahren macht. Bei ihm wirkt das alles total einfach.

Auch wenn es das ganz und gar nicht ist. Als sie fertig sind, ist Kat so müde, dass sie den ganzen Nachmittag schlafen könnte. Doch sie ist mit Joel für den Strand verabredet. Und er wartet schon auf sie.

Irgendwas daran fühlt sich nicht richtig an. Durchs Fenster beobachtet Kat, wie die Tontechniker draußen das Licht ausmachen und mit Joel rausgehen. Kat nimmt ihre Sachen, und dann fragt Angus, ob sie gehen können. Gerade will sie um das

Gewirr aus Mikrofonen und Kabeln steigen, als auf einmal das Licht im Studio ausgeht. Und die Klimaanlage.

Ist das ein Stromausfall? Absolute Stille. Sie hört nichts außer Angus' und ihrem eigenen Atem. Und fragt sich, warum er nicht die Tür öffnet.

»Entschuldige. Ich finde den Türgriff nicht …«, murmelt Angus in die Stille hinein.

»Angus, das ist nicht lustig.«

»Das ist kein Scherz. Ich finde ihn wirklich nicht.«

»Warst du nicht schon mal hier?«

»Ja, aber dieses Studio sieht genauso aus wie alle anderen. Manchmal sind die Türen in diesen Räumen etwas kompliziert.«

Kompliziert?

Kat streckt die Hände aus, um sich im Dunkeln zu orientieren. Diese Studios sind nicht nur schalldicht, sondern ohne Strom auch lichtdicht. Es ist gar nicht so einfach, sich zurechtzufinden. Es gibt nichts, woran sie sich festhalten könnte. Nicht mal eine Wand. Dann berühren ihre Hände Angus. Nicht absichtlich, aber er steht direkt vor ihr. Ihre Hände tasten weiter und sie spürt seine Brust. Nur, um sich zu orientieren. Sagt sie sich zumindest.

»Bist du das, Kat?«, fragt Angus. Er ist so nah, und sie bemerkt, dass er sie im Gegensatz zu ihr überhaupt nicht berührt.

»Tut mir leid! Ich wollte nur wissen, wo du bist.«

»Ich bin hier«, sagt er schlicht.

Bildet sie sich das nur ein oder ist seine Stimme tatsächlich auf einmal tiefer? Versucht er etwa, extra attraktiv zu wirken?

»Versuchst du gerade, extra attraktiv zu wirken, Angus?«

»Nein. Du?«

Ihre Hände liegen immer noch auf seiner Brust, und sie ist zu beschämt, sie wegzunehmen, aber das ist okay, denn er nimmt sie für sie weg. Was Kat noch mehr beschämt.

»Ich hab dich«, flüstert er und hält ihre Hand, damit sie sich in der Dunkelheit nicht verlieren. Mit der anderen tastet er an der Wand entlang, sucht nach einem Weg hinaus. Eigentlich will Kat gar nicht, dass er den Ausgang findet, auch wenn sie weiß, dass sie nicht so empfinden darf! Trotzdem wünscht sie sich, er würde einfach aufhören zu suchen, sie an sich ziehen und küssen, so wie er es im Hotel getan hat. Selbst wenn er danach wieder kalte Füße bekommen sollte und es das dann war.

Aber dazu gibt es jetzt keine Gelegenheit mehr, denn auf einmal fällt grelles Tageslicht durchs Fenster zum Vorraum und die Tür fliegt auf. Als Kats Augen sich an die Helligkeit gewöhnt haben, steht Joel da und entschuldigt sich, so reingeplatzt zu sein. Er dachte, es wäre niemand mehr da, wollte aber noch mal sichergehen. Er dachte, Kat hätte es sich mit ihrer Verabredung vielleicht doch noch mal anders überlegt.

Sanft lässt Angus ihre Hand los, und Kat fühlt sich schlagartig unsagbar einsam.

»Okay. Dann geh ich mal«, sagt Angus. »Das war eine super Session, Kat. Ich kümmere mich um die Backstage-Pässe.«

Und dann ist er weg.

»Hast du Hunger?«, fragt Joel auf dem Weg zu seinem Auto.

Egal, was sonst gerade los ist, Hunger hat Kat wirklich. »Ich war so aufgeregt heute Morgen, dass ich gar nicht frühstücken konnte, und jetzt, wo es vorbei ist, bin ich am Verhungern!«

»Das darf auf keinen Fall passieren. Worauf hast du Lust?«

»Fish and Chips am Strand«, antwortet sie schnell. »Mit Aioli. Und frisch gepresstem Orangensaft. Mit Eiswürfeln.«

Joel lacht. »Geht es noch präziser?«

»Du hast mich gefragt, worauf ich Lust habe!«

»Wie lief es denn?«

Sofort denkt Kat ans dunkle Studio. An Angus, wie er ihre Hand gehalten hat. An sein Parfüm, das sie noch immer in der Nase hat … Aber danach hat Joel nicht gefragt.

»Am Anfang war es etwas schwierig, aber zum Schluss wurde es richtig gut. Angus will, dass ich zum Konzert heute Abend komme und aus dem Backstage zugucke. Er will, dass wir den Song auf einem Unrequited-Konzert präsentieren. Kannst du dir das vorstellen?«

Kann er nicht, und trotzdem tut er es. »Wie geht es dir damit?«

»Ich bin total nervös. Und das ist eine ganz andere Nervosität als vor einer Mathearbeit oder einer Party oder einem Date oder einem Vorstellungsgespräch für einen Wochenend-Job. Es geht darum, mit Unrequited auf der Bühne zu stehen! Vor neunzigtausend kreischenden Fans, die es vielleicht gar nicht so toll finden, wenn da ein anderes Mädchen mit ihren Stars auf der Bühne ist … und vor diesen Fans zu SINGEN. Ganz allein.«

»Du wirst nicht allein sein. Du hast Angus.«

Der Gedanke beruhigt Kat ein ganz kleines bisschen. »Ich hab so was schon immer gewollt, aber bisher hab ich immer nur im Chor gesungen, Joel. Ich bin an die Sicherheit der Masse gewöhnt.«

»Vielleicht ist es an der Zeit, aus deiner Komfortzone rauszukommen. Du hast eine beeindruckende Stimme. Du bist eine geniale Songwriterin. Auch wenn du noch keine Bühnenerfahrung hast, du musst dich vor Angus nicht verstecken. Du bist mindestens genauso gut wie er. Ich hab euch neulich gehört. Das ist wirklich wahr, Kat – ich hätte nicht sagen können, wer von euch beiden eigentlich der Star ist.«

Kat hat Schwierigkeiten, das zu glauben, auch wenn sie es gern würde.

Eine Weile schweigen sie, und es ist gar nicht mal unangenehm. Joel ist so *nett.* Er ist aufmerksam. Und geduldig. Er ist intelligent und gut aussehend und er ist eine so tolle Unterstützung. Eigentlich ist er alles, wovon eine Siebzehnjährige nur träumen kann. *Warum ist er also auf einmal nicht genug?*

Ihre Gedanken schweifen zu Angus ab. Wie er vor Tausenden Fans beim Konzert mit ihr geflirtet hat, wie sie ihn ignorierte, wie er sie nach dem Konzert noch gesucht und dann über sie getwittert hat. Das zufällige gemeinsame Songschreiben. Wie es sich anfühlt, wenn sie zusammen singen. Wie er den Abend mit seinen Jungs sausen gelassen hat, um für sie da zu sein.

Sie denkt an den Kuss …

An das Händchenhalten im Dunkeln. Das Gefühl seiner Muskeln unter dem T-Shirt. Die Tatsache, dass sie nicht weiß, was das mit ihm ist. Welches Risiko er ihretwegen eingeht und was er alles für sie in Bewegung setzt, um ihrer Karriere auf die Sprünge zu helfen …

»Kat? Hallo?«

Oh! »Entschuldige. Was hast du gesagt?«

Joel parkt das Auto vorm Strand und zieht die Handbremse an. »Sollen wir?«

Kat schnallt sich ab und fragt sich, worauf sie sich hier eigentlich eingelassen hat. Was auch immer es ist, sie ist absolut nicht darauf vorbereitet.

Auf der Suche nach einem Fish-and-Chips-Stand gehen sie die Promenade entlang. Kat stellt sich vor, dass dies vielleicht das letzte Mal ist, dass sie über diesen Strandweg geht, bevor sie berühmt wird … Dann tadelt sie sich selbst, so vorauseilend zu sein, wenn auch nur in Gedanken. Und überhaupt an so etwas zu denken, wenn sie eigentlich darüber nachdenken sollte, was sie hier wirklich will. Oder *wen* sie will!

Joel bestellt Fish and Chips mit Aioli und Orangensaft mit Eis. Kat besteht darauf, die Hälfte zu zahlen. Sie setzen sich auf die Treppe unten am Strand und fangen an zu essen.

Kat strahlt ihn an. »Ich LIEBE Fish and Chips.«

Joel anscheinend auch. Und er scheint ihre Begeisterung dafür genauso zu lieben. Da ist wieder dieses nagende Schuldgefühl.

Sie lassen sich Zeit, essen, bis sie satt sind, dann werfen sie den Rest den Möwen zu, die kreischend um sie herumflattern. Aber Kat kann das alles nicht richtig genießen. Sie hat das Gefühl, sie muss es Joel sagen, aber sie weiß nicht wie …

»Wollen wir schwimmen?«, fragt Joel, und sie will. Oder vielmehr: Sie würde wollen, wenn das hier kein Date wäre. Wenn sie allein hier wäre oder mit ihren Freundinnen. Die Vorstellung, sich vor Joel bis auf den Bikini auszuziehen, ist ihr auf einmal super unangenehm, und nicht, weil er sie irgendwie drängen würde. Was er nicht tut. Er überlässt ihr voll und ganz die Entscheidung.

»Können wir vielleicht einfach spazieren gehen?«

Joel lächelt sie an. »Klar.«

Sie stehen auf, klopfen sich den Sand ab und bringen den Müll weg, um dann in Richtung der Klippen zu gehen. Auf dem Weg versucht Kat, sich einen Plan zurechtzulegen. Sie muss es ihm einfach sagen. Jetzt.

Aber sie weiß nicht wie, und irgendwann nimmt Joel ihre Hand. Eigentlich findet sie das ja ganz nett. Und romantisch. Aber da ist noch eine andere Stimme in ihr – *ist nett wirklich genug?*

Sie erreichen die Spitze der Klippen und blicken übers Meer. Das hier sollte eigentlich der absolut romantischste Moment ihres Lebens sein, aber Kat merkt, dass irgendwas Entscheidendes fehlt.

Und sie weiß, es ist nicht etwas … es ist jemand. Sie sieht Joel an und da geht ihr auf, dass sie sich zum ersten Mal in ihrem Leben in einer Situation befindet, in der sie sich ›erwachsen‹ verhalten muss. Sie kann so tun, als wäre alles in Ordnung – ihn denken lassen, sie würde das Gleiche wollen wie er, auch wenn das nicht stimmt. Oder sie kann jetzt erwachsen sein und sagen, was gesagt werden muss, auch wenn es das Schwerste ist, was sie jemals jemandem sagen musste. Kat wünschte, sie könnte einfach vorspulen und es schon hinter sich haben.

Gerade als sie den Mund öffnet, um etwas zu sagen, macht Joel einen Schritt auf sie zu, legt die Arme um sie und zieht sie an sich. Panisch sieht Kat ihn an. Den Jungen aus dem Zug. McDreamy. Den einen, von dem sie dachte, er wäre ›der Richtige‹. Der eine, von dem sich herausgestellt hat, dass er nicht ganz der Richtige für sie ist, aber nur weil sie ihn mit jemand anderem vergleicht. Dabei ist Joel ein so toller Mensch. Er verdient etwas Besseres als sie. Kat weiß, sie muss ihn zurückweisen. Sie weiß nur nicht wie.

»Darf ich dich küssen, Kat?«, fragt er, und sie denkt: ›Nein, darfst du nicht‹, aber die Worte kommen ihr nicht über die Lippen. Joel versteht ihr Schweigen als Zustimmung und beugt sich zu ihr vor.

Endlich, er ist nur noch Millimeter entfernt, findet Kat ihre Stimme wieder. »Stopp! Joel! Es tut mir leid. Ich kann das nicht.«

Und im selben Moment hört sie ihn sagen: »Kat – es tut mir leid. Das fühlt sich irgendwie nicht richtig an …«

»Was hast du gesagt?«, fragen beide zugleich.

»Bist du sicher, dass du das willst?«, fragt Joel. »Denn ich bin es auf einmal nicht mehr.«

Ist er *nicht*?

Sofort fühlt Kat sich total niedergeschmettert, auch wenn sie überhaupt kein Recht darauf hat! »Bist du nicht?«

»Bitte, nimm es nicht persönlich, Kat. Es hat nichts mit dir zu tun. Noch nicht mal mit mir. Und ich würde diesen Satz am liebsten gar nicht zu dir sagen. Ich mag dich total gern.«

»Mit wem hat es dann zu tun?«, fragt Kat unsicher.

»Ich glaube, das weißt du …«

Doch so sicher ist sie sich da nicht. Redet er von Sarah? Oder Angus?

»Es geht um beide«, bestätigt er, als könne er Kats Gedanken lesen.

»Ich dachte, Sarah und du, ihr wärt nur befreundet …«

»Sind wir ja auch. Zumindest waren wir das bisher. Ich weiß nicht, wie ich das sagen soll, Kat, aber ich will ehrlich zu dir sein. Ich habe Jahre gebraucht, um zu akzeptieren, dass Sarah nicht das Gleiche für mich empfindet wie ich für sie. Letztendlich bin ich darüber hinweggekommen, oder zumindest dachte ich das. Doch als du dann plötzlich aufgetaucht bist, hat sich alles verändert. Ich hab mich noch nie einem Mädchen so nah gefühlt wie dir. Außer Sarah – aber ich hätte nie gedacht, dass ich eine Chance bei ihr hätte. Die Hoffnung hatte ich längst aufgegeben. Sarah hat erst gemerkt, was sie für mich empfindet, als sie mitbekommen hat, dass ich Gefühle für dich habe … Denn ich hab mich ganz schön in dich verknallt.«

Kat versucht, diese Information zu verarbeiten. Sie ist eine Art Katalysator für Joel und Sarah? Für ihre Beziehung? Wie kann das sein?

»Ich wollte dich nicht verletzen«, erklärt Joel. »Ich hab Sarah gegenüber auch noch überhaupt nichts gesagt. Ich glaube nur, ich bin es ihr schuldig, dass wir es miteinander probieren, um zu sehen, ob da wirklich etwas ist nach all den Jahren.«

Was ist hier los? Will er sie abservieren?

»Erzähl mir nicht, da wäre nichts zwischen Angus und dir«, sagt er. »Es ist offensichtlich.«

Kat atmet tief aus. »Ich weiß nicht …«

Sie setzen sich auf eine Bank, hoch oben auf den Klippen, und beobachten die hereinbrechenden Wellen. Plötzlich wird Kat bewusst, dass sie wieder Single ist. War das vielleicht die kürzeste Beziehung in der Geschichte der Menschheit? Was stimmt denn nicht mit ihr? Erst küsst Angus sie und zieht sich sofort wieder zurück. Dann fragt Joel sie nach einem Date und macht nach drei Sekunden gleich wieder mit ihr Schluss.

»Was stimmt denn nicht mit mir?«, fragt Kat verzweifelt.

Joel kann sich das Lachen nicht verkneifen. »Nichts! Es ist eher das Gegenteil! Ehrlich, wenn ich nicht in dieser verzwickten Situation mit Sarah wäre …« Er macht eine Pause. »Kat, du hast was ganz Besonderes an dir … Ich kann noch nicht mal sagen, was es ist. Aber ich liebe es. Und ich wette, Angus liebt es auch.«

Kat senkt den Blick. Das Problem ist nur, dass anscheinend weder Joel noch Angus es *genug* lieben.

Kapitel 47

»Hast du heute Abend Zeit?«, schreibt Kat an Lucy. »Ich hab zwei Backstage-Pässe für Unrequited.«

Sie rechnet damit, dass ihr Handy praktisch jeden Moment explodiert, so schnell wie Lucy antworten muss – aber nichts passiert. Fünf Minuten vergehen. Zehn. Eine halbe Stunde verstreicht.

Nichts.

Kat ist ganz schlecht. Das hier ist noch schlimmer als Angus' plötzliches abweisendes Verhalten. Es ist noch schlimmer, als dass Joel sie wegen Sarah abserviert hat.

Das hier ist Lucy. Ihre beste Freundin. Mit der sie sich heimlich zum ersten Mal die Beine rasiert hat, als sie elf waren. Mit der sie ihren ersten gefütterten BH gekauft hat, den sie wegen ihrer Mum wieder zurückgeben musste, weil sie gefütterte BHs nicht gutheißt, was mega peinlich war. Lucy hat sie wieder in den Laden begleitet und sich hinter einem Unterwäscheregal totgelacht, während Kat sich durch den Rückgabeprozess gestammelt hat, den ausgerechnet ein knallrot angelaufener Junge abwickeln musste.

Lucy hat bei ihrer Klavierprüfung draußen gesessen, um sie moralisch zu unterstützen. Sie bäckt Kat jedes Jahr einen Geburtstagskuchen und bringt ihn im Schulbus mit, auch wenn er jedes Mal zerdrückt wird. Als Ezra in *Pretty Little Liars* erschossen wurde, haben sie zusammen geweint. Vor Mathearbeiten schieben sie zusammen Panik. Lucy ist immer für Kat da, bei allen wichtigen Ereignissen in ihrem Leben.

Nur jetzt nicht. Und das ist Kats Schuld.

Sie ruft sie an. Keine Antwort.

Kat bekommt es mit der Angst zu tun. Sie muss das wieder in Ordnung bringen. Nur *wie*?

♫♪

Eine Stunde später sitzt Kat im Hängesessel auf Lucys Veranda und wartet darauf, dass jemand nach Hause kommt. Es ist derselbe Sessel, in dem Lucy und sie in den letzten Jahren stundenlang gesessen, geredet und gelacht und Unmengen getrockneter Mangos gegessen haben. Jedes Mal, wenn der Sessel vorschwingt, quietscht er. Von Zeit zu Zeit kann Lucys Dad das Quietschen nicht mehr ertragen, und dann müssen sie eine Weile stillsitzen, bis sie unvermeidlich wieder anfangen zu schaukeln und kurz darauf erneut gesagt bekommen, dass sie aufhören sollen.

Der Hängesessel ist allein einfach nicht dasselbe.

Endlich kommt ein Auto in die Auffahrt gefahren, und Lucys ganze Familie steigt aus. Als Lucy Kat auf der Veranda sitzen sieht, strahlt sie übers ganze Gesicht. Sie läuft auf sie zu und umarmt sie. »Da bist du ja! Oh, Kat! Es ist so viel passiert! Ich hab dir so viel zu erzählen!«

»Lucy, ich muss zuerst mit dir reden. Es tut mir so leid …«

»Ach, es ist alles okay! Sie hat heute Vormittag Entwarnung bekommen!«

Entwarnung? Wovon redet sie?

»Die Ergebnisse sind da. Es war gutartig. Sie ist gesund. Sie hat keinen Krebs!«

»Was? Wer?«

Verwirrt sieht Lucy sie an. »Ich dachte, du redest von meiner Mutter. Hast du gar nichts mitbekommen? Sie hatte Verdacht auf Krebs.«

Kat lässt sich wieder in den Hängesessel fallen. Jetzt quietscht er wirklich richtig laut, aber Lucys Dad scheint es nicht zu stören. Er lacht nur. »Hey, Kat! Schön, dich zu sehen. Wir haben dich vermisst.«

Lucys Eltern und ihr kleiner Bruder gehen ins Haus. Kat sitzt da und versucht zu verarbeiten, dass sie offiziell die schlechteste Freundin auf der ganzen Welt ist. »Es tut mir so leid …« fängt sie wieder an. »Ich weiß nicht, wo ich mit meinen Gedanken war. Ich meine, ich weiß es natürlich, aber es tut mir leid, dass ich nicht für dich da war.«

Lucy setzt sich neben Kat. »Um ehrlich zu sein, es war schon schwer. Ich hätte wirklich gern mit dir geredet.«

»Was für eine Freundin bin ich denn? Du hasst mich jetzt bestimmt.«

»Natürlich nicht! Ich bin ein bisschen sauer geworden, aber ich wusste, dass bei dir auch irgendwas Wichtiges los sein muss, weil du so abgelenkt warst.«

Das kann sie laut sagen. Aber das ist trotzdem keine Entschuldigung.

»Willst du heute bei mir schlafen?«, fragt Lucy. »Meine Eltern sind so froh, ich glaube, du könntest gerade einen ganzen Monat bleiben!«

»Kann ich, ja. Mum ist immer noch weg und die Zwillinge

sind bei meinen Großeltern. Aber Lucy – hast du meine Nachricht gar nicht bekommen? Wegen heute Abend?«

Lucy schüttelt den Kopf. »Wir waren gerade nobel essen, um zu feiern. Ich musste das Handy zu Hause lassen. Ich wusste gar nicht, wie ich das überleben soll …«

»Aber du hast es überlebt. Geh schon, hol dein Handy.«

Lucy verschwindet und ungefähr sechzig Sekunden später schreit sie das ganze Haus zusammen. »OH MEIN GOTT! KAT!« Sie kommt rausgerannt, nimmt Kats Hände und springt auf der Veranda umher.

»Ist das ein Witz? Bitte sag, dass es kein Witz ist, Kat!«

»Ich würde niemals Witze über Unrequited machen.«

»Machst du doch ständig!«

»Das war bevor …«

»Bevor was? Was ist passiert?«

Kat weiß nicht, wo sie anfangen soll, und Lucy sagt, sie soll einfach damit anfangen, wie sie an die Tickets gekommen ist. Aber als Kat ihr erzählt, dass Angus die Tickets für sie organisiert hat, nachdem sie sich heute Vormittag mit ihm getroffen hat, flippt Lucy noch mehr aus und sagt, sie soll aufhören und noch mal ganz von vorn anfangen. Und kein einziges Detail auslassen.

Was Kat nie wagen würde.

Kapitel 48

In Lucys Zimmer widmen sie dem Thema alle Aufmerksamkeit, die es verdient, während sie sich für den Abend zurechtmachen. Kat muss immer wieder an ihr letztes Unrequited-Konzert denken, als sie einfach so, wie sie war, aus dem Haus gegangen ist. Fertig. Und trotzdem hat Angus sie aus der Menge herausgepickt. Lucy besteht darauf, dass sie Kat dieses Mal ordentlich vorbereiten, angefangen mit dem Glätten ihrer Haare. Danach soll sie sich von Lucy etwas zum Anziehen aussuchen, denn Kats Kleiderschrank ist quasi ein Modeschrein aus dem letzten Jahrhundert und enthält nichts, was auch nur annähernd des Anlasses würdig wäre.

»Was ist hiermit?«, fragt Lucy und hält ein kurzes Blümchenkleid hoch.

»Nein.«

»Und das hier?«

»Nein.«

»Und das?«

»Nein.«

»Komm schon, Kat – irgendwas muss dir doch gefallen! Was ist hiermit?« Lucy angelt aus der hintersten Ecke ihres Schranks eine bunte Leggins hervor, die sie in der siebten Klasse getragen hat.

Kat prustet los. »Damals haben wir uns für so cool gehalten!«

»Ja! Und jetzt *bist* du es, Kat!«

Kat will nicht darüber nachdenken. »Okay, lass mich mal gucken. An dir sehen die Sachen alle toll aus, Lucy. Ich finde nur, dass bin alles nicht ich.« Sie steht vor dem Schrank, schiebt einen Kleiderbügel nach dem anderen über die Stange und sucht nach etwas, irgendwas, worin sie sich wohlfühlen würde. Viel zu auffällig. Zu kurz. Zu knallig. Alles Sachen, in denen Lucy es irgendwie schafft, fantastisch auszusehen. Und dann ... »Was ist das?«

Lucy kreischt. »Das hat meine Mum mir vermacht! Perfekt! Probier es an!«

Als Kat ein paar Minuten später fertig ist, die langen dunklen Haare offen und – dank Lucy – ausnahmsweise mal gezähmt, trägt sie ein weißes kurzes Spitzenkleid, silberne Sandalen mit Absätzen und zwei Silberarmreife. Lucy lächelt. »Das ist es. Das bist absolut du.«

Trotzdem bekommt Kat kurz Panik, als das längste, schnittigste, glänzendste schwarze Auto, das sie je gesehen hat, vorfährt, um sie abzuholen.

Sie fahren zum Stadion, und die Leute draußen auf der Straße starren auf die getönten Scheiben. Genau wie Kat es sich immer vorgestellt hat. Dann passieren sie den Backstage-Eingang, fahren die Rampe hinunter und halten direkt neben dem Unrequited-Tourbus.

Blitzlichter gehen los. Kat hofft, ihr Kleid ist nicht zu kurz, als sie versucht, einigermaßen elegant aus der Limo zu steigen, und eilt ins Gebäude. Lucy lässt sich mehr Zeit. Sie liebt die Aufmerksamkeit! Die Menge der kreischenden Mädchen flippt völlig aus, auch wenn sie keine Ahnung haben warum.

Sobald sie drinnen sind, bringt sie jemand in schwarzem T-Shirt und mit Klemmbrett in der Hand in den Aufenthaltsraum. Kat ist super nervös, dabei wird sie heute Abend gar nicht auftreten, und Lucy hört überhaupt nicht mehr auf rumzuspringen. Möglichst unauffällig flüstert Kat ihr zu, sie solle sich nicht so wie ein Groupie benehmen.

Schließlich geht die Tür auf. Reuben kommt herein – in frischen Klamotten, die blonden Haare perfekt gestylt –, lächelt sie an und sagt: »Kat, schön, dir mal richtig zu begegnen. Angus hat gerade ein Interview und mich gebeten, nach euch zu sehen. Er ist nach der Show für euch da. Freut mich, dass du auch kommen konntest, Lucy. Viel Spaß!«

Dann geht er wieder. Lucy starrt Kat an, als wäre sie von einem anderen Planeten.

»Du bist so entspannt!«, wundert sie sich.

»Es sind ganz normale Jungs.«

»Äh, nein, sind sie nicht!«

Kat weiß, die Diskussion wird sie niemals gewinnen, also versucht sie es gar nicht erst. Jemand anders mit Klemmbrett kommt herein und bringt sie zu einer Stelle direkt neben der Bühne, wo sie das Konzert ganz aus der Nähe miterleben können. Sie sehen einen Teil des Publikums, aber so wie die Beleuchtung eingestellt ist, kann das Publikum sie nicht sehen. Die Position gewährt ihnen einen fast komplett freien Blick auf die Bühne. Kat sieht sogar die Markierungen auf dem Boden, wo die einzelnen Bandmitglieder stehen werden.

Es ist laut. Bei jeder kleinen Bewegung auf der Bühne bricht das Publikum in Jubel aus. Dann, endlich, *endlich*, gehen die Lichter aus. Das Kreischen erreicht seinen Höhepunkt. Die

Band betritt die dunkle Bühne. UNREQUITED, direkt neben Kat und Lucy, bereit, das Stadion zu rocken.

Angus sieht sie an, mit einer Miene, die Kat nicht deuten kann. Vielleicht ist er aufgeregt. Vielleicht ist er sauer auf sie …

Kapitel 49

Angus

Wie verdammt noch mal soll er sich jetzt konzentrieren? Als er Kat zum Konzert eingeladen hat, hat er nicht erwartet …

»Angus! Konzentration!«, ruft eine Stimme in seinem Kopfhörer, und er reißt sich zusammen oder versucht es zumindest, aber sie in diesem Kleid und mit den offenen Haaren zu sehen …

»ANGUS!«

Das Licht geht an und die Band beginnt zu spielen. Wenn er einfach nicht in Kats Richtung guckt, schafft er es vielleicht. Zum Glück kennt er die Songs alle in- und auswendig. Die Hälfte hat er selbst geschrieben – nicht, dass ihm das jetzt gegen den Nebel in seinem Gehirn helfen würde, als er Kat neben der Bühne stehen sieht, die ihn beobachtet …

Auf einmal ist Angus super nervös. So nervös, wie er es früher war, als sie zum ersten Mal vor großem Publikum spielten und er Angst hatte, auf der Bühne zu stolpern. Nur diesmal hat er Angst, dass er sich vor *ihr* blamiert. Und da wird ihm plötzlich bewusst, dass er sie beeindrucken will. Er *muss* sie beeindrucken, genauso wie er atmen muss. Es ist, als gäbe es niemanden sonst im Publikum. Niemanden sonst im ganzen Stadion außer Angus und dem Mädchen, von dem ihm immer mehr klar wird, dass er …

Losing my mind, baby, loving your smile
Let me come round, baby, stay for a while.

Kreischen.

Loving your look, baby, loving your mind
You're all I know, you are my one-track mind …

Die Menge TOBT.

Jetzt kommt Zachs Part. Angus geht über die Bühne und kann nicht anders, als zu Kat zu sehen, obwohl er eigentlich ins Publikum blicken und jedes der Mädchen im Publikum denken lassen sollte, *sie* wäre für ihn die Einzige auf der Welt. Unmöglich, diese Nummer wie üblich abzuziehen, wo die Einzige auf der Welt nur ein paar Meter entfernt *tanzt.*

Angus würde gern glauben, dass sie für ihn tanzt, aber er kennt Kat besser. Sie macht es für sich. Angus steht tatsächlich einfach nur da und sieht ihr ein paar Sekunden lang zu, bis ihm einfällt, dass er mit UNREQUITED auf der BÜHNE ist und ein KONZERT gibt und sich verdammt noch mal zusammenreißen muss. Oh Gott. Er ist wirklich ziemlich …

Kat

Sie findet die Musik großartig, und das hätte sie selbst niemals von sich gedacht. Angus ist umwerfend gut. Sie sind alle umwerfend gut, und die Energie ist ansteckend. Es ist, als könnte Kat endlich alle Hemmungen fallen lassen, an die sie sich ihr Leben lang geklammert hat. Oder zumindest seit ihr Dad gestorben und der uneingeschränkte Genuss an Musik mit ihm verschwunden ist.

Nichts hält sie mehr zurück. Als Angus in ihre Richtung blickt – als er tatsächlich stehen bleibt und sie ansieht – weiß sie, dass sie nicht bloß ein Unrequited-Fangirl ist.

Sie ist DAS Unrequited-Fangirl.

Wirklich. Kat will T-Shirts. Sie will Nagelaufkleber. Sie will die Poster und Anstecker und eine Fahne und alle Zeitschriften, in denen die Band jemals war, und die DVDs – alles. Aber sie ist siebzehn, also reichen vielleicht auch die DVDs und ein T-Shirt. Das sie als Schlafshirt nehmen wird.

Kat holt tief Luft. Jetzt versteht sie, was alle an Unrequited finden. Die Jungs wissen genau, was sie tun – und für wen sie es tun. Und sie machen es genial.

»Hallo, SYDNEY!«, ruft Xavier, und Angus animiert das Publikum mit einer Handbewegung, lauter zu werden. »Unser vorletztes Konzert! Werdet ihr uns vermissen?«

Kreischen.

»Wir werden euch auch vermissen!«

Noch mehr Kreischen.

»Seid ihr gut drauf?«

Kreischen, kreischen, *kreischen.*

Angus

Sie sind auf der Nebenbühne, als es passiert. Mädchen winken ihm zu. Machen Handyfotos. Rufen seinen Namen. Angus muss sich sehr zusammennehmen, um nicht nachzusehen, ob Kat noch da ist. Ist sie beeindruckt? Wie ironisch, dass er sich auf einmal so unsicher fühlt – dass er sich Sorgen macht, was sie über ihn denken könnte, wo er von allen anderen im Stadion gerade so sehr bewundert wird.

Aber Kat ist nicht wie diese Mädchen. Er weiß nicht, wo er gerade mit ihr steht – ist sie jetzt mit Joel zusammen oder nicht? Ist sie noch wütend auf ihn? *Hat er sie verloren?*

»Wer ist bereit für eine GROSSE ÜBERRASCHUNG?«, ruft Zach auf einmal ins Mikrofon, und Angus fragt sich, was er verpasst hat. Haben sie über eine Überraschung geredet? Er weiß, er hat in letzter Zeit nicht besonders aufgepasst, aber so schlecht ist sein Gedächtnis auch wieder nicht. Er riskiert einen Blick auf Reuben, der bloß die Augenbrauen hochzieht.

»Schhh …«, macht Zach in Richtung Publikum. »Bisher weiß noch niemand davon, aber einer von uns hat etwas ganz Besonderes vorbereitet. Und er braucht jemanden, der ihm dabei hilft …«

Wovon redet Zach da? Ist das einer seiner blöden Witze?

Auf einmal steht Angus auf der Nebenbühne als Einziger im Scheinwerferlicht. Die Scheinwerfer auf der Hauptbühne wirbeln wie verrückt herum und werden dann auf den Flügel gerichtet, der in diesem Moment auf die Bühne gleitet. Dahinter erscheint die vertraute Silhouette von Cassidy Moore, die mit Glitzer in den Haaren vor einem dunkelblauen Hintergrund von hinten angestrahlt wird. *Was geht hier vor sich?*

Cassidy schwebt zum Klavierhocker, nimmt das Mikrofon und gibt Angus ein Zeichen.

Häh?

»Komm schon, Angus! Du kannst das nicht länger vor uns geheim halten«, sagt Cassidy in vertraulichem Tonfall vor der unruhig gespannten Menge. »Es ist nicht fair, so einen Song unter Verschluss zu halten!«

Wovon redet sie überhaupt?

Dann. Fängt sie an zu spielen. Und als die ersten Töne vom Flügel erklingen, packt Angus das blanke Entsetzen.

Oh nein.

Er hört, wie sein Mikrofon klickend wieder angeht, und Zachs Stimme in seinem Kopfhörer, der sagt: *»Los, Angus! Das wird ein Hit!«*

Nein! *Nein, nein, nein!*

Wie ist Cassidy an den Song herangekommen? Auf einmal fällt ihm der Hoteldrucker ein, der nicht richtig funktionierte. Hat Angus die Noten etwa zweimal kopiert und es nicht gemerkt?

Vor Schreck erstarrt er. Angus ist nicht in der Lage zu singen. Er ist noch nicht mal in der Lage, sich zu *bewegen*.

Kat

Die ersten Töne treffen sie wie ein Messer ins Herz.

I'm a faded photograph on the shelf …

Mein Song! Wie kann er mir das antun?!

Kat ist … am Boden zerstört. Er hat sie hintergangen! Wie kann er ihr das bloß antun? Was hat ihn dazu getrieben, Cassidy ihren Song zu zeigen? Wann? Warum? Wie konnte Angus ihr Vertrauen derart missbrauchen? Ihre Komposition einfach so weggeben? Ihr geistiges Eigentum? Ihren *Traum*?

Kat kann kaum noch atmen und greift sich an die Brust. Jetzt kommt Angus' Part.

Er wird ihn ja wohl nicht singen!

Angus

Alles verschwimmt, und Angus hat das Gefühl, als hätte er seinen Körper verlassen. Er hört kaum die Musik und die neunzigtausend kreischenden Fans. Es kommt ihm vor, als würde alles in Zeitlupe geschehen. Als wäre er im schlimmsten Albtraum seines Lebens gefangen.

Kat steht vornübergebeugt und hat offenbar Probleme zu atmen. Ihre Freundin hat die Arme um sie gelegt, während Kat weinend nach Luft ringt.

Cassidy schmettert den Song – in einer völlig falschen Tonlage. Erwartungsvoll blickt sie Angus an. Wie der Rest der Band. Bis auf Reuben, der genauso schockiert wirkt wie er.

Verhalte dich professionell, Angus. Tu das Richtige. Lass die Jungs nicht hängen. Lass die Fans nicht hängen. Lass nicht zu, dass Unrequiteds Name beschmutzt wird. Da kommt auch schon seine erste Zeile. Die *er* geschrieben hat. Die Zeile, die er heute Morgen mit Kat immer und immer wieder gesungen hat. Die Zeile über *sie.*

Er sieht von Kat zu Reuben, Xavier, Zach und Alex, zum Publikum und wieder zu Kat. Und obwohl die Musik so laut ist, meint er, sie weinen zu hören, selbst über den Klang seiner Stimme hinweg. Denn er *singt.*

I've got the major role in a stick figure theatre …

Sie erträgt das nicht mehr. Sie muss hier raus. Wohin weiß sie nicht. Sie rennt einfach los. Gänge hinunter, durch Türen hindurch. Erst als sie draußen ist, bleibt sie stehen, um keuchend und schluchzend die frische Abendluft einzusaugen.

Lucy ist direkt hinter ihr, und sie hat keine Ahnung, was los ist. Schließlich bringt Kat mühsam heraus: »Das war mein Song!«

»Komm, wir nehmen ein Taxi«, sagt Lucy und zieht ihre beste Freundin zum Taxistand an der Straße. Kat kann kaum aufrecht gehen, so sehr leidet sie. Auf halbem Weg bricht sie einfach zusammen und Lucy weiß nicht, wie sie ihr helfen soll. Sie hat sie noch nie so erlebt. Geduldig hockt Lucy sich neben sie und nimmt sie in die Arme.

»Es ist nicht nur wegen meinem Song«, schluchzt Kat. »Es ist wegen *Angus*. Wie kann er mir das antun? Das ist wirklich das Schlimmste, was er machen konnte! Was ist er denn für ein Mensch? Und mich auch noch einzuladen, damit ich zusehe, wie er meinen Song mit *ihr* zusammen singt? Das ist doch *Sadismus*! Nachdem er mich *geküsst* hat? Ich verstehe einfach nicht, wie er so was tun kann!«

Lucy versteht es auch nicht. Sie hat noch nie davon gehört, dass jemand das Vertrauen einer anderen Person derart missbraucht hätte. Es ist wirklich das Schlimmste, was man jemandem antun kann.

»Lucy. Mein *Song*! Sie hat überhaupt keine Ahnung, wie lange ich daran gearbeitet habe! Wie schwer es war, ihn so hinzubekommen, dass alles stimmte. Wie viel von mir selbst da reingeflossen ist. Der Song ist ein Teil von mir!«

Er schafft nur ein paar Zeilen, bevor seine Stimme versagt. Er kann das nicht! Er will es nicht! Schulterzuckend wendet er sich seinen Bandkollegen zu und formt mit den Lippen die Worte: »Tut mir leid.«

Verwirrt sieht Zach zu Reuben. Das Publikum ist ungewöhnlich leise. Cassidys Hände sind immer noch auf den Tasten, doch die Musik hört mit einem Mal auf. Aus dem Augenwinkel sieht Angus, wie Reuben dem Bühnen-Manager hektisch ein Zeichen gibt, indem er sich mit der Handkante quer über den Hals fährt. Cassidy will gerade etwas sagen, doch in dem Moment wird ihr das Mikro abgestellt.

Angus nimmt sein Mikrofon, sieht ins Publikum und holt tief Luft.

»Ich kann das nicht«, erklärt er. »Ich weiß: *The show must go on*, aber wir sind auch ganz normale Menschen. Manchmal gibt es Wichtigeres …« Wieder versagt seine Stimme.

Das Publikum scheint zu verstehen, wie ernst es ihm ist. Sie rufen nicht, dass er weitersingen soll. Sie hören ihm zu. Sie hören ihm richtig zu.

Hinter ihm gibt es Gerangel, und Angus dreht sich halb um. Er sieht, wie Zach die Arme um eine wild tobende Cassidy legt und sie fast von der Bühne trägt. Um Cassidy kann Angus sich jetzt keine Gedanken machen. Wieder wendet er sich der Menge zu.

»Dieser Song ist nicht von mir. Oder von Cassidy«, erklärt er und hört, wie seine Stimme überall im Stadion widerhallt. »Er ist von einer Freundin. Kat Hartland. Aus Sydney. Sie hat ihn geschrieben. Eigentlich sollte sie hier auf der Bühne stehen und ihn singen, aber sie ist gerade weggelaufen, als sie gesehen hat, was mit ihrem Song passiert …«

Das Publikum starrt ihn an. Er hat sich noch nie so ausgeliefert gefühlt. Oder so ängstlich.

»Und Kat«, seine Stimme bricht. »Sie ist … Kat ist das Mädchen von Platz L26 …«

Das Geräusch von neunzigtausend Mädchen, die seine Botschaft aufnehmen, bricht wie eine Welle über Angus zusammen. Er hat das Gefühl zu ertrinken.

»Ich glaube, ich hab sie verloren«, flüstert Angus. Mehr kann er nicht sagen, denn er fürchtet ernsthaft, sonst auf der Bühne loszuheulen. Die Menge fängt an zu rufen. An der Seite sieht er das Management unruhig werden. Wahrscheinlich wird bereits ein PR-Rettungsversuch für die Band ausgeheckt.

Und dann passiert etwas Erstaunliches.

Es fängt leise an, mit nur ein paar Fans. Dann stimmen immer mehr ein, bis sie alle einstimmig dasselbe rufen. Immer und immer wieder.

»GO! GO! GO! GO! GO!«

Angus und die Jungs stehen da und wissen nicht, was sie tun sollen. Es gibt Fans, und dann gibt es Unrequited-Fans. Diese Mädchen haben seit Monaten von diesem Konzert geträumt. Nicht nur, dass Cassidy Moore gerade reingeplatzt ist, sondern Angus hat auch noch auf der Bühne seine persönliche Krise mit einem Mädchen thematisiert, und sie ermutigen ihn trotzdem, ihr hinterherzulaufen, als wäre sie eine von ihnen. Er ist einfach überwältigt.

»Ihr seid wirklich die BESTEN!«, ruft Angus, bevor er Reuben das Mikrofon zuwirft und von der Nebenbühne in die jubelnde Menge springt. An jedem anderen Tag hätten die Fans ihm begeistert die Klamotten vom Leib gerissen. Heute teilt sich die Menge, die Fans bilden einen Korridor, lassen ihn durch und jubeln lauter als je zuvor.

Er läuft die Treppen hinauf und zum nächsten Ausgang. Die Sicherheitsleute machen sich bereit auf einen Mob besessener Teenies, die ihm hinterherlaufen.

Als Angus draußen ist, rufen die Fans bereits etwas anderes im Chor.

Kat

Neben ihnen hält ein Taxi. Lucy öffnet die Tür, doch dann dreht sie sich noch mal zum Stadion um.

»Kat. *Hör mal!*«

Rufe. Aus dem Stadion. Fast hunderttausend Stimmen, die alle dasselbe rufen.

»Kat! Kat! Kat! Kat! Kat! Kat!«

»Sie versuchen, dich aufzuhalten«, stellt Lucy fest. Sie schließt die Autotür wieder.

Es geschieht alles so schnell. Die Fans rufen ihren Namen. Angus kommt aus einem der Ausgänge gerannt, sieht sich um und entdeckt Kat am Taxistand.

»Kat, warte doch, was er zu sagen hat«, drängt Lucy sie. »Stars wie er rennen nicht einfach aus ihrem eigenen Konzert. Das ist eine große Sache für ihn!«

Angus steht allein im Flutlicht auf den Stufen des Stadions. Er wirkt verzweifelt, überlässt aber ihr die Entscheidung. Wartet, ob sie auf ihn zukommt – oder geht.

Ihr Gefühl sagt, sie soll zu ihm laufen. Ihr Verstand sagt, sie soll gehen. Sich nie wieder nach ihm umsehen. Es heißt, er wäre ein Bad Boy. Und er hat sich wie einer verhalten. Kat kann ihm nicht trauen. Sie hat nur noch diesen einen Moment, um ein bisschen Selbstachtung zu wahren.

Langsam öffnet Kat die Taxitür. Lucy starrt sie fassungslos an. Hat sie das wirklich vor? *Jetzt* will sie gehen?

Kapitel 50

Das Taxi fährt los, und Kat beobachtet von der Rückbank aus, wie Angus sich auf die Stadiontreppe setzt und das Gesicht in den Händen vergräbt. Der Fahrer reiht sich in den fließenden Verkehr ein, und Kats Handy klingelt. Sie weist den Anruf ab.

Wieder klingelt es. Wieder weist sie den Anruf ab.

»Kat …«

»Nicht, Lucy.«

Kurz darauf kommt eine Nachricht an. Kat ignoriert sie.

»Komm schon«, drängelt Lucy. »Gib ihm eine Chance. *Lies* es wenigstens.«

Genervt wirft Kat das Handy zwischen ihnen auf die Rückbank, verschränkt die Arme und sieht aus dem Fenster. Lucy nimmt das Handy.

»Ich kann dir gar nicht sagen, wie leid es mir tut«, liest sie vor. »Ich weiß nicht, wie Cassidy an den Song gekommen ist. *Ich will nicht, dass du abhaust.*«

Kat schweigt. Was soll sie dazu sagen? Das Thema ist durch.

Noch eine Nachricht: »Komm zurück, Kat. Bitte. Rede mit mir. Ich flehe dich an.«

Sie kann nichts gegen die Tränen tun, die ihr in Strömen übers Gesicht laufen, während Lucy Angus' Dolmetscherin spielt.

»Er hat gesagt, ich kann ihm vertrauen! Er hat es mir versprochen!«, schluchzt Kat.

»Vielleicht kannst du es ja. Ich antworte ihm …«

»Luce, warte!«

»Lass mich dir einfach helfen, Kat! Das ist wichtig!« Sie tippt eine Nachricht auf Kats Handy: »Angus, hier ist Lucy.«

Innerhalb von Sekunden klingelt das Handy. Lucy geht ran und stellt es auf laut.

»Kat, du musst mir glauben!«, sagt Angus. »Ich hatte keine Ahnung, was vor sich geht! Ich hab keine Ahnung, wie Cassidy an deinen Song gekommen ist. Ich hätte ihn ihr nie gegeben. Vielleicht war es Zach … Ich weiß es nicht. Ich *mag* Cassidy noch nicht mal. Es ist *dein* Song. Ich will ihn mit *dir* singen …«

Sagt er vielleicht die Wahrheit? So gequält, wie er klingt, scheint er wirklich verzweifelt zu sein. Und auch wenn er ein Popstar ist, wirkt er gerade ziemlich verletzlich, als er sie wie ein ganz normaler Schuljunge von der Stadiontreppe aus anruft und um Vergebung bittet.

Kat holt tief Luft. »Aber wenn du es nicht …« Sie schluchzt und versucht es noch mal. »Wenn du es nicht warst, wie ist es dann passiert?«

»Ich weiß es nicht. Cassidy ist eine … Na ja, sie muss es irgendwie eingefädelt haben. Wahrscheinlich denkt sie, damit würde sie mich für sich gewinnen. Von wegen! Cassidy ist wirklich die Letzte, mit der ich was anfangen würde! Reuben wusste garantiert auch nichts davon. Er hätte es mir sofort gesagt. Ich hab ihm von dir erzählt.«

»Ich hab auch Lucy von dir erzählt.«

»Hasst sie mich?«

Wohl kaum!

Kat sieht ihre beste Freundin an. »Mein Handy ist auf laut. Sie findet, ich soll dir zuhören, weil du aus deinem eigenen Konzert rausgerannt bist. Was ist mit deinen Fans?«

Lucy gibt Kat das Handy, die den Lautsprecher ausstellt und es sich ans Ohr hält, während sie sich die Tränen vom Gesicht wischt.

»Mir ist nur ein einziger Fan wichtig«, sagt Angus leise. »Obwohl das nicht ganz das richtige Wort für dich ist. Ist es …«

Sie muss beinah lächeln. »Du brauchst keinen weiteren Fan.«

»Ich will dich nicht enttäuschen, Kat. Nie wieder. Ich meine es ernst. Kannst du nicht hören, wie leid es mir tut? Sag mir bitte, wie ich das wieder in Ordnung bringen kann. Was muss ich tun, um es wiedergutzumachen?«

Kat holt tief Luft. Sie weiß, was sie zu tun hat, und sie hatte noch nie solche Angst. Nie.

Sie braucht Angus nicht, damit er es für sie wiedergutmacht. Sie muss sich selbst retten. Wenn sie gleich mutiger gewesen wäre … wenn sie zugestimmt hätte, heute Abend mit ihm zu singen, wäre das nie passiert. Kurz entschlossen legt Kat auf und wirft Lucy das Handy zu, die sie verwirrt ansieht.

»Halt!«, ruft Kat.

»Was?«, fragen Lucy und der Fahrer.

»Halt! Umdrehen! Sofort!«

Der Fahrer tritt auf die Bremse, wendet und fährt wieder in Richtung Stadion, aber inzwischen ist die Straße voller Autos von Eltern, die ihre Töchter vom Konzert abholen wollen. Der Fahrer versucht, um sie herumzukommen, doch keine Chance.

»Halten Sie an!«, ruft Kat und wartet gar nicht ab, bis das

Taxi richtig zum Stehen kommt, sondern reißt schon vorher die Tür auf und springt heraus. Das Zahlen überlässt sie Lucy.

Sie rennt los, aber in den Sandalen läuft es sich nicht gut, also zieht sie sie aus und lässt sie liegen.

Als Kat am Ende der Straße um die Ecke biegt und Angus allein, nur mit ein paar Sicherheitsleuten in der Nähe, auf der Stadiontreppe sitzen sieht, bleibt sie stehen. Er wirkt total niedergeschlagen. In dem Moment *weiß* sie ... Er hat Cassidy den Song nicht gegeben. Er würde sie nicht verletzen.

Schnell läuft sie auf ihn zu. In dem Moment erblickt er sie und springt auf. »Kat!«

»Wir haben keine Zeit!«, ruft sie, während Lucy sie ganz außer Atem einholt und ihr die Sandalen gibt. Mit einer Hand auf Angus' Schulter zieht Kat die Schuhe wieder an. Dann hält sie Angus die Hand hin. »Kommst du?«

»Was hast du vor?«, fragt er unsicher.

Sie legt sich den Zeigefinger an die Lippen, läuft die Treppe hoch und zieht ihn hinter sich her, doch Angus hält sie zurück. »Hast du vor, was ich denke, Kat? Bist du dir sicher?«

Sie schüttelt den Kopf. »Ich bin mir alles andere als sicher. Ich habe gerade mehr Angst, als ich je in meinem Leben hatte. Was wahrscheinlich bedeutet, dass es gerade genau das Richtige für mich ist.«

Er steht eine Stufe unter ihr und sieht zu ihr hoch, der Blick seiner grünen Augen voller Anerkennung. Kat könnte diesen Moment ewig hinauszögern – mit ihm hier auf den Stufen. Aber dafür ist jetzt keine Zeit. Das muss jetzt warten.

Denn sie haben einen Song zu singen.

♫♪

»Kann ich wenigstens deine Mascara in Ordnung bringen?«, bettelt Lucy, während sie reinrennen.

»Das ist vielleicht gar keine so schlechte Idee«, bemerkt Angus lächelnd und zuckt schon mal provisorisch zusammen, falls Kat ihm eine Ohrfeige verpassen sollte.

Die Mädchen verschwinden in einer Personal-Toilette, und der Spiegel bestätigt, dass dies eine gute Entscheidung war. Aber eigentlich hat Lucy es aus einem anderen Grund vorgeschlagen.

»Bist du dir wirklich sicher, dass du das machen willst, Kat?«, fragt sie und nimmt ihre Hände.

»Nein! Aber ich mache es trotzdem.«

»Ich muss dir was gestehen.«

»Du hast die Tweets verfasst?«, antwortet Kat schnell.

»Du *wusstest* es?«

»Ich habe es vermutet.«

»Bist du sauer? Ich dachte, ich würde das Richtige tun. Ich dachte, ihr wärt perfekt füreinander.«

»Ich bin nicht sauer. Aber Lucy, was denkst du von Angus? Wirklich?«

Es ist, als würde sie ihre beste Freundin nach ihrer Meinung zu dem neuen Jungen an der Schule fragen, und Lucy lacht. »Fragst du mich das im Ernst? Jetzt? Komm schon, Kat. Es ist egal, was ich denke. Es ist auch egal, was alle anderen denken.«

Und natürlich hat sie recht. Kat sieht sich im Spiegel an. Holt tief und langsam Luft. *»Ich kann das.«*

Gemeinsam gehen sie hinaus, wo Angus zwischen jeder Menge Sicherheitsleuten vor der Tür auf sie wartet. Lucy und

Kat werden sofort in ihre Mitte genommen, und dann gehen sie an den Ständen mit Merchandise-Artikeln, Leuchtstäben und Essen vorbei und durch die Türen ins mit Pausenlicht erleuchtete Stadion. Nicht eine einzige Person hat ihren Platz verlassen – alle sind mit Twitter und Instagram beschäftigt und posten mit solcher Geschwindigkeit über die Ereignisse des heutigen Abends, dass davon das Internet zusammenbrechen könnte.

Dann erblicken ein paar Mädchen aus den hinteren Reihen Angus und Kat. Und das Jubeln und Klatschen beginnt. Nach und nach bemerken sie immer mehr Fans, während sie mit Lucy zwischen den Reihen hindurchgehen.

Die Fans können es nicht glauben, dass dies einem Mädchen aus Sydney passiert. Sie können es nicht glauben, dass sie *selbst* nicht dieses Mädchen sind, aber sie wollen trotzdem, dass dieses Märchen ein Happy End bekommt.

Tausende Handys werden in die Luft gehalten, und Kat ist ganz geblendet von den vielen Blitzen. Gott sei Dank hat Lucy darauf bestanden, ihr die Mascara von den Wangen zu wischen!

Angus geht an der Nebenbühne vorbei in Richtung Hauptbühne. Seine Bandkollegen sind da, sie warten auf ihn und grinsen wie verrückt, während sie die ersten Takte ihres wahrscheinlich nächsten Hits ›Flirt With Me‹ anstimmen.

Auf halbem Weg bleibt Kat auf einmal wie angewurzelt stehen. Angus dreht sich nach ihr um und sieht sie eindringlich an. »Kat. Es ist okay. Du musst das nicht tun …«

Doch Kat hat eine ganz andere Idee und ruft Angus zu: »Hier lang!« Und bevor er etwas dagegen sagen kann, drängt sie sich durch die Sicherheitsleute und läuft die Wendeltreppe an der

Seite der Nebenbühne hoch und zur Schwebebühne. Wenn sie in den nächsten Minuten eine ihrer größten Ängste besiegen will, kann sie auch gleich noch eine andere angehen, auch wenn sie sehr wohl weiß, dass dies alles schrecklich schieflaufen kann.

Alle sehen sie an. Jedes einzelne Gesicht ist ihr zugewandt. Tausende, vielleicht Zigtausende Handys werden in die Luft gehalten und blitzen wie Spiegel.

Auf der Nebenbühne steht kein Klavier. Und es gibt nur eine Möglichkeit, von hier auf die Hauptbühne zu kommen, und zwar über die schwindelerregende Schwebebühne.

Nicht zu viel darüber nachdenken.

Sie kann das. Was ist das Schlimmste, was passieren könnte? Obwohl, nein. Denk gar nicht daran! Mach es einfach!

Angus wirkt besorgt und beeindruckt zugleich. Er folgt Kat die Stufen hinauf, während das Publikum immer lauter jubelt. Er beugt sich zu ihr vor und ruft: »Das Ding ist wirklich hoch, Kat! Bist du dir sicher …«

»JA!«, ruft sie. »Diesmal bin ich mir sicher!«

Jemand von der Bühnensicherheit in schwarzem Overall zeigt ihr, wie man sich den Gurt anlegt. Angus scheint währenddessen auf die Stelle zu starren, wo ihre Beine unter ihrem sehr kurzen Kleid verschwinden. Wie, *jetzt*?

»Vielleicht ist es besser, wir vermeiden unbeabsichtigte Blicke unter dein Kleid«, sagt er. »Wollen wir sitzen?«

Oh, stimmt. Guter Plan.

Dann blickt Angus noch einmal zurück und sieht Lucy. Er gibt einer Frau von den Sicherheitsleuten ein Zeichen, dass Lucy nach vorn in den VIP-Bereich gebracht werden soll.

Kat fragt sich, um wen er sich noch kümmern will, während

er hier oben ist – zusätzlich zu allem anderen, was gerade los ist. Vielleicht ist er ja doch Mr Darcy …

Angus kommuniziert mit irgendwem über Mikrofon und Kopfhörer, und die Band fängt an, die Akustikversion seines neuen Songs ›Vertigo‹ zu spielen.

Als die Schwebebühne abhebt, lassen Kat und Angus die Beine über den Rand baumeln. Kat versucht, so entspannt wie möglich zu wirken, auch wenn dies das Verrückteste ist, was sie JEMALS getan hat.

Angus sieht sie an, wie er sie in seiner Hotelsuite auf dem Klavierhocker angesehen hat. Als würde er sie gleich küssen. Er wird sie jetzt sicher nicht –

Da wirft ihm jemand ein Handmikrofon zu, kurz bevor die Schwebebühne richtig hoch in die Luft gehoben wird, und er fängt es mit Leichtigkeit.

Ist das wahr?

Kat bekommt immer mehr Angst, während sie höher und höher steigen. Sie macht den Fehler, kurz hinunterzusehen, und bekommt einen riesigen Schreck. Also sieht sie stattdessen Angus an. Er nimmt ihre Hand und hält sich das Mikrofon vor den Mund.

From up here
I start to see the view
And I think
I could make it through.

Sie lächelt.

If I had wings to unfold
If I didn't need to hold on
I could know
This plunging slow
Vertigo.

Angus zwinkert ihr zu, lenkt sie von der immer weiter ansteigenden Höhe ab. Er singt, als würde er das alles tatsächlich so meinen. Und als wäre sie die Einzige im Stadion. Als hätte er Angst, sie könnte die Zeit mit ihm nicht genießen. *Ähm*, deswegen bräuchte er wirklich keine Angst zu haben. Neben ihm auf der Schwebebühne zu sitzen, mit einem Meer von Unrequited-Fans unter ihnen, während er den einen Song singt, den er nach ihrem Gespräch auf der Dachterrasse geschrieben hat, ist so ziemlich das Atemberaubendste, was Kat jemals erlebt hat. In ihrem ganzen LEBEN.

Nichts kann das toppen. Wie ist es überhaupt dazu gekommen?

Als sie schließlich die Hauptbühne erreichen, ist immer noch eine Strophe übrig. Angus springt zuerst von der Schwebebühne und nimmt genau im richtigen Moment Kats Hand, um ihr herunterzuhelfen. Es ist schwieriger, als es aussieht, besonders in kurzem Kleid und Absatzschuhen, aber Kat bekommt den Übergang hin wie ein Profi. Dann holt sie tief Luft und dreht sich um. Zum ersten Mal blickt sie das Publikum an, und dieser Anblick ist unvergleichlich. Sie steht mitten auf der Hauptbühne und hört zu, wie die Band um sie herum den Song beendet.

Die Menge geht vollkommen in ihrer Stimmung auf. Angus ruft ihr ins Ohr: »Singen wir lieber unseren zweiten Song?« Er drückt ihr die Hand und lächelt sie ermutigend an. Er weiß aus eigener Erfahrung, dass das Gefühl, vollkommen überwältigt zu sein, sich immer noch steigern kann. Es ist, als ob die Fans im Publikum ihre Nervosität spüren und wissen würden, wie komplett anders als jedes bisherige Konzert dieses ist. Oder jedes Konzert, das sie jemals besuchen werden. Die Fans sind auf ihrer Seite. Kat spürt es, und sie ist unglaublich dankbar dafür. Allmählich wird das Pfeifen leiser.

»Kat! Kat!«-Rufe erklingen. Sie repräsentiert hier ihre Heimatstadt. Die Fans *bewundern* sie.

»Dieser Abend ist ziemlich außergewöhnlich«, sagt Angus schließlich an die Fans gerichtet. Wieder bricht Jubel aus. »Danke für eure Geduld. Und eure Ermutigung, mein Leben in Ordnung zu bringen.« Er lächelt verschmitzt.

Die Fans *lieben* es.

Er holt tief Luft, nimmt Kats Hand und tritt mit ihr ins Scheinwerferlicht. Dann lächelt er wieder und sagt: »Darf ich vorstellen? Das ist Kat.«

Angus muss eine Weile warten, bis das Jubeln abebbt.

»Kat ist eine unglaublich talentierte Songwriterin und Sängerin. Aus SYDNEY!«

Er kann fast nicht weiterreden. Die Fans sind so *laut*!

»Wir würden euch gern einen gemeinsamen Song präsentieren. Seid ihr einverstanden?«

Einverstanden? Die Fans toben vor Begeisterung.

Angus dreht sich Kat zu, lässt ihre Hand los und deutet ihr an, sich an den Flügel zu setzen. Dann setzt er sich neben sie. Als er Cassidys zurückgelassenes Mikrofon an Kats Kleid befestigt, streicht er ihr mit den Fingern leicht übers Schlüsselbein und flüstert ihr ins Ohr: »Wir sind ganz allein, nur wir beide, okay? Lass uns einfach so tun …«

Nur sie beide.

Okay. Also, dieses rappelvolle Stadion einfach vergessen, genauso wie die Tatsache, dass sie sich an kein einziges Wort erinnern kann. Und an die Melodie auch nicht. Und erst recht nicht an ihren Namen.

»Sing für *mich*, Kat«, sagt Angus und lächelt sie zärtlich an.

Alles klar. Sie kann das. Sie würde es so gern.

Er breitet die Finger auf den Tasten aus und bleibt einen Moment so sitzen. Das Licht ändert sich. Jetzt sitzen sie in einem funkelnden blauen Scheinwerferstrahl, der Rest der Bühne hinter ihnen ist dunkel. Angus fängt an zu spielen.

Er singt leise.

I can see your inner world
I wonder if you know
You have greatness

Kat holt tief Luft und hört zum ersten Mal ihre eigene Stimme durch die Lautsprecher im Stadion …

You're a hero.

So viel Applaus, für nur eine Zeile!

You are saving my world
I feel it in my blood

Help me build protection
Against the rising flood.

Die Fans *lieben* sie. Angus antwortet, und seine sonst so sichere Stimme ist voller Gefühl.

Audiosphere transparent
Universe transcendent
Existing independent till we meet
The bubble is electric
Our voyages are epic
Tracing geometrics with our feet.

Kat blickt ins Publikum. Die Fans schwenken ihre Leuchtstäbe. Das ist so unglaublich! Und doch wahr! Kat ist absolut überwältigt, sie könnte weinen. Doch sie entspannt sich und holt tief Luft. Sie muss singen. Weinen kann sie später. Sie öffnet den Mund, und ihre Stimme ist ganz klar.

We are the great inventors
We are the warriors brave.

Angus stimmt mit ein, seine Finger auf den Tasten sicher und routiniert.

We know what we're making
We know what to save.

Kat lässt los. Es gibt kein Halten mehr. Keine Nervosität.

We are queens of the mountain
We are kings of the sea

Jetzt sieht Angus sie direkt an.

We scale these heights

Sie lächelt. Sie fühlt sich so *stark*!

With a quiet heartfelt plea.

Er spielt so wunderbar. Seine Stimme ist *umwerfend.* Kat sieht ihm zu, wie er den letzten Teil singt, und sie ist genauso fasziniert von ihm wie jedes andere Mädchen in diesem riesigen Stadion.

We are the great inventors
We are the warriors brave.

Für ein oder zwei Augenblicke ist es ganz still. Dann explodiert das Publikum. Alle sind von ihren Sitzen aufgesprungen und jubeln und applaudieren und machen Tausende Fotos und sind einfach *begeistert.* Kat versucht, das alles in sich aufzunehmen, aber sie hat keine Ahnung, wie sie reagieren soll. Als sie bemerkt, wie stolz Angus sie anblickt, kippt sie beinah vom Klavierhocker.

Er beugt sich zu ihr vor und fragt: »Wartest du auf mich? Sehen wir uns nachher noch?«

Kat lächelt. »Was glaubst du denn?«

Dann sieht sie sich um und fragt sich, was sie jetzt tun und wohin sie gehen soll. Doch Angus nimmt bereits das Mikrofon und sagt: »Kat wird in naher Zukunft eine Menge Zeit hier oben auf der Bühne verbringen ...« Wieder jubelt das Publikum, und als es langsam leiser wird, sagt er: »Aber jetzt wäre es nett, wenn ihr ein bisschen Platz für sie machen könntet. Passt sie noch zwischen euch?«

Die Fans *kreischen*. Einer der Sicherheitsleute hebt Kat von der Bühne und über die Absperrung. Die Mädchen um sie herum jubeln. Ein paar weinen. Und dann passiert etwas völlig Verrücktes! Ein Mädchen reicht Kat einen Stift und ihr Konzertticket und bittet sie um ein Autogramm!

Als Angus das sieht, lacht er. Mit roten Wangen steht er vom Flügel auf und geht in die Mitte der Bühne. Dann holt er tief Luft und ruft: »Sydney! Seid ihr bereit?«

Während das Publikum wieder explodiert, fängt die Band das nächste Set an. Die Energie auf der Bühne ist elektrisierend. Angus ist elektrisierend. Es ist der Auftritt seines Lebens.

Lucy kämpft sich durch die Menge und findet Kat. Zusammen tanzen, singen und lachen sie, wie ganz normale Fans.

Kat kann es nicht glauben, dass sie beim ersten Konzert noch die Augen hierüber verdreht hat. Was hatte sie sich nur dabei gedacht?

Sie wünschte, das Konzert würde nie zu Ende gehen. Während des letzten Songs nimmt einer der Sicherheitsleute Kat und Lucy beiseite. Sie verabschieden sich von den Mädchen, mit denen sie getanzt haben, und gehen wieder in den Backstage-Bereich, nur diesmal in einen anderen Raum. Er ist voll mit

Jungssachen und riecht nach Schweiß und Bühnen-Make-up und zu vielen verschiedenen Parfüms.

Die Umkleide von Unrequited.

Kapitel 51

Die anderen Bandmitglieder kommen zuerst rein. Sie sehen Kat, klopfen ihr auf die Schulter und geben ihr High-Fives, als wäre sie eine von ihnen. Als wäre sie *wirklich* eine von ihnen. Dann geben sie Lucy High-Fives, weil … warum nicht? Und Lucy schwebt auf Wolke sieben!

»Du warst umwerfend!«, ruft Zach und wirbelt Kat herum. Sein Blick ist völlig unschuldig, als hätte er überhaupt keinen Anteil am Verlauf der Ereignisse, die zu ihrem spektakulären Debüt geführt haben. Was für ein Charmeur! Wie auch immer, Kat hat ihm verziehen. *Inzwischen.*

»Was für ein *Abend*!«, ruft er.

Reuben zwinkert Kat zu, dann setzt er sich neben Lucy aufs Sofa. Zum Glück sitzt Lucy schon, sonst würde sie jetzt wahrscheinlich umkippen. Währenddessen spielen Alex und Xavier die Szene nach, als Angus von der Bühne gesprungen und alle zurückgelassen hat, vor allem Cassidy.

Hier ist sie also. Hängt mit den Jungs von Unrequited ab. Als wäre es ganz normal. Und wie unvorstellbar, dass dies vielleicht tatsächlich normal sein könnte. Eines Tages …

Denn auf der Bühne zu sein war UNGLAUBLICH. Ihren Song durchs Stadion hallen zu hören, das Jubeln der Fans, die den Song liebten. Das alles mit Angus neben sich zu erleben. Es übertraf einfach ihre wildesten Träume!

Das ist es. Hierfür wurde sie geboren, Kat weiß es. Wenn nur ihr Dad das miterleben könnte … Es gibt nichts, was noch toller sein könnte – denkt sie zumindest, bis der letzte Sänger der Band auf einmal hereinkommt.

Ihr Herz bleibt praktisch stehen.

Angus Marsden, nach einem *sagenhaften* Konzert. Hot. Das Shirt klebt ihm am Körper, die obersten Knöpfe offen. Er ist offensichtlich ganz high vom Adrenalin. Die Augen geweitet. Auf Kat gerichtet.

Den anderen vier Bandmitgliedern fällt plötzlich irgendetwas unglaublich Wichtiges ein, was sie außerhalb der Umkleide tun müssen. Sie überreden Lucy, mit ihnen zu kommen, und sie lässt sich breitschlagen. Was auch immer sie vorhaben, es erfordert eine Menge Zwinkern und Anrempeln und Schulterklopfen, während sie den Raum verlassen. Kat hält das für leicht übertrieben. Angus hat sie als *Musikerin* vorgestellt. Sie sind schließlich nicht zusammen oder so.

»Komm her«, verlangt Angus, sobald die Tür ins Schloss gefallen ist.

Kat würde gern. Wirklich. Aber sie kann nicht einen einzigen Muskel bewegen. Sie kann noch nicht mal etwas *sagen.*

»Wenn du nicht kommst, Kat, muss ich wohl zu dir kommen«, sagt er auf eine Weise, die nach dem kompletten Gegenteil einer Drohung klingt.

Es ist beinahe unmöglich, nicht zu lächeln.

Langsam kommt Angus auf sie zu. Bleibt vor ihr stehen. Ohne sie zu berühren. Er sieht noch nicht mal so aus, als hätte er vor, sie anzufassen. Es ist zum Verrücktwerden.

»Hör zu«, fängt er an, und seine Stimme ist ganz tief. »Ich

weiß, du bist der heißeste neue Star der Welt, und wahrscheinlich laufen dir die Fans nur so hinterher …«

Sie lacht.

»Aber ich würde dir gern richtig gratulieren. Zu deinem großartigen Auftritt. Wenn du nichts dagegen hast?«

Hat sie etwas dagegen?

»Seit wann bist du so höflich?«, fragt Kat leise.

»Willst du nicht, dass ich dir gratuliere?«

»Kommt drauf an, wie du es vorhast.«

Er lächelt. »Hm, tja. Da du ja anscheinend mit jemand anderem zusammen bist, sollte ich dir wohl einfach die Hand schütteln.«

Und das tut er, sehr fest und professionell. »Das hast du super gemacht, wirklich«, sagt Angus und nickt anerkennend. Sein ernster Gesichtsausdruck ist so überzeugend, dass sie ihn ihm beinahe abnimmt. »Obwohl ich dich eigentlich gern umarmen und dir – Kat Hartland – gern sagen würde: Du hast mir da draußen den Atem geraubt.«

Hat sie das? Er muss nur etwas sagen, und schon bekommt sie eine Gänsehaut. Unglaublich, was er allein mit seiner Stimme mit ihr anstellt.

»Eine Umarmung würde wahrscheinlich mehr Eindruck hinterlassen«, erklärt Kat entgegenkommend. »Besonders, da ich eigentlich mit niemand anderem zusammen bin.«

Etwas verändert sich in seinen grünen Augen. Leuchtet auf.

»Okay«, sagt Angus. »Dann merke ich mir das fürs nächste Mal. Es *gibt* doch ein nächstes Mal, oder?«

»Ein nächstes Mal auf der Bühne? Auf jeden Fall. Du wirst

mich so schnell nicht wieder zum Schweigen bringen. Ich fand es *großartig*!«

»Dich zum Schweigen bringen? Das hab ich nicht vor. Es sei denn zum Zweck dieser anderen Gratulationstechnik, die mir gerade eingefallen ist. Ich weiß nicht, ob du dafür zu haben bist, aber es würde tatsächlich erfordern, dass du aufhörst zu reden …«

»Ich bin hier nicht diejenige, die die ganze Zeit redet«, erklärt Kat, fast atemlos.

»Ich rede immer zu viel, wenn ich nervös bin«, antwortet er.

»Ich dachte, Bad Boys sind nie nervös.«

Angus zieht sie an sich. »Doch, durchaus.«

Kapitel 52

Zwei Wochen später

Wäre Multi-Tasking eine olympische Disziplin, würde Kat die Goldmedaille gewinnen. Die zwei Wochen nach dem Unrequited-Konzert sind wie im Flug vergangen, so viel war auf einmal los. Kat musste so gut wie jede Teenie-Zeitschrift der Welt abwehren. Eine Agentin, eine Anwältin *und* eine PR-Frau finden. Sich im Bieterwettstreit verschiedener Plattenlabels orientieren. Verträge unterzeichnen. Lucy überreden, unauffällige Kleidung für sie zu kaufen, in der sie sich verstecken kann. Und, zu guter Letzt, ihre Mum überzeugen, dass alles in Ordnung ist.

Ihre Mum ist zumindest ein bisschen weniger panisch, seit sie gesehen hat, wie viel Sicherheitsleute vor ihrem Haus eingesetzt wurden. Und vor Kats Schule. Alle von Unrequiteds Management bezahlt.

Kats Zimmer ist randvoll mit neuen Kleidern, die ihr unzählige Designerlabels schicken, in der Hoffnung, dass Kat *ihr* Kleid zum Abschlussball trägt. Doch sie wird keins davon anziehen. Sie bleibt bei dem goldenen Chiffonkleid ihrer Großmutter aus den Fünfzigern. Es sieht aus wie aus *Mad Men*. Es ist magisch.

Das Badezimmer quillt auf einmal vor Produkten von M.A.C., Napoleon Perdis und Bobbi Brown nur so über. Die besten Hairstylisten, Limousinen-Firmen und Juweliere rücken ihr alle auf die Pelle, weil sie unbedingt wollen, dass Australiens ›It-Girl‹ sie für ihren Abschlussball wählt. Es ist verrückt!

Die Zwillinge befinden sich wegen der ganzen Sache in einem Zustand ständiger Hysterie. Sie behaupten, es wäre alles ihr Verdienst. Geben in der Schule damit an. Kreischen jedes Mal, wenn sie an einem Zeitungsstand vorbeikommen und ihre Schwester auf einem weiteren Zeitschriften-Cover entdecken.

Annie hat es nicht nur einmal, sondern inzwischen bestimmt tausendmal gesagt: »Ich wusste doch *gleich*, die Sache mit den Tweets ist eine gute Idee!«

Und Kat findet, insgesamt hat sie in ihren Abschlussprüfungen genauso gut abgeschnitten, wie man es von einer frischgebackenen Sängerin erwarten kann, besonders wo sie die letzten Wochen vor den Prüfungen völlig unerwartet in ein äußerst verworrenes, kompliziertes Beziehungsgeflecht mit mehreren Personen verwickelt war! Für die Prüfungen wurden ihr wegen des Medienrummels nach dem Konzert von der Schulbehörde besondere Umstände zuerkannt und sie durfte an einem geheimen Ort fernab aller Paparazzi ihre Prüfungen ablegen. Kat glaubt, sie könnte es immer noch in den Studiengang schaffen, den sich ihre Mum für sie erhofft, obwohl ihr eigener Plan inzwischen ist, Musik zu studieren, um die ganze Sache richtig anzugehen.

Und dann ist da noch Angus.

Hmm.

Er kann mit Fug und Recht behaupten, der beste Partner fürs Pauken auf den letzten Drücker zu sein, den Kat sich überhaupt nur hätte wünschen können. Oder vielleicht auch der schlechteste.

Der Junge ist vielleicht eine *Ablenkung*!

Es war verrückt! Die ganzen zwei Wochen!

Und eins der Highlights war der Abend der *Legally-Blonde*-Aufführung.

Sarah glänzte auf der Bühne. Kat versuchte, sich ganz hinten im Chor unauffällig einzufügen, trotz der Medienmeute, die irgendwie Wind von ihrem Auftritt bekommen hatte.

Im Publikum, am Ende einer Reihe, mit zwei freien Plätzen neben sich, saß Joel, und nachdem das Licht ausgegangen war, schlich sich, genau wie sie es geplant hatten, Angus noch herein. Nur Sarah, Kat und Joel wussten, dass ein Popstar anwesend war, und es war ein abgefahrenes Geheimnis.

Und dann gab es noch eine Überraschung für Kat. Und zwar eine wichtige.

Ihre Mum.

Kat war gerade bei der letzten Probe, als Angus Angela Hartland besuchte, um mit ihr zu reden. Angus wusste von Luke Hartlands Musik und Angelas Ängsten um Kat, die in die Fußstapfen ihres Vaters treten wollte. Angus wollte ihrer Mutter sagen, wie anders es für Kat sein würde. Wie einmalig Kat ist. Wie viel das alles ihr bedeutet. Und dass es okay sein würde.

Aber sie haben sich nicht nur unterhalten. Angus hatte sich ordentlich ins Zeug gelegt und etwas ganz Besonderes vorbereitet – in der Hoffnung, dass es die richtige Wirkung haben würde. Es war ein Mashup aus ihrem Live-Auftritt beim Konzert und einer alten Aufnahme, an die er über einen sich inzwischen im Ruhestand befindenden Produzenten herangekommen war. Luke hatte an dem Abend vor seinem Unfall mit ihm an einem Song gearbeitet. Angela hatte nie gewusst, woran Luke gearbeitet hatte. Noch nicht einmal, wie der Song hieß. Oder für wen er gewesen war. Luke hatte den Song für die sechsjährige Kat geschrieben.

What I Want For You / We Are
Text und Gesang: Luke und Kat Hartland

It's not the fairy tale, it's not the rainbow
It's not ›perfect‹, not the prize
Not the ›easy‹, not the fireworks
Not the ticker tape and blue skies
What I want for you isn't everything
Isn't anything your heart desires
What I want for you is the music
That I see inside your eyes.

You are saving my world.

If you never have another thing
If your life is stripped right back
If it's dark at night, if you're lonely
When you're under attack
Close your eyes, girl, feel the rhythm
Hear the lyrics, and the tune
Don't wait for me, don't wait for anyone
Be your hero, be it soon.

You are saving my world
I feel it in my blood

Help me build protection
Against the rising flood.

Don't wait for me, don't wait for anyone
We are the warriors brave.

Laut Angus gab es an diesem Abend Tränen. Wegen Luke. Und wegen Kat. Tränen, als Angela hörte, wie sie zusammen sangen, so wie sie es früher *immer* getan hatten. Aber die meisten Tränen kamen, weil Angela sich schuldig fühlte, Kat so lange ausgebremst zu haben. Doch das Mashup hat's gebracht. Angela hat sich entschieden loszulassen. Sich hinter ihre Tochter zu stellen und einfach mal zu gucken, wohin sich das Ganze entwickelt.

Niemand hatte Kat erzählt, dass ihre Mum zur Musical-Aufführung kommen würde. Sie saß zwischen Angus und Joel und hat fast die ganze Zeit geweint. Vor Stolz. Dabei hat sie Kat ja noch nicht mal *richtig* singen gehört!

Angus hat sich kurz vor Schluss wieder rausgestohlen und die anderen drei und Lucy später bei Sarah getroffen. Es wurde einer der lustigsten Abende seit Langem. *Viel* besser als die ganzen Promi-Partys, versicherte Angus ihnen. Er konnte Sarah auch jede Menge Tipps für New York geben und wie sie an die Juilliard kommt. Er kennt dort Leute.

Währenddessen telefonierte Kat mit seiner ersten Freundin – Neala. Klingt merkwürdig, mit Angus' Ex zu quatschen, war aber total nett. Sie ist zum Schießen! Hat die ganzen alten Geschichten aus der Highschool ausgepackt, was Angus veranlasst hat, alle paar Minuten verschämt zu Kat rüberzugucken, während sie Tränen lachte und er sich fragte, was Neala ihr gerade erzählte.

Dann haben Joel und Kat dagesessen und zugesehen, wie Angus und Sarah ihre Reise planten. Zwischendurch haben sie sich mal einen Blick zugeworfen und sich angelächelt – genau wie vor etlichen Wochen im Zug, nur diesmal als Freunde.

Schon lustig, wie sich alles gefügt hat. Wie *richtig* sich jetzt alles anfühlt. Obwohl, nicht alles lief wie geschmiert. Sarahs Eltern sind *wütend*. Nach den Abschlussprüfungen vom dritten Jahr hat Sarah ihr Studium geschmissen, und ihr Vater redet nicht mehr mit ihr. Doch gerade ist Sarah das ziemlich egal. Sie wird reisen und endlich etwas studieren, was ihr Freude bereitet. Und dann ist da noch Joel.

Natürlich ist es ziemlich merkwürdig, wenn aus platonischen besten Freunden ein Paar wird. Sie dachten, sie würden alles voneinander wissen, und dann ist es auf einmal, als würden sie wie bei Monopoly wieder auf LOS geschickt werden. Endlich kam auch die Geschichte rund um den Valentinstag in der neunten Klasse zur Sprache, als Joel Sarah ein Geschenk gemacht hatte und sie dachte, es sei von einem anderen.

Kat wünschte, sie könnte mit Angus noch mal auf LOS gehen. Aber er ist jetzt weg. Und nicht nur weg, weil auf Tour. Er ist *weg*.

Sie sind widerstrebend übereingekommen, dass es von beiden nicht fair wäre, irgendetwas Ernstes, Langfristiges zu erwarten, wenn die brutale Wahrheit ist, dass Angus nie zu Hause ist. Die Band ist bis auf zwei oder drei Wochen im Jahr die ganze Zeit auf Reisen. Und das ist nur *seine* Karriere. Wenn man Kats dazunimmt und wohin es sie noch verschlagen könnte, ist das mit ihnen im Moment einfach nicht praktikabel. Eine Beziehung zu versuchen würde realistisch gesehen schlichtweg nicht funktionieren … Zumindest hat Angus das an dem Nachmittag gesagt, als er nach Tokyo abgereist ist.

Nach dem Tod ihres Vaters war das der schlimmste Tag in Kats Leben. Und Angus schien ihn auch nicht besonders genossen zu haben.

Als das Flugzeug abhob, sah Kat ihm hinterher, bis es nur noch ein kleiner Punkt am Himmel war. Sie sah ihm noch weiter hinterher, auch lange nachdem der kleine Punkt verschwunden war und Kat keine Taschentücher mehr hatte und stattdessen Klopapier aus der Flughafentoilette nehmen musste. Dann schlug sie sich durch das Meer von Kameras und die blendenden Blitze, und da verstand Kat, warum berühmte Leute immer Sonnenbrillen tragen, sogar nachts. Nicht nur, weil es cool aussieht.

Aus Selbstschutz.

Jetzt schlägt sie sich also mit den unvereinbaren Gefühlen herum, sich einerseits über die neuen Entwicklungen in ihrem Leben zu freuen, und andererseits die Lücke, die Angus zurückgelassen hat, zu betrauern. Das Schlimmste ist, dass er wegen eines verschobenen Konzerts früher als geplant abreisen musste und Kats Abschlussball verpasst.

Der heute Abend ist.

Kat geht trotzdem hin, ohne Begleitung. Sie geht lieber allein als mit irgendwem, nur, um eine Begleitung zu haben. Außerdem fühlt sie sich seit dem Unrequited-Konzert ziemlich unschlagbar, wenn es darum geht, aufregende Situationen zu meistern. Sie hat *das* geschafft. Sie kann alles schaffen.

Auch dies.

Sie und Lucy treffen sich nach dem Mittagessen beim Friseur und kichern über die Klatschzeitschriften und die absolut frei erfundene Darstellung des ›Aschenputtel-Märchens‹ von Kat und Angus. Anscheinend ist die Sache mit Kat ganz anders als alle vorherigen Beziehungen von Angus, über die in den letzten fünf Jahren berichtet wurde, weil Kat ›die Richtige‹ ist.

»Da muss was dran sein«, sagt Lucy zwinkernd. »›Eine Kat sehr nahestehende Quelle‹ soll das der Journalistin verraten haben. Obwohl, da mich niemand gefragt hat, kann ich mir nicht vorstellen, wie das sein kann. Es sei denn, du erzählst jetzt anderen Leuten deine Geheimnisse? Sollte ich eifersüchtig sein, Kat?«

Kat lacht.

Anderthalb Stunden später kommen sie mit Frisuren, die eines roten Teppichs würdig wären, aus dem Friseursalon. Nächster Schritt: Make-up.

»Du musst dich jetzt sowieso an diesen ganzen Kram gewöhnen«, erklärt Lucy. »Bist du bereit?«

Kat ist absolut *nicht* bereit. Allerdings war sie vor ein paar Wochen auch noch nicht bereit, vor einem vollbesetzten Stadion zu singen. Manchmal muss man eben einfach Dinge tun, vor denen man Angst hat …

Als ihr Make-up fertig ist, gehen sie zu Kat nach Hause und verbringen eine Stunde mit Reden und Anziehen in Kats Zimmer, so wie sie es so oft gemacht haben, seit sie sich kennen. Es hat etwas Beruhigendes.

»Ich hab ein Geschenk für dich«, sagt Lucy auf einmal und hält ihr eine lange Rolle hin.

Kat ist überrascht. »Ich hab gar nichts für dich …«

»Völlig okay. Ich fand nur, dass du viel zu wenig Poster an den Wänden hast. Also hab ich dir eins besorgt. Du willst normal bleiben? Tut mir leid, Kat, aber ein normales Mädchen hat Popstars an den Wänden!«

Kat öffnet lachend die Röhre. Es ist das stereotypischste Boyband-Foto, das Kat jemals gesehen hat. Kitschig. Gestellt. Die Art von Foto, über die die Jungs von Unrequited in zehn oder zwanzig Jahren wohl die Augen verdrehen werden, wenn sie es nicht jetzt schon tun.

»Ich liebe es.«

»Du liebst ihn.«

Es tut weh. »Nein, Lucy. Das kann ich nicht. Er ist weg. Ich gebe mir die größte Mühe, nicht daran zu denken.«

Kat hängt das Poster auf. Sie sieht Angus eine Minute lang an, so wie Tausende Mädchen vor ihr es bereits getan haben, nur dass sie jetzt eine Menge Insider-Wissen hat, was sie zum Lächeln bringt.

»Er ist gar nicht so, weißt du«, flüstert Kat. »Er hat noch so viel mehr Facetten.«

Dann reißt sie sich von ihm los und guckt auf die Uhr. Sie müssen sich beeilen, oder sie kommen zu spät.

»Lass und *feiern*, Luce! Das ist unsere Belohnung für sechs Jahre Gefängnis!«

♫♪

Der Moment, als die Schülerinnen und Schüler beim Abschlussball eintreffen, ist wunderschön. Alle sehen so anders aus. Sind sie wirklich auf einmal erwachsen? Waren sie nicht eben noch in der siebten Klasse? Wie ist die Zeit so schnell vergangen?

Die obligatorischen fünftausend Fotos mit den Eltern werden gemacht. Kat versucht, den Kreis aus Sicherheitsleuten um sie herum zu ignorieren, die Kameraleuchten und die kreischende Meute von Fans hinter der Absperrung um den Hotelparkplatz. Es ist genau die Szene, die sie in ihrer Fantasie immer befürchtet hat, wäre sie mit einem Popstar zum Abschlussball gekommen. Kat hatte ja keine Ahnung, dass sie selbst so schnell der Star sein würde.

Ihren Freundinnen scheint es nichts auszumachen. Die meisten von ihnen lieben die Aufmerksamkeit. Kat ist froh, sich hinter Lucy und Max verstecken zu können.

Ach ja, Max ... Kat kann es immer noch nicht glauben. Lucy hat ihn auf dem Unrequited-Konzert kennengelernt, als Kat mit Angus zusammen gesungen hat. Er hat in einem Food-Van gearbeitet und sie sind ins Gespräch gekommen. Nach dem Konzert haben sie sich auf so ziemlich jeder Social-Media-Plattform, die es gibt, befreundet. Gut möglich, dass Lucy ihn sogar noch mehr mag als Reuben!

Dann verabschieden sich die Eltern, und alle gehen hinein. Der Raum funkelt vor lauter kleinen Lichtern. Es ist traumhaft schön. Perfekt. Oder es wäre perfekt, wenn Angus hier wäre.

Max bleibt am Tisch zurück, während Lucy Kat für einen Song auf die Tanzfläche zieht, so wie sie es bei allen Highschool-Disco-Abenden gemacht hat, die sie während der letzten sechs Jahre gemeinsam ertragen haben. Wenigstens hat sich ihr Tanzstil mit der Zeit ein bisschen verbessert. Und ihr Kleidungsstil.

Als der Song gerade mal zur Hälfte rum ist, sieht Kat Max

mit einem Handy in der Hand durch die Menge auf sie zukommen.

»Ich hoffe, das ist okay!«, ruft er Kat über die laute Musik hinweg zu. »Das ist deins. Ich dachte, den Anruf willst du vielleicht nicht verpassen.«

Angus.

Schnell geht Kat von der Tanzfläche.

»Hallo?«

»Hey. Schön, deine Stimme zu hören.«

Ihr Herzschlag beschleunigt sich.

»Tut mir super leid, dass ich nicht da bin«, sagt Angus. »Neala hat mir gestern Abend am Telefon eine ordentliche Standpauke deswegen gehalten. Tatsächlich wegen einer Menge Dinge. Darf ich mir wenigstens einen Song für dich wünschen?«

»Was für einen Song?«

»Sag ich nicht. Gib dein Handy mal kurz dem DJ …«

»Angus. Du wirst mich ja wohl nicht blamieren, oder? Du willst dir nicht *unseren* Song wünschen, oder?«

Er lacht. »Kat, komm schon. Ich würde dich niemals blamieren. Wann fängst du endlich an, mir zu vertrauen?«

Vielleicht jetzt? Kat geht zum DJ und sagt, sie hat einen Anruf aus Tokyo, und hält ihm das Handy hin. Der DJ nimmt es und hört zu. Er nickt, dann gibt er ihr das Handy zurück.

Eine qualvolle Pause entsteht. Es wird doch hoffentlich nicht ihr Song sein. Keiner ihrer Songs. Und auch keiner der Songs von Unrequited.

JEDER dieser Songs würde die Aufmerksamkeit auf sie lenken, und das will Kat nicht. »Angus, ich warne dich – wehe der Song ist nicht gut.«

»Du wirst ihn lieben«, sagt er, genau als der DJ ihr zuzwinkert und der nächste Song anfängt: Paloma Faith ›Only Love can hurt like this‹.

Was für eine Erleichterung!

»Genieß den Song, Kat!«, ruft Angus über die laute Musik hinweg. *»Ich weiß, dass du sie viel lieber magst.«*

Sie lacht. »Der Song ist der *beste*!«

Er ist der Beste.

»Komm nur nicht auf irgendwelche verrückten Ideen, wie dir das Mikrofon zu schnappen und mitzusingen, okay? Ich kenn dich doch.«

Wie er sie zum Lächeln bringt …

»Und keine Schwebebühnen-Nummern, okay? Nicht in dem Kleid.«

Ihr Herz setzt für ein oder zwei Schläge aus. *Nicht in dem Kleid?*

Kat blickt sich um. Wirklich albern. Natürlich ist er nicht hier. Natürlich weiß er, dass sie ein Kleid trägt. Sie ist auf einem Ball! Was sollte sie auch sonst tragen?!

»Hab einen schönen Abend, Kat. Ich muss los. Genieß den Song!«

Auf gar keinen Fall wird sie vor allen anderen auf ihrem Abschlussball weinen. Sie muss sich kurz setzen.

Kat schlängelt sich durch die Menge ihrer Mitschülerinnen und Mitschüler, blinzelt die Tränen weg, bis sie ihren Tisch entdeckt. Irgendwie hofft sie, Angus dort sitzen zu sehen, aber nein. Da sind immer noch nur sieben Plätze, und er sitzt auf keinem davon.

Wenigstens hat er angerufen. Das ist doch auch was wert,

oder? Sie kann sich von seiner Abwesenheit nicht den Abend ruinieren lassen. Den angeblich *großartigsten* Abend mit den Leuten, mit denen sie aufgewachsen ist – bevor sie sich in alle Winde zerstreuen. Für jeden von ihnen bricht ein neuer Abschnitt an: Ein Jahr Auszeit, die Uni, die Arbeit und das *Leben*. Kat muss an das Ende von *High School Musical* denken – einen Film, den sie mit Lucy in der Grundschule so oft gesehen hat, bis die DVD ganz zerkratzt war. Der DJ blickt durch den Raum und lächelt sie an, als würde sie ihm leidtun.

♫♪

Eine ganze Weile und ziemlich viele Tänze später gibt ihr ein langsamer Song den Rest. Alle tanzen eng umschlungen auf der Tanzfläche, bis auf Kat und ein paar andere.

Kat geht zurück an ihren Tisch, setzt sich und nimmt ihr Handy – scrollt gewohnheitsmäßig durch den Newsfeed. Da fällt ihr ein Instagram-Bild ins Auge. Angus am Flughafen. In einem Anzug. Das Hashtag lautet allerdings nicht #Tokyo. Sondern #Sydney. Und es wurde vor einer Stunde gepostet. Auch auf Twitter. Das Internet explodiert vor lauter Posts über Angus Marsden *im Anzug* auf dem Sydney Airport.

Kat sitzt kerzengerade auf ihrem Stuhl, scrollt sich durch die Kommentare, dann geht sie auf Angus' Twitter-Account, um zu sehen, ob er selbst irgendwas dazu geschrieben hat.

Sie aktualisiert die Seite. Da IST ein neuer Tweet.

Von ihm.

@elle_twentysix Ist dieser Stuhl noch frei?

Was?

Sie wirbelt herum.

Am Tisch hinter ihr lehnt, eine Hand lässig in der Hosentasche, in der anderen Hand sein Handy, das immer noch vom gerade geposteten Tweet leuchtet, Angus. Er ist so unaufdringlich cool, wie sie es von einem routinierten Popstar erwarten würde, der gerade aus Tokyo eingeflogen ist, um sie zu überraschen.

Okay, *er* ist vielleicht ganz entspannt, aber *sie* ist es nicht. Nicht mal annähernd. Angus mag vielleicht den Unaufgeregten spielen, aber Kat kann das nicht. Sie springt ihm in die Arme, als würde niemand sie beobachten, obwohl alle es tun.

In ihrem Fünfziger-Jahre-Ballkleid schlingt sie die Beine um ihn, was so ziemlich das Gegenteil von Fünfziger-Jahre-Etikette ist. Lachend versucht Angus, den zarten Chiffonstoff zu greifen und sie beide im Gleichgewicht zu halten. Und dann küsst Kat ihn voller Leidenschaft.

Hätte sie zuerst ihre neue PR-Frau fragen müssen? Zu spät! Sie brauchen auch wirklich keine Paparazzi. Hundertfünfzig mit Handys bewaffnete Teenager und eine ganze Reihe Social-Media-Apps werden den Job schon erledigen. Das hier wird innerhalb von Minuten auf allen Zeitschriften-Websites zu sehen sein, und Kat ist es egal.

Ihr ist egal, was alle anderen denken oder was sie sich über sie zusammenspinnen. Ihr ist einzig und allein wichtig, was sie weiß. Und sie weiß:

Das hier ist jetzt ihr Leben.

Neue Karriere.

Neue Liebe.

Und noch etwas: Die Welt ist klein, Angus Marsden. Flüge sind kurz. Das Internet ist schnell. Facetime ist umsonst.

Sie können das schaffen. Eine Fernbeziehung. Sie müssen. Denn was hier zwischen ihnen passiert, ist das komplette Gegenteil von ›unrequited‹. Es gibt keine unerwiderten Gefühle.

Keine Verwirrung.

Keinen Zweifel.

Es gibt einfach nur sie und ihn.

Die beide genau dasselbe wollen.

Gespannt, was als Nächstes kommt?

Auf jeden Fall geht's in dieselbe Richtung.

Danksagung

Dieses Buch wäre vielleicht nie entstanden, wenn Eric Weideman mir während des Konzerts von *1927* von der Bühne aus nicht sein umwerfendes, wunderschönes Lächeln zugeworfen hätte. *1927* ist übrigens der Bandname. Das Konzert war 1988 und ich war vierzehn und es war mein erstes Konzert, und vielleicht hatte er meine Freundin Niki angelächelt – oder vielleicht auch überhaupt niemand bestimmtes. Der Punkt ist: Es ging mir genauso wie Kat, als Angus sie zum ersten Mal von der Bühne aus ansieht. Nur, dass ich ihn *vergötterte*! Guckt euch mal ›If I Could‹ von *1927* auf YouTube an. *Seufz!* Die 80er …

Ups! Vom Thema abgekommen.

Meine Geschäftspartnerin, Audrey Thomas, hat dieses Buch jeden Tag mit mir durchlebt, seit ich die Idee hatte, es zu schreiben. Danke, Audrey, dass du mir zugehört hast, als ich von Angus, Kat, Joel und Sarah erzählt habe, wenn wir eigentlich hätten arbeiten sollen – und dass du mir geholfen hast, so viele der Handlungsstränge durchzuarbeiten.

Der Name der Band stammt von einer fabelhaften Gruppe von Frauen aus dem Programm, das Audrey und ich online angeboten haben. Helen Foster hat sich den Namen Unrequited ausgedacht und wir alle haben ihn sofort geliebt. Danke, Helen!

Meine wunderbare und talentierte Freundin Emma Evans half mir beim Songwriting und ermutigte mich immer wieder.

Meine Freundin Gaëtane Burkolter hat den ersten Entwurf gelesen und ihn mir mit SEITENweisen Notizen zurückgegeben. Oh Gott! Es wäre ein ganz anderes Buch geworden, wäre Gaëtane nicht so großzügig mit ihrem Feedback gewesen. Du weißt gar nicht, wie unendlich dankbar ich dir dafür bin.

Gleich nach Gaëtanes Verbesserungen kam Tania McCartney, meine Freundin und erfahrene Lektorin, die das Manuskript straffte, neue Vorschläge machte, die Geschichte auf Logik prüfte und vorschlug, dass ich bestimmte Elemente weiterentwickelte. Auch ohne deinen professionellen Rat und deine Ermutigungen, liebe Tania, wäre dies ein anderes Buch geworden. Ich danke dir!

Rebecca Sparrow, meine Freundin und eine Autorin, deren Schreiben ich sehr bewundere, war freundlicherweise bereit, Unrequited zu lesen und eine Empfehlung zu schreiben. Ich schätze deine Freundschaft, dein Feedback, deine Liebe und Unterstützung unendlich, Bec. xx

Wenn man ein Buch schreibt, ist die Vorstellung, es der Welt zu zeigen, erst mal beängstigend. Es kann schließlich sein, dass die Leute nichts damit anfangen können, die Figuren nicht mögen oder das Buch kritisieren. Am Anfang ist man also ziemlich wählerisch, wem man es zu lesen gibt. Ich gab es zuerst meinen Eltern und meiner Schwester und meinen drei besten Freundinnen, und als sie fanden, es sei in Ordnung, gab ich es meinen Freundinnen Melinda Crumblin und Nina Campbell – beide hatten mein erstes Buch *Wits' End Before Breakfast! Geständnisse einer arbeitenden Mutter* bereits sehr gefördert. Danke, dass ihr auch diese Geschichte so früh unterstützt habt.

Als Nächstes musste ich das Buch ein paar Teenagern anvertrauen. Wow, das war aufregend! Megan Brinkley, Briahna

Anderson, Siobhan McCullagh, Neala und Tully Jocumsen, Sascha Harrison und Ashleigh Howell – ihr habt es mir wirklich leicht gemacht und euer Feedback war unbezahlbar. xxx

Vielen Dank meinen Facebook- (und Real-Life-)Freundinnen und Freunden für eure nie endenden Posts über dieses Buch. Und die *Fragen*, zum Beispiel: »Können wir über verschiedene Teile des Arms sprechen? Wenn sie ihm im Zug aus dem Sitz praktisch auf den Schoß fliegt, greift sie dann nach seinem Bizeps, Trizeps oder Unterarm?« Eure Unterstützung während des gesamten Schreibprozesses bedeutete mir unendlich viel.

Lyndal Greenwood, Alison Avery und Alison Bailey – meine besten Freundinnen, seit wir zwölf waren. Ich danke euch für jeden einzelnen Schritt auf dem Weg und eure ewige Loyalität und Liebe.

Dank an meine liebe Freundin und Partnerin Sally Whitwell – eine preisgekrönte Komponistin, mit der ich die Ehre hatte, auf Grundlage dieses Buches ein Musical zu schreiben. Danke für die Musik und dafür, dass du meinen Traum teilst! Ness Johnson – vielen Dank, dass Sie sich für unsere Show entschieden haben.

Ich danke meiner Literaturagentin Anjanette Fennell, ohne ihre unglaubliche Unterstützung und ihren konstanten Glauben an die Geschichte und an mich würden wir dies nicht lesen.

Vielen Dank an Lisa Berryman, Lektorin bei HarperCollins, dafür, dass du dich in Kat und Angus verliebt und ihre Geschichte verteidigt hast.

Ich danke meiner Redakteurin Eve Tonelli für ihr Adlerauge und die vorsichtigen Veränderungen.

Dank an meine Schwester und meinen Schwager, Sarah und Paul Turner, und an unsere Eltern Barrie und Claire Virtue – was soll ich sagen? Ihr wisst, was ihr mir bedeutet und wie sehr ich eure Liebe und Unterstützung für alles, was ich tue, schätze. Ich bewundere euch auf eine Weise, die viel mehr Worte erfordern würde, als in dieser Geschichte enthalten sind. Dad, ich glaube, du hast jedes Wort gelesen, das ich je geschrieben habe. Viele der Wörter mehr als einmal. Ich weiß nicht, wie ich ohne dich jemals schreiben sollte.

Ich danke meinem Mann Jeffrey, der mehr über Boybands wusste, als jeder anerkannte Geschichtsprofessor jemals wollen würde. Danke, dass du meine Träume unterstützt hast. Danke, dass du mir ein Exemplar von *Why I Write* geschickt hast und mich verstanden hast. Ich wünsche mir von ganzem Herzen, du wärst hier, um dies zu sehen. Ich danke unserem kleinen Jungen Sebastian, danke, dass du Mummy schreiben und schreiben und schreiben gelassen hast, auch wenn du lieber mit mir Lichtschwert oder Minecraft gespielt hättest.

Und meinen wunderschönen Töchtern Hannah und Sophie Robertson – danke für alles. Hannah, danke, dass du dies deinen Freundinnen anvertraut hast, bevor du es überhaupt selbst gelesen hast. Und Sophie – ich habe unsere Sommerspaziergänge und unsere Unterhaltungen darüber, was als Nächstes kommt, geliebt. Deine Begeisterung hat mir unglaublich viel bedeutet. Dieses Buch ist für dich. Xxx

Grey, Emma
Absolut (k)ein Fangirl
ISBN 978 3 522 50641 0

Aus dem australischen Englisch von Stefanie Frida Lemke
Umschlaggestaltung: Frauke Schneider
unter Verwendung von Bildern von shutterstock.com
Innentypografie und Satz: Kadja Gericke
Reproduktion: DIGIZWO GbR, Stuttgart
Druck und Bindung: CPI Books GmbH, Leck

FSC
www.fsc.org
MIX
Papier aus verantwortungsvollen Quellen
FSC® C083411

Die australische Originalausgabe erschien 2017 unter dem Titel *Unrequited*
bei HarperCollins Publishers Pty Limited, Sydney, Australia.

This German edition published by arrangement with HarperCollins
Publishers Australia Pty Limited.

2. Auflage 2020